Наринэ Абгарян

Манюня

Издательство АСТ
Москва

УДК 821.161.1-3
ББК 84 (2Рос=Рус)6-44
А13

В книге и на обложке использованы иллюстрации
Елены Станиковой

Абгарян, Наринэ Юрьевна
А13 Манюня / Наринэ Абгарян. – Москва: Издательство АСТ, 2018. – 317, [3] с.

ISBN 978-5-17-096306-5 (Веселые истории)
ISBN 978-5-17-069090-9 (Абгарян)

«Манюня» – светлый, пропитанный солнцем и запахами южного базара и потрясающе смешной рассказ о детстве, о двух девочках-подружках Наре и Манюне, о грозной и доброй Ба – бабушке Манюни, и о куче их родственников, постоянно попадающих в казусные ситуации. Это то самое теплое, озорное и полное веселых приключений детство, которое делает человека счастливым на всю жизнь.

Книга – лауреат премии «Рукопись года»

УДК 821.161.1-3
ББК 84(2Рос=Рус)6-44

Подписано в печать 10.04.2018
Формат 84 x 108 $^1/_{32}$. Усл. печ. л. 16,8
(Веселые истории) Доп. тираж 2500 экз. Заказ № 3796.
(Абгарян) Доп. тираж 4500 экз. Заказ № 3795.

Общероссийский классификатор продукции
ОК-005-93, том 1; 953000 – книги, брошюры

Маме и папе — с чувством бесконечной любви и благодарности

ВМЕСТО ВСТУПЛЕНИЯ

Много ли вы знаете провинциальных городков, разделенных пополам звонкой шебутной речкой, по правому берегу которой, на самой макушке скалы, высятся развалины средневековой крепости? Через речку перекинут старый каменный мост, крепкий, но совсем невысокий, и в половодье вышедшая из берегов река бурлит помутневшими водами, норовя накрыть его с головой.

Много ли вы знаете провинциальных городков, которые покоятся на ладонях покатых холмов? Словно холмы встали в круг, плечом к плечу, вытянули вперед руки, сомкнув их в неглубокую долину, и в этой долине выросли первые низенькие сакли. И потянулся тонким кружевом в небеса дым из каменных печей, и завел пахарь низким голосом оровел... [1] «Аниииии-ко,— прикладывая к глазам морщини-

---

[1] Традиционная армянская песня пахаря.

стую ладонь, надрывалась древняя старуха,— Аниииии-ко, ты куда убежала, негодная девчонка, кто будет гату печь?»

Много ли вы знаете провинциальных городков, где можно забраться на высокую наружную стену разрушенного замка и, замирая от страха и цепляясь холодными пальцами за плечи друзей, глядеть вниз, туда, где в глубине ущелья пенится белая безымянная речка? А потом, не обращая внимания на табличку с грозной надписью: «Охраняется государством»,— лазить по крепости в поисках потаенных проходов и несметных богатств?

У этого замка удивительная и очень грустная история. В X веке он принадлежал армянскому князю Цлику Амраму. И пошел князь войском на своего царя Ашота II Багратуни, потому что тот соблазнил его жену. Началась тяжелая междоусобная война, на долгие годы парализовавшая страну, которая и так была обескровлена набегами арабских завоевателей. А неверная и прекрасная княгиня, терзаемая угрызениями совести, повесилась в башне замка.

Долгие столетия крепость стояла на неприступной со всех сторон скале. Но в XVIII веке случилось страшное землетрясение, скала дрогнула и распалась на две части. На одной сохранились остатки восточной стены и внутренних построек замка, а по ущелью, образовавшемуся внизу, побежала быстроногая речка. Старожилы рассказывали, что из-под крепости и до озера Севан проходил подземный туннель, по которому привозили оружие, когда крепость находилась в осаде. Поэтому она выдержала все набеги кочевников и, не случись того землетрясения, до сих пор высилась бы целая и невредимая.

Городок, выросший потом вокруг развалин, назвали Берд. В переводе с армянского — крепость.

Народ в этом городке весьма и весьма специфический. Более упрямых или даже остервенело упертых людей никто в мире не видывал. Из-за своего упрямства жители городка заслуженно носят прозвище «упертых ишаков». Если вы думаете, что это их как-то задевает, то очень ошибаетесь. На улицах часто можно услышать диалог следующего содержания:

— Ну чего ты добиваешься, я же бердский ишак! Меня убедить очень сложно.

— Ну и что? Я тоже, между прочим, самый настоящий бердский ишак. И это еще вопрос, кто кому сейчас уступит!

А чтобы не быть голословной, приведу пример знаменитого упрямства бердцев.

Летом в Армении празднуют Вардавар — очень радостный и светлый, уходящий корнями в далекое языческое доисторье, праздник. В этот день все от мала до велика поливают друг друга водой. С утра и до позднего вечера, из какой угодно тары. Единственное, что от вас требуется,— хорошенечко намылиться, открыть входную дверь своей квартиры и встать в проеме. Можете не сомневаться: за порогом вас поджидает толпа промокших до нитки людей, которые с диким криком и хохотом выльют на вас тонну воды. Вот таким нехитрым способом можно помыться. Шучу.

На самом деле, если вас на улице незнакомые люди окатили водой, обижаться ни в коем разе нельзя — считается, что вода в этот день обладает целительной силой.

Так вот. Апостольская Церковь попыталась как-то систематизировать народные праздники и, пустившись во все тяжкие, утвердила за Вардаваром строго фиксированный день. Совершенно не принимая в расчет упертость жителей нашего городка.

А стоило бы. Потому что теперь мы имеем следующую ситуацию: по всей республике Вардавар празднуют по указке Церкви, а в Берде — по старинке, в последнее воскресенье июля. И я вас уверяю, издай Католикос специальный указ именно для жителей нашего городка, ничего путного из этого не вышло бы. Пусть Его Святейшество даже не пытается, так ему и передайте. С нашими людьми можно договориться только тогда, когда они этого хотят.

То есть никогда.

Теперь, собственно, о главных героях нашего повествования.

Жили-были в городке Берд две семьи — Абгарян и Шац.

Семья Абгарян могла похвастаться замечательным и несгибаемым как скала папой Юрой, самоотверженной и прекрасной мамой Надей и четырьмя разнокалиберными и разновозрастными дочерьми — Наринэ, Каринэ, Гаянэ и Сона. Потом в этой счастливой семье родился долгожданный сын Айк, но случилось это спустя несколько лет после описываемых событий. Поэтому в повествовании фигурируют только четыре девочки. Папа Юра работал врачом, мама преподавала в школе русский язык и литературу.

Семья Шац могла похвастаться Ба.

Конечно, кроме Ба, семья Шац включала в себя еще двух человек: дядю Мишу — сына Ба, и Манюню, Дядимишину дочку и, соответственно, внучку Ба. Но похвастаться семья, в первую очередь, могла Ба. И лишь потом — всеми остальными не менее прекрасными членами. Дядя Миша работал инженером, Ба — мамой, бабушкой и домохозяйкой.

Долгое время герои нашего повествования практически не общались, потому что даже не подозревали о существовании друг друга. Но однажды случилась история, которая сблизила их раз и навсегда.

Это был 1979 год. На носу 34-я годовщина Победы. Намечалось очередное мероприятие в городском доме культуры с чествованием ветеранов войны. На хор бердской музыкальной школы была возложена ответственная миссия — исполнить «Бухенвальдский набат» Соболева и Мурадели.

Хор отчаянно репетировал, срывая голос до хрипоты. Замечательный хормейстер Серго Михайлович бесконечно страдал, подгоняя басы, которые с досадным постоянством на полтакта зависали во вступлении. Серго Михайлович заламывал руки и причитал, что с таким исполнением «Бухенвальдского набата» они опозорятся на весь город и в наказание хор расформируют к чертям собачьим. Хористы почему-то расстраивались.

Настал день икс.

И знаете, что я вам скажу? Все бы обошлось, если бы не длинная двухступенчатая скамья, на которую во время коротенького антракта лихорадочно водрузили второй и третий ряды хористов. Все складывалось образцово — песня полилась ровно и прочувствованно, басы вступили неожиданно вовремя, Серго Михайлович, дирижируя, метался по сцене такими зигзагами, словно его преследовала злая оса. Хористы равномерно покрывались мурашками от торжественности момента. Зал, по первости заинтригованный хаотичными передвижениями хормейстера, проникся патетическим набатом и притих.

Ничто, ничто не предвещало беды.

Но вдруг. На словах. «Интернациональные колонны с нами говорят». Хор услышал. У себя. За спиной. Странный треск. Первый ряд хористов обернуться не посмел, но по вытянувшемуся лицу хормейстера понял, что сзади происходит что-то ужасное.

Первый ряд дрогнул, но пения стоически не прервал, и на фразе: «Слышите громовые раскаты? Это не гроза не ураган»,— скамейка под вторым и третьим рядами с грохотом развалилась, и ребята посыпались вниз.

Потом ветераны удивлялись, как это они, будучи людьми достаточно преклонного возраста, гремя орденами и медалями, перемахнули одним прыжком через высокий борт сцены и стали разгребать кучу-малу из детей.

Хористы были в отчаянии — все понимали, что выступление провалено. Было обидно и тошно, и дети, отряхивая одежду, молча уходили за сцену. Одна из девочек, тощая и высокая Наринэ, сцепив зубы, тщетно пыталась выползти из-под полненькой и почему-то мокрой Марии, которая тихой мышкой лежала на ней.

— Ты хоть подвинься,— прошипела она.

— Не могу,— прорыдала Мария,— я описалась!

Здесь мы делаем глубокий вдох и крепко задумываемся. Ибо для того, чтобы между двумя девочками зародилась лютая дружба на всю оставшуюся жизнь, иногда просто нужно, чтобы одна описала другую.

Вот таким весьма оригинальным образом и подружились Наринэ с Манюней. А потом подружились их семьи.

«Манюня» — это повествование о советском отдаленном от всяких столиц городке и его жителях. О том, как, невзирая на чудовищный дефицит и всевозможные ограничения, люди умудрялись жить и радоваться жизни.

«Манюня» — это книга для взрослых детей. Для тех, кто и в тринадцать, и в шестьдесят верит в хорошее и смотрит в будущее с улыбкой.

«Манюня» — мое признание в бесконечной любви родным, близким и городу, где мне посчастливилось родиться и вырасти.

Приятного вам чтения, друзья мои.

И да, кому интересно: наш хор таки не расформировали. Нам вручили грамоту за профессиональное исполнение «Бухенвальдского набата» и премировали поездкой на молочный комбинат.

Лучше бы расформировали, честное слово.

ГЛАВА 1

Манюня знакомит меня с Ба, или Как трудно у Розы Иосифовны пройти фейсконтроль

По ходу повествования у вас может сложиться впечатление, что Ба была вздорной, упертой и деспотичной особой. Это совсем не так. Или не совсем так. Ба была очень любящим, добрым, отзывчивым и преданным человеком. Если Ба не выводить из себя — она вообще казалась ангелом во плоти. Другое дело, что вызвериться Ба могла по любому, даже самому незначительному, поводу. И в этот нелегкий для мироздания час операция «Буря в пустыне» могла показаться детским лепетом по сравнению с тем, что умела устроить Ба! Легче было намести в совок и выкинуть за амбар последствия смерча, чем пережить шторм Бабырозиного разрушительного гнева.

Я счастливый человек, друзья мои. Я несколько раз сталкивалась лицом к лицу с этим стихийным бедствием и таки выстояла. Дети живучи, как тараканы.

Нам с Маней было по восемь лет, когда мы познакомились. К тому времени мы обе учились в музыкальной школе, Маня — по классу скрипки, я — фортепиано. Какое-то время мы встречались на общих занятиях, перекидывались дежурными фразами, но потом случилось памятное выступление хора, после которого наша дружба перешла в иную, если позволите такое выражение — остервенелую плоскость. Мы пересели за одну парту, вместе уходили из музыкальной школы, благо домой нам было по пути. Если у Мани в этот день случалось занятие по скрипке, то мы по очереди несли футляр — он был совсем не тяжелый, но для нас, маленьких девочек, достаточно громоздкий.

Недели через две нашей тесной дружбы я пригласила Маню домой — знакомиться с моей семьей.

Маня замялась.

— Понимаешь,— потупилась она виновато,— у меня Ба.

— Кто? — переспросила я.

— Ну Ба, баба Роза.

— И что? — Мне было непонятно, к чему Маня клонит.— У меня тоже бабушки — Тата и Настя.

— Так у тебя бабушки, а у меня Ба,— Маня посмотрела на меня с укоризной.— У Ба не забалуешь! Она не разрешает мне по незнакомым людям ходить.

— Да какая же я тебе незнакомая? — развела я руками.— Мы уже целую вечность дружим, аж,— я посчитала в уме,— восемнадцать дней!

Манька поправила съехавшую с плеча бретель школьного фартука, разгладила торчащий волан ладошкой. Попинала коленом футляр скрипки.

— Давай так,— предложила она,— я спрошу разрешения у Ба, а на следующем занятии расскажу тебе, что она сказала.

— Ты можешь мне на домашний телефон позвонить. Дать номер?

— Понимаешь,— Маня смотрела на меня виновато,— Ба не разрешает мне названивать незнакомым людям, вот когда мы с тобой ОФИЦИАЛЬНО познакомимся, тогда я буду тебе названивать!

Я не стала по новой напоминать Мане, что мы уже вроде как знакомы. Значит, подумала я, так надо. Слово взрослого было для нас законом, и, если Ба не разрешала Мане названивать другим людям, значит, в этом был какой-то тайный, недоступный моему пониманию, но беспрекословный смысл.

На следующем занятии по сольфеджио Манюня протянула мне сложенный вчетверо альбомный лист. Я осторожно развернула его.

«Прелестное письмо» моей подруги начиналось с таинственной надписи:

«Наринэ, я тебя приглышаю в суботу сего 1979 г. в три часа дня. Эсли можеш, возьми собой альбом с семейными фотографями».

Мое имя было густо обведено красным фломастером. Внизу цветными карандашами Манька нарисовала маленький домик: из трубы на крыше, само собой, валил густой дым; в одиноком окошке топорщилась лучиками желтая лампочка Ильича; длинная дорожка, петляя замысловатой змейкой, упиралась прямо в порог. В почему-то зеленом небе из-за кучерявого облака выглядывало солнце. Справа, в самом углу, сиял пучеглазый месяц со звездой на хвосте. Надпись внизу гласила: «Синний корандаш потеряла, поэтаму небо зеленое, но это ничево. Конец».

Я прослезилась.

* * *

Собирала меня мама в гости как на Судный день. С утра она собственноручно выкупала меня так, что вместе с кожей сошла часть скудной мышечной массы. Потом она туго заплела мне косички, да так туго, что не только моргнуть, но и вздохнуть я не могла. Моя бабуля в таких случаях говорила: ни согнуться, ни разогнуться, ни дыхнуть, ни пернуть. Вот приблизительно так я себя и чувствовала, но моя неземная красота требовала жертв, поэтому я стоически выдержала все процедуры. Затем мне дали надеть новое летнее платье — нежно-кремовое, с рукавами-буф и кружевным подолом.

— Поставишь пятно — выпорю,— ласково предупредила мама,— твоим сестрам еще донашивать платье за тобой.

Она торжественно вручила мне пакет с нашим семейным альбомом и коробкой конфет для Ба. Пакет был невероятно красивый — ярко-голубой, с одиноким красавцем-ковбоем и надписью «MARLBORO». Таких пакетов у мамы было несколько, и она берегла их как зеницу ока для самых торжественных случаев. Кто застал дефицит советской поры, тот помнит, сколько сил и неимоверной смекалки нужно было затратить, чтобы достать такие полиэтиленовые пакеты.

— Не ставь локти на стол, не забудь поздороваться и говорить спасибо, веди себя прилично и не скачи по дому как ненормальная,— мама продолжала выкрикивать инструкции по поведению, пока я сбегала вниз по ступенькам нашего подъезда.— Платье береги!!! — Голос ее настиг меня уже у выхода и больно кольнул в спину.

— Хорошоoooo!

* * *

Маня в нетерпении переминалась возле калитки своего дома. Издали заприметив меня, она побежала навстречу.

— Какая ты сегодня красивая,— выдохнула она.

— Для твоей бабушки старалась,— пробубнила я. Весь мой боевой запал мигом куда-то улетучился, у меня двоилось в глазах, не разгибались колени и предательски потели руки.

Маня заметила мое состояние.

— Да ты не волнуйся, у меня мировая Ба,— она погладила меня по плечу,— ты только во всем соглашайся с ней и не ковыряйся в носу.

— Хорошо,— каркнула я — в довершение ко всему у меня пропал голос.

Маня жила в большом двухэтажном каменном доме с несколькими лоджиями. «Зачем им столько лоджий?» — лихорадочно соображала я, пока шла по двору, но спросить об этом постеснялась. Мое внимание привлекло большое тутовое дерево, раскинувшееся в непосредственной близости от дома. Под деревом стояла длинная деревянная скамья.

— Мы здесь с папой по вечерам играем в шашки,— пояснила Манюня,— а Ба сидит рядом и подсказывает то мне, то ему. Ор стоит! — Манька закатила глаза. Мне стало еще страшнее.

Она толкнул входную дверь и шепнула:

— Ба, наверное, уже вынимает песочное печенье из духовки.

Я повела носом — пахло чем-то нестерпимо вкусным. Дом, достаточно большой снаружи, внутри оказался компактным и даже маленьким. Мы шли по длинному, узкому коридору, который упирался в холл. Слева была деревянная лестница, ведущая на второй этаж. Напротив стоял большой комод из черного дерева, увенчанный двумя латунными семисвечниками, на полу лежал ковер с тонким восточным рисунком, вся стена над комодом была увешана фотографиями в рамках. Я подошла поближе, чтобы разглядеть лица на фотографиях, но Маня дернула меня за руку — потом. Она указала на дверь справа, которую я не сразу заметила.

— Нам туда!

И тут силы окончательно покинули меня. Я поняла, что не в состоянии ступить и шага.

— Не пойду,— горячо зашептала я,— возьми пакет, тут конфеты для твоей бабушки и наш семейный альбом с фотографиями.

— Ты чего? — Маня вцепилась мне в руку.— Совсем с ума сошла? Пойдем, у нас еще мороженое есть!

— Нет,— я отступила к входной двери, схватилась за ручку,— я не ем мороженое. И печенье не ем, и вообще мне уже пора домой! Меня мама заждалась!

— Нарка, ты соображаешь, что творишь? — Манька повисла на мне и попыталась отодрать от дверной ручки.— Куда ты пойдешь, что я Ба скажу?

— Не знаю, что хочешь, то и говори,— перевес сил был явно в мою пользу, еще минута — и я бы вырвалась из дома.

— Что это вы тут затеяли? — Внезапно прогремевший сзади трубный глас пригвоздила нас к полу.

— Ба, она совсем с ума сошла, хочет домой уйти,— Маня все-таки оторвала меня от дверной ручки и толкнула в коридор,— стесняется тебя, вот ненормальная!

— А ну-ка, марш обе на кухню! — скомандовал трубный глас.

Я молча поплелась за Маней, не поднимая глаз. Боковым зрением воровато выхватила большую ступню в теплом домашнем тапке да кусочек платья в мелкий цветочек.

Кухня мне сразу понравилась. Она была очень просторной, с многочисленными шкафчиками, низким абажуром и простенькими ситцевыми шторами на окнах.

— Сейчас будем знакомиться,— голос прогремел прямо за моей спиной.

Мне стало страшно, как в приемной у врача.

Но выхода не было, пришлось оборачиваться. Ба пристально смотрела на меня поверх своих больших очков. У нее оказались светлые карие глаза и седые вьющиеся волосы, которые она стянула в пучок на затылке. Она была достаточно грузной, но, как потом оказалось, совершенно легкой на подъем и несла свое большое тело с невероятным достоинством. Еще у нее была родинка на щеке — кругленькая и смешная. Я вздохнула с облегчением. Это была обычная бабушка, а не огнедышащее чудище!

Маня подошла к Ба и обняла ее за талию. Прижалась щекой к ее животу.

— Скажи, Нарка — ПРЕЛЕСТЬ? — спросила.

— Вы все прелестные, только когда спите,— отрезала Ба и обратилась ко мне: — Ну что, девочка, будешь со мной здороваться или как?

— Здрасссьти,— пискнула я.

— Здравствуй, коль не шутишь,— Ба фыркнула, а потом коротко рассмеялась.

Я чуть не лишилась чувств — Ба смеялась так, словно где-то у нее в животе терзают несчастное животное.

— Тебя как зовут? — спросила она.

— Ба, ну я же тебе говорила,— встряла Маня.

— Помолчи, Мария, не с тобой разговаривают,— одернула ее Ба. Манюня надулась, но промолчала.

— Наринэ,— пискнула я, а потом, мобилизовав остатки сил, добавила: — Очень приятно с вами познакомиться!

Видимо, несчастное животное внутри практически домучивали, потому что хохот, который издала Ба, больше напоминал агонизирующий хрип.

— Долго репетировала речь? — спросила она меня сквозь свой апокалипсический смех.

— Долго! — призналась я виновато.

— А что это у тебя в руках?

— Пакет, это подарок вам!

— Ты мне в подарок пакет принесла? — прищурилась Ба.— Это до чего же дефицит людей довел, что в подарок уже пакеты несут!

— Там еще конфеты и наш семейный альбом,— я сделала нерешительный шаг и протянула пакет.

— Спасибо,— Ба заглянула в пакет,— ооооо, трюфели, это же мои любимые конфеты!

У меня словно камень с души свалился. Я счастливо вздохнула и выпятила грудь.

— Ты чего такая худющая? — Она подозрительно окинула меня взглядом с ног до головы и сделала пальцем круговое движение.— Ну-ка повертись!

Я повертелась.

— Мама мне по две пары колготок надевает, потому что ноги у меня такие тонкие! Она боится — люди скажут, что меня дома голодом морят,— пожаловалась я.

Ба расхохоталась, да так, что стало ясно — палач, сидевший в ее животе, взялся за новую жертву. Отсмеявшись, она снова принялась меня изучать. Мне очень хотелось произвести на нее хорошее впечатление. Я вспомнила, как мама учила нас держать спину правильно,— задрала плечи к ушам, отвела их сильно назад и опустила — теперь моя осанка была идеальной.

Видимо, Ба оценила мои старания. Она еще с минуту глядела на меня, потом хмыкнула:

— Грудь моряка, жопа индюка!

Я решила, что это комплимент, поэтому вздохнула с облегчением и смело подняла глаза.

Тем временем Ба достала из шкафчика большой розовый фартук и протянула его мне.

— Это мой фартук, надень его, ничего страшного, что он тебе велик. Заляпаешь свое красивое платье — мама потом по головке не погладит, верно?

Я виновато кивнула и напялила фартук. Манюня помогла мне завязать его сзади. Я прошлась по кухне — фартук болтался на мне, словно флаг на мачте корабля при сильном ветре.

— Сойдет,— благосклонно кивнула Ба.

Потом она усадила нас за стол, и я впервые в жизни попробовала ее выпечку.

Вы знаете, какое восхитительное печенье пекла Ба? Я больше никогда и нигде в жизни не ела такого печенья. Оно было хрупкое и тоненькое, почти прозрачное. Берешь аккуратно двумя пальцами невесомый песочный лепесток и испуганно задерживаешь дыхание — иначе ненароком выдохнешь, и он разлетится в пыль. Нужно было отломить кусочек и подержать его во рту — печенье моментально таяло, и язык обволакивало щекочущее тепло. И только потом, по маленькому осторожному глоточку, можно было это сладкое счастье отправлять себе прямиком в душу.

Ба сидела напротив, листала альбом и спрашивала меня: а кто это, а это кто?

Потом, узнав, что мамина родня живет в Кировабаде, всплеснула руками: «Так она моя землячка, я ведь родом из Баку!»

Потребовала наш домашний телефон, позвонить маме.

— Как ее по отчеству? — спросила.

Я от волнения забыла значение слова «отчество». Глаза заметались по лицу, я густо покраснела.

— Не знаю,— пискнула.

— Ты не знаешь, как твоего деда зовут? — глянула поверх очков на меня Ба.

— Ааааааааа! — Я моментально вспомнила, что означает злополучное слово.— Андреевна она, Надежда Андреевна.

— Чудо в перьях! — хмыкнула Ба и стала важно крутить диск телефона.

Сначала они с мамой общались на русском. Потом Ба, покосившись на нас, перешла на французский. Мы с Маней вытянули шеи и выпучили глаза, но ни одного слова не поняли. По ходу разговора у Ба постепенно расцветало лицо, сначала она улыбалась, потом разразилась своим катастрофическим смехом — мама, наверное, на том конце провода выронила от неожиданности трубку.

— Ну, до свиданья, Надя,— закончила Ба разговор,— в гости придем, конечно, и вы приходите к нам, я испеку свой фирменный яблочный пирог.

Она положила трубку и посмотрела на меня долгим, чуть рассеянным взглядом.

— А ты, оказывается, хорошая девочка, Наринэ,— сказала.

Мне до сих пор удивительно, как я в тот момент умудрилась не лопнуть от распиравшей меня гордости!!!

Потом мы по второму кругу ели печенье. Потом мы ели мороженое. Потом мы пили кофе с молоком и чувствовали себя взрослыми, потом Ба пригладила рукой выбившуюся у меня прядь волос. «Горе луковое»,— сказала, и ладонь у нее была большая и теплая, а Маня поцеловала меня в щечку, и губы у нее были липкие, а кончик носа совсем холодный.

ГЛАВА 2

Манюня, или Тумбаны бабы Розы

— У меня, кажется, завелись вошки,— задумчиво протянула Манюня. Мы сидели у нее в комнате, и я, перегнувшись через подлокотник кресла, доставала с полки шашки.

— Откуда ты это взяла? — На всякий случай я отодвинулась от Мани на безопасное расстояние.

— Я чувствую ШЕВЕЛЕНИЕ у себя в волосах,— Манюня многозначительно подняла вверх указательный палец,— какое-то ТАИНСТВЕННОЕ ШЕВЕЛЕНИЕ, понимаешь?

У меня тоже сразу таинственно зашевелилось в волосах. Я потянулась к голове и тут же отдернула руку.

— Что же нам делать? — Манюня была обескуражена.— Если кто узнает об этом, то мы опозоримся на весь город!

— А давай наберем полную ванну воды, нырнем туда с головой и будем сидеть на дне тихо, пока вошки не задохнутся! — предложила я.

— Сколько понадобится времени, чтобы они задохнулись? — спросила Маня.

— Ну, не знаю, где-то час, наверное.

У Маньки заблестели глаза, видно было, что идея ей пришлась по душе.

— Давай,— согласилась она,— только, чур, ни слова Ба, а то она запретит нам залезать в ванну.

— Клянусь всем, что у меня есть,— я не знала в годы моей глубокой молодости клятвы страшнее!

— Да? — засомневалась Маня.— А что с тобой будет, если ты не сдержишь своего слова? Тебя за это посадят в тюрьму и отберут все, что у тебя есть?

Я растерялась. Интересно, какая участь ожидает людей, нарушивших клятву? Воображение рисовало усеянные червями склизкие стены тюрьмы и мучительную, но заслуженную смерть в пытках. Мы какое-то время озадаченно помолчали. Манька убрала шашки обратно на полку.

— Не будем клясться,— решительно сказала она,— давай так: кто проболтается бабушке, тот говнюк!

— Давай,— с облегчением согласилась я. Перспектива быть говнюком пугала куда меньше, чем мучительная смерть в тюрьме.

Мы тихонечко выползли из комнаты подруги. Маня жила в доме весьма своеобразной планировки — чтобы попасть в ванную, нужно было спуститься на первый этаж и через большой холл, мимо кухни и гостиной, пройти по длинному коридору со скрипучим деревянным полом к совмещенному санузлу.

Манина бабушка Роза стряпала на кухне. Мы бесшумно, по стеночке, крались мимо. Пахло мясом, овощами и жареными грецкими орехами.

— Во шуршит! — прошептала мне Маня.

— Чего шуршит? — не поняла я.

— Ну, папа ей сегодня сказал: мам, ты там пошурши на кухне, вечером к нам Павел зайдет. Вишь, как шуршит,— над Маниным лбом кривеньким ирокезом развевалась непокорная челка,— она обещала еще пахлаву к вечеру нашуршать, чувствуешь, как орехами пахнет?

Я принюхалась. Пахло так вкусно, что рот у меня мигом наполнился слюной. В животе громко заурчало, но я усилием воли придушила предательский звук в зародыше.

Мы тихонечко пробрались по коридору к ванной комнате и тщательно заперли дверь на засов. «Как Ниф-Ниф и Нуф-Нуф»,— захихикала Манька. Первое, что в ванной бросалось в глаза,— это внушительного размера, на широкой резинке, панталоны, именуемые в народе тумбанами. Они висели напротив газовой колонки и на вид были совершенно устрашающие.

— Бабушкины? — спросила я.

— Ну не мои же,— фыркнула Манюня.

Для того чтобы наполнить ванну теплой водой, нужно было включить газовую колонку. Правда, здесь была одна загвоздка — прикасаться к спичкам нам строго-настрого запрещалось. Мы понимали всю преступность нашего замысла, поэтому старались действовать как можно быстрее и бесшумнее.

— Давай я чиркну спичкой и поднесу ее к газовому рожку, а ты открутишь вентиль,— предложила я.

— Давай,— согласилась Манька и тут же открутила вентиль.

— Я же сказала: подожди, пока я поднесу зажженную спичку,— упрекнула я ее.

— Ты чиркай быстрее, вместо того чтобы ушами хлопать,— рассердилась Манюня и вырвала из моих рук спичечный коробок.— Дай я сама, а то ничего не умеешь сделать по-человечески.

Она переломала штук пять спичек, пока наконец ей не удалось зажечь очередную и поднести ее к колонке. В тот же миг раздался небольшой, но достаточно сильный взрыв, из колонки вырвался длинный сноп огня, обшарил стену напротив, погулял какое-то время по потолку и, не найдя ничего более достойного внимания, вцепился в тумбаны бабы Розы. Видимо, панталоны успели хорошо просохнуть или были из стопроцентной синтетики, потому что задымились вмиг.

— Аааааа,— заорали мы и стали колотиться в дверь ванной.

— Баааа,— кричала Манюня,— это не мы, оно само взорвалось!

— Бабаааа Розааааа,— орала я,— ваши тумбаныыыыы горяяяяяяят!!!

Ба уже стояла по ту сторону двери.

— Ты откроешь мне дверь, Мария, или позвонить папе? — выкрикнула она с плохо скрываемым беспокойством в голосе.

Волшебное словосочетание «позвонить папе» возымело на нас моментальное отрезвляющее действие, мы сразу вспомнили, как отпирается дверь. Ба ворвалась в ванную ураганом. Было достаточно дымно, но она моментально сориентировалась — закрутила вентиль, смахнула полуистлевшие тумбаны в раковину и пустила воду.

Мы попытались скрыться под шумок.

— Кудааааааааааа?! — крикнула Ба и схватила нас за шиворот.— Набедокурили и давай улепетывать? Кому было говорено не прикасаться к спичкам? Кому? — Она переводила взгляд с меня на Маню и обратно. Этот взгляд не предвещал ничего хорошего. Мы с Манькой взвизгнули и попробовали вырваться, но куда там! Ба держала нас так, словно наши шивороты прибили гвоздями к ее рукам.

— Ба,— стала канючить Манюня,— мы хотели вывести вошек!

— Вошек?! — Баба Роза собрала наши шивороты в одну руку и пошарила другой за спиной.— Я сейчас покажу вам, как надо вошек выводить! — Она огрела нас чем-то вонючим и мокрым.— Вы сейчас у меня попляшете со своими вошками!

Я сообразила, что это останки Бабырозиных тумбанов. Они отяжелели от воды и достаточно больно били по нашим спинам, поэтому мы сутулились и повизгивали. Ба вытолкала нас в коридор.

— Стойте здесь и не двигайтесь, двинетесь — будет хуже,— прошипела она и принялась наводить порядок в ванной.— Только что все вымыла,— причитала она,— и вот, на тебе, отвернулась на миг, а они уже устроили разгром! Вы люди или кто,— выкрикнула она, повернувшись к нам,— я таки спрашиваю вас — вы люди или кто???

Седые волосы Ба выбились из пучка и торчали в разные стороны, надо лбом развевался непокорный, как у Маньки, ирокез. Она глядела на нас потемневшими глазами и гневно ходила лицом.

— Таки я вас еще раз спрашиваю, вы люди или кто?! — не дождавшись ответа, выкрикнула она еще раз.

Мы жалобно взвизгнули.

— Баааа, ну чего ты спрашиваешь, ты что, не видишь, что мы девочки? — проскулила Манюня.

— Де-воч-ки,— передразнила баба Роза,— а ну-ка, марш сюда, надо умыться!

Она поволокла нас к раковине, пустила ледяную воду и плеснула ею нам в лицо.

— Ааааа,— взмолилась Манюня,— ты хоть теплую воду включиииии!

— Я вам дам теплую воду! — Баба Роза усердно намылила по очереди наши лица вонючим хозяйственным мылом.— Я вам дам со спичками играть! — Она смыла пену тонной ледяной воды, от которой душа тоненько тренькнула и ушла в пятки.— Я вам дам не слушаться взрослых! — Она остервенело протерла наши лица вусмерть накрахмаленным вафельным полотенцем. Я глянула в зеркало — оттуда на нас смотрели две взъерошенные краснощекие девчонки с мученическим выражением на лицах.

Ба переполняло справедливое негодование.

— Откуда?! Откуда вы взяли, что у вас вошки? — принялась она выпытывать у нас.

— У нас таинственное шевеление в волосах,— хором выдали мы наш страшный секрет,— мы решили набрать полную ванну теплой воды и нырнуть в нее с головой на час, чтобы вошки задохнулись!

Ба изменилась в лице.

— Какой кошмар,— запричитала она,— то есть вошки бы утопли, а вы — нет?!!!

Мы с Манюней ошеломленно переглянулись. Что и мы под водой можем задохнуться, нам в голову не пришло.

Баба Роза поволокла нас на кухню.

— Сейчас вы у меня покушаете тушеных овощей,— безапелляционно заявила она,— и не надо кривить рот. Или вы все съедите, или не встанете из-за этого стола! Понятно? А потом, когда просохнут волосы, я посмотрю, что это за таинственное шевеление в ваших пустых головах!

Она наложила каждой по большой тарелке тушеных овощей и нависла над нами грозовой тучей.

— А мясо? — пискнула Маня.

— А мясом я нормальных людей кормлю,— отрезала Ба.

Мы вяло жевали ненавистные овощи. Овощи не глотались. Мы морщились и тихонечко выплевывали их обратно в тарелку. Манька демонстративно вздыхала и громко ковырялась вилкой. Ба делала вид, что ничего не слышит.

— Ба,— Маня намотала на палец прядь своих каштановых волос и подняла глаза к потолку,— а если бы мы поклялись, а потом не сдержали своего слова, что бы тогда с нами случилось?

— У вас бы вытекли кишки,— в сердцах бросила через плечо баба Роза. Она стояла к нам спиной и месила тесто, лопатки яростно ходили под ее цветастым платьем,— у вас бы вытекли кишки и всю жизнь мотались между ногами!

Мы притихли.

— Хорошо, что мы просто говнюки,— шепнула я Мане с облегчением.

— Ага,— выдохнула она,— если бы у нас между ногами всю жизнь мотались кишки, было бы хуже!

ГЛАВА 3

Манюня, или Все хорошо, прекрасная маркиза

— Будем брить наголо.— Баба Роза глядела, как каменный истукан с острова Пасхи.

С Ба было трудно спорить. Ба была непреклонна, как гранитная скала. Когда оказалось, что мы с Маней благополучно обовшивели, она мигом забрала меня к себе, чтобы я не наградила вошками сестер.

— Не волнуйтесь,— успокоила она моих приунывших родителей,— я выведу это безобразие вмиг.

— Говорят, что можно керосином? — робко спросила мама.— Нужно нанести его на сухие волосы и продержать какое-то время

Баба Роза сделала властный жест пальцами, словно собрала мамины губы в щепоть:

— Не волнуйся, Надя, все будет в лучшем виде!

Ночь мы провели в Манькиной комнате, спали рядышком на ее кровати.

— А давай мои вошки этой ночью придут к тебе в гости.— Манька собрала свои вьющиеся каштановые волосы в хвост и уложила его сверху на мою голову.— Это будет братание моих вошек с твоими,— радостно добавила она.

Я так и уснула под ворохом ее волос, и снилось мне, что толпа Манькиных вошек перебирается мне на голову большим семейством Ноя с картины Айвазовского «Сошествие Ноя с горы Арарат». При этом у Ноя было лицо Ба, он грозил посохом и приговаривал: «Безобразница, ты не дала нам перебраться на волосы твоих сестер!»

На следующее утро Ба накормила нас завтраком и выгнала во двор.

— Вы погуляйте немного, я сейчас вымою посуду и займусь вашими волосами,— сказала она.

Мы с Маней плелись по двору и попеременно горестно вздыхали — уж очень не хотелось в свои практически десять взрослых лет лишаться длинных волос.

— А папа тебе недавно ободок купил, с золотистой божьей коровкой,— напомнила я Мане. Манька пнула со злости камушек, который лежал в траве, он отскочил и ударился о высокий деревянный забор.

— Ну хоть какое-то количество волос она оставит на наших головах? — с надеждой в голосе спросила Маня.

— Ничего не оставлю,— раздался за нашими спинами голос Ба,— эка невидаль, походите лысыми, зато потом у вас отрастут пышные и кучерявые, как у дяди Мойши, волосы.

Мы с Манькой ужаснулись. Дядю Мойшу мы видели только на старых стертых фотографиях в альбоме Ба, это был невероятно худой остроскулый молодой человек с выдающимся носом и беспощадной пышности шевелюрой, вьющейся мелким бесом.

— Не хотим мы, как у дяди Мойши,— хором запричитали мы.

— Ладно,— легко согласилась Ба,— не хотите, как у дяди Мойши, будет шевелюра, как у Дженис Джоплин.

— А кто это такая?

— Наркоманка и дебоширка,— отрезала Ба.

Мы притихли.

Ба повела нас к длинной деревянной скамье под старым тутовым деревом. Она смахнула упавшие с дерева зрелые ягоды и сделала мне приглашающий жест рукой — садись. Я покорно села. Ба встала у меня за спиной и начала состригать под корень мои длинные волосы.

Манюня крутилась рядом и ахала с каждой падающей прядью. Она подняла одну и приложила к своей голове.

— Ба, а если бы у меня были такие светлые волосы, что бы ты тогда сказала? — спросила она.

— Я бы сказала, что ты не моя внучка,— протянула Ба в задумчивости, а потом спохватилась: — Мария, что за глупости ты несешь, какая разница, какого цвета у тебя волосы? И убери эту прядь с головы, тебе своих вошек мало?

Манька приложила волосы к плечам.

— А если бы я была вот такая волосатая? Смотри, Ба, какая, и с моих плеч свисали бы длинные пряди? — Маньке категорически нужно было выговориться, потому что с каждым щелком ножниц приближался ее черед быть обкорнанной.

— Если ты меня будешь отвлекать, то я отстригу Нарке пол-уха! — пригрозила Ба.

— Не надо,— пискнула я.

— И ты помолчи,— прикрикнула Ба,— обовшивели обе! Уму не постижимо, где вы могли нахвататься вшей?!

Мы с Манькой воровато переглянулись. Ну, положим, нашему уму оно было очень даже постижимо.

На задворках Маниного квартала в старом каменном доме жила многодетная семья старьевщика дяди Славика. Дядя Славик был худющим, жилистым и крайне неказистым мужичонкой. Весил он от силы сорок кило и внешним своим видом напоминал зеленого головастого кузнечика. Когда дядя Славик смотрел собеседнику прямо в глаза, тому становилось неуютно от его редко мигающих широко расставленных глаз. Собеседник машинально начинал таращиться в надежде поймать в фокус Дядиславикины зрачки.

Дядя Славик дважды в неделю объезжал дворы нашего городка. Скрип колес его тележки, груженной всяким хламом, загодя оповещал о его появлении, так что, когда старьевщик, сопровождаемый своими тремя чумазыми детишками, въезжал во двор, хозяйки уже поджидали его внизу. Дядя Славик точил ножи и ножницы, скупал всякое старье, а если ему удавалось что-нибудь еще и продать, то счастью его не было предела. Остальной хлам у него оптом скупал цыганский табор, который периодически раскидывал свои шатры на окраине нашего городка.

Мы с Маней, несмотря на строгий запрет родителей, часто убегали к дому старьевщика и возились с его детьми. Мы воображали себя учительницами и муштровали несчастных малышей как могли. Жена дяди Славика не вмешивалась в наши игры, наоборот, одобряла.

— Все равно на детей нет управы,— говорила она,— так хотя бы вы их угомоните.

Так как признаваться Ба в том, что мы нахватались вошек у детей старьевщика, было смерти подобно, мы молчали в тряпочку.

Когда Ба закончила со мной, Манька тоненько взвизгнула:

— Аааааа, неужели и я буду такой страшной?

— Ну почему страшной? — Ба сгребла Маньку и властно пригвоздила к деревянной скамье.— Можно подумать, вся твоя красота в волосах,— и она выстригла крупный локон с Манькиной макушки.

Я побежала в дом, чтобы посмотреть на себя в зеркало. Зрелище, которое открылось глазам, ввергло меня в ужас — я была коротко и неровно подстрижена, а по бокам головы двумя задорными листьями лопуха восстали мои уши! Я горько разрыдалась — никогда, никогда в жизни у меня не было таких ушей!

— Наринэээ?! — долетел до меня голос Ба.— Хорош любоваться своей тифозной физиономией, беги сюда, полюбуйся лучше на Маню!

Я поплелась во двор. Из-за могучей спины бабы Розы показалось заплаканное личико Манюни. Я громко сглотнула — Манька выглядела бесподобно, даже хлеще, чем я: у меня хотя бы оба кончика уха торчали равноудаленно от черепа, у Маньки они были вразнобой — одно ухо аккуратно было прижато к голове, а второе воинственно топорщилось вбок!

— Ну вот,— удовлетворенно окинула нас взглядом Ба,— чисто крокодил Гена и Чебурашка!

Потом под наш дружный рев она ловко взбила в миске мыльную пену и нанесла ее нам на головы. Через десять минут под летним жарким солнцем сияло два сиротливых бильярдных шара. Ба повела нас в ванную и смыла остатки пены.

— Во,— протянула Манька, когда мы посмотрели на себя в зеркало,— хорошо, что сейчас каникулы. А представь нас в таком виде на сцене, в составе хора?

Мы покатились со смеху. Это было бы то еще зрелище!!!

— А... а... а... — не унималась Манька,— представь, что мы в таком виде исполняем на сцене какую-нибудь сонату ми минор для скрипки и фортепиано???

Мы сползли от хохота по стеночке на пол.

— Ой... ай... — только и могли выговорить мы, потому что от каждого взгляда на наши гладковыбритые головы нас разбирал новый приступ смеха. По щекам ручьями текли слезы, и мы только и делали, что стонали и хватались за животики.

— Весело вам, да? — раздался над нами голос Ба.— Пойдем, сейчас будет еще веселее!

Мы протерли глаза и снизу вверх посмотрели на нее. Ба возвышалась над нами монументом «Родина-Мать». Только в руках, вместо меча, она держала какую-то миску.

— А это что? — поинтересовались мы.

— Это маска,— важно объяснила Ба,— специальная маска, чтобы волос пошел густой и кучерявый.

— А из чего состоит эта маска? — Мы, заинтригованные, поднялись с пола и попытались сунуться носом в миску, но тщетно — Ба подняла ее выше, и мы не смогли дотянуться.

— Много будете знать, быстро состаритесь! — сказала, как отрезала.

Мы молча потопали за ней во двор.

— Сейчас я нанесу смесь вам на головы, а вы потом должны где-то час просидеть под солнцем, чтобы она хорошо впиталась, понятно?

— Понятно,— хором отозвались мы. В принципе, нам уже было безразлично, что еще может сотворить с нами Ба.

Забегая вперед, я таки скажу, что не зарекайся, пока не наступил климакс, как любила приговаривать Ба. Услышав в первый раз это выражение, мы дружно решили, что климакс — это плохая погода, и каждый раз, когда Ба так говорила, выглядывали в окна в надежде увидеть природный катаклизм.

Ба усадила нас на скамеечку и принялась споро наносить помазком маску на наши лысые головы.

— Не вертись! — прикрикнула она на Маньку, когда та попыталась посмотреть на меня.— Сиди смирно, а то заляпаешь платье!

В томительном ожидании прошло минут пять.

— Ну вот,— удовлетворенно выговорила наконец Ба,— теперь можете расслабиться.

Мы глянули друг на друга и взвизгнули от неожиданности — головы наши были покрыты какой-то темно-синей густой жижей. Я попыталась дотронуться до нее, но Ба шлепнула меня по руке:

— Нельзя трогать, кому было говорено?! Ровно час! — грозно пророкотала она и ушла в дом.

Это был тот редкий случай, когда мы побоялись ослушаться Ба. И, хотя головы наши отчаянно чесалась, мы обе сидели не шелохнувшись. Минут через двадцать маска обсохла, пошла трещинами и стала осыпаться. Мы воровато подняли отвалившиеся ошметки и протерли в пальцах — густые, неоднородные, с какими-то волокнистыми вкраплениями, они моментально окрасили руки в синий цвет.

Нашу исследовательскую деятельность прервал звук открывающейся калитки. Мы юркнули за тутовое дерево.

— Мам? — раздался голос дяди Миши, Маниного папы. Мы с облегчением вздохнули и выползли из-за толстого ствола.

Дядя Миша увидел нас и замедлил шаг. По причине близорукости он сначала прищурился, потом, не поверив своим глазам, оттянул пальцем уголок века сначала одного, потом обоих глаз. Мы подошли поближе. Зрелище, открывшееся Дядимишиному взору, судя по всему, было настолько неожиданным, что он какое-то время в остолбенении изучал нас. Мы, видя выражение его лица, снова тоненько заскулили.

— Здрассьти, дядьмиш,— сквозь слезы прошептала я.

— Мать вашу за ногу,— к дяде Мише наконец вернулся дар речи,— дети, кто это так с вами?

— Это Ба! — Манюня уже ревела в три ручья и от обиды заглатывала целиком слоги.— Она ска... что мы... буууудем... черявые... черявые... как... как... как... как...

— Как Жоооплu,— внесла свою лепту во вселенский плач я.

— Как ктооооо? — У дяди Миши глаза полезли на лоб.— Какой такой Жопли?!

— Наркоманкааа и дебоширкаааааа Жоооплиии,— нас с Маней уже невозможно было остановить. Мы разом ощутили весь ужас нашего положения — лысые! на все лето! не погулять! в булочную за слоеными трубочками не сбегать! в речке не искупаться! и самое ужасное — сверстники засмеют!

Дядя Миша попятился к дому.

— Маааааааааам?! — позвал он.— Что ты с ними сотворила? Был уговор обработать волосы керосином и продержать девочек вдали от огня какое-то время!

Ба вышла на веранду.

— Стану я вас слушаться! — проворчала она.— Потом еще спасибо мне скажете, когда у них отрастут пышные кудрявые волосы!

— Зачем кудрявые! У Маньки они и так были кудрявые! — Дядя Миша наклонился и принюхался к нашим головам.— А чем это ты их намазюкала?

— Это маска! Рецепт Фаи, которая Жмайлик! Надо в равных пропорциях смешать порошок синьки, бараньи катышки и развести это дело в яичных желтках,— стала перечислять Ба.

— Бараньи чего? — подскочили мы с Манькой.

— Катышки, катышки,— покатился со смеху дядя Миша,— сиречь какашки!

Мы с Манькой потеряли дар речи.

— Ба! Как ты могла?! — наконец взревели мы и кинулись в ванную, смывать маску с наших голов. Какашки легко и быстро смылись, но головы наши теперь отсвечивали нежным голубоватым колером.

Когда мы выползли на веранду, дядя Миша присвистнул.

— Мам, ну кто тебя просил? Ладно Маня, а что мы Наркиным родителям скажем?

— А ничего не надо говорить,— отрезала Ба,— они умные люди и, в отличие от тебя, оценят мои старания. Сходи лучше позвони Наде и скажи, что Нарку уже можно забирать.

— Ну уж нет! — Дядя Миша привлек нас к себе и поцеловал по очереди в сиво-голубые макушки.— Сама эту кашу заварила, сама ее и расхлебывай!

— Можно подумать! — фыркнула Ба и пошла в дом.— Позвонить ему трудно!

Мы, затаив дыхание, стали напряженно прислушиваться к разговору Ба.

— Алё? Алё-о? Надя? Здравствуй, дорогая, как у вас дела? У нас тоже все в порядке. Можете Нарку забирать... Почему сама не может прийти? Почему не может, очень даже может. Только панама нужна... Па-на-ма... Как зачем? Чтобы голову не припекло... А что волосы? Волосы — дело наживное, вчера были волосы, а сегодня уже нет, хе-хе!.. Ну что ты сразу охаешь, побрила наголо, ага... Керосин? Буду я керосин на них изводить! Все сделала в лучшем виде, маску нанесла, по рецепту Фаи, которая Жмайлик... Я ей, главное, говорю: не надо нам никаких масок, Фая, а она — сделай да сделай, заставила прям, над душой стояла... Ну и что, что она в Новороссийске, а я здесь?.. По телефону и заставила!.. Да не волнуйся ты, маска как маска, желток да синька, ну и по мелочи... По мелочи, говорю... Ну, бараньи катышки, делов-то... Что ты охаешь, можно подумать, я крысиного яду положила... Нет, все смыли, все в порядке, только голова синюшная... Синюш-на-я, говорю, как у утопленника... Зачем ты сразу пугаешься, живая она, живая, это от синьки она синюшная, день-другой, и все сойдет... А волосы быстро отрастут, это ж не зубы!.. Ага... Ага... Ну, до свидания, дорогая, ждем!

— Мам! — крикнул дядя Миша, когда Ба положила трубку.— Ты уверена, что не слышала на том конце провода звука падающего тела?

— Зиселе! — Голос Ба не предвещал ничего хорошего.— Ты таки напрашиваешься на свою порцию маски от тети Фаи!!!

Дядя Миша крякнул:

— Мам, ты бы лучше дала чего поесть, а то мне через полчаса возвращаться на работу.— Он весело подмигнул нам.— Ну что, жертвы компоста, пойдем поедим, надеюсь, обед уж точно обойдется без бараньих катышков?

ГЛАВА 4

Манюня, или Баба Роза демонстрирует чудеса гуманизма

На обед были жареная курица с рисом, зеленый салат и кисленький, освежающий компот из алычи.

Мы с Манюней прямо-таки пожирали птицу, тщетно пытаясь сохранить скорбное выражение на лицах. В идеале, конечно, нужно было демонстративно окочуриться на глазах у Ба, чтобы она потом долго оплакивала нас, теребя в руках наши вшивые волосы. Но не существовало на планете Земля силы, которая могла заставить нас оторваться от хорошо прожаренной, хрустящей, ароматной курочки в исполнении Ба.

Дядя Миша посмеивался, искоса наблюдая за нами.

— Мам, ну посмотри на них, вылитые два мутанта-головастика! — не выдержал он.

Мы навострили ушки. Ба раздраженно отодвинула от себя тарелку.

— Поели все? А теперь марш из-за стола, к шести должны приехать ЛЮДИ, Нарку забирать, я хочу успеть испечь яблочный пирог.

— Ты хочешь шарлоткой искупить вину за нанесенный Нарке ущерб? — засмеялся дядя Миша.— Да за одни только бараньи катышки тебе придется расплачиваться бутылкой сливовой наливки!

Мы с Манькой тревожно переглянулись — дядя Миша явно искал приключений себе на голову. Ба смерила его тяжелым испепеляющим взглядом исподлобья.

— Молчу-молчу,— заторопился дядя Миша,— все, Фелен-Пелен,— повернулся он к нам,— я на работу, а вы ведите себя тише воды ниже травы, а то видите, к каким разрушительным последствиям приводят ваши эксперименты в вошководческой отрасли!

— Ты так уйдешь или тебя вперед ногами вынести? — ласково поинтересовалась Ба.

— Да я уже практически ушел.— Дядя Миша чмокнул ее и выскользнул из кухни.

Ба накрыла ладонью щеку, в которую ее поцеловал дядя Миша, и простояла так с минуту, рассеянно улыбаясь одними губами. Мы с Маней каким-то звериным чутьем догадались, что ее сейчас нельзя отвлекать, поэтому сидели за столом не шевелясь и во все глаза наблюдали за ней.

Ба очнулась, посмотрела на нас изучающим взглядом, рассмеялась:

— А ведь правда выглядите как два мутанта-головастика.

Мы сочли ее смех за контрибуцию и вылезли из-за стола.

— Ба, а что такое мутант? — спросила Манька.

— Вырастешь — узнаешь,— ответила Ба,— но если станешь сейчас канючить, что да как, то не получишь сладкого,— она протянула нам ПО ДВЕ шоколадные конфеты.

Мы не поверили глазам своим — шоколадные конфеты от Ба были прямым свидетельством тому, что вселенная наконец-таки повернулась к нам лицом, а не тем местом, которым она стояла с самого утра. Ведь Ба категорически была настроена против шоколада, она считала его источником всех человеческих бед, начиная от энуреза и заканчивая синдромом Дауна. Поэтому, когда она добровольно протянула нам по две (!) шоколадных конфеты, мы, не мешкая, сорвали их с ее ладоней и выбежали прочь из кухни.

— А поблагодарить? — Голос Ба настиг нас на пороге и больно толкнул в спину.

— Спасиииибо, Ба,— хором закричали мы.

На веранде Манька развернула обе конфеты и разом запихнула в рот.

— Это она из-за чувства вины перед нами,— прочавкала она,— ешь свой шоколад быстрее, пока Ба не передумала.

Теперь представьте себе эту дивную картину: под высоким раскидистым деревом тута на деревянной скамеечке сидят две обритые наголо неравномерно лопоухие девочки и отсвечивают голубоватыми черепами. За каждой щекой у них по кусочку сладкого счастья, они в блаженстве закатывают глаза, причмокивают и местами преступно исходят слюной... Жалкое, душераздирающее зрелище!!!

Когда конфеты были съедены, мы пошли прогуляться на задний двор. Походили бесцельно под фруктовыми деревьями, постояли над аккуратненькими грядочками кинзы, выдрали по листику, пожевали в задумчивости.

Вдруг заметили какое-то шевеление под грушевым деревом. Пригляделись с замиранием сердца. В траве лежал маленький птенчик — жалкий, голенький, криворотый.

— Ой! — ужаснулись мы.— Он, наверное, из гнезда выпал.

Посмотрели вверх, но за густыми листьями ничего не разглядели. Манька осторожно подняла птенца. Он беспомощно пищал и барахтался в ее ладонях.

Мы побежали в дом показывать нашу находку. Ба возилась с тестом для пирога на кухне, пахло корицей и жареным миндалем.

— Ба! — крикнули мы. Она обернулась на наши голоса и вздрогнула от неожиданности.

— Вы меня напугали!

— Ага! — торжествующе выкрикнула Маня.— Теперь ты признаешь, что мы из-за тебя стали страшные как смерть, правда глаза колет, да?

— Я тебе покажу сейчас, как может правда глаза колоть,— взъерепенилась Ба,— что это у тебя в руках?

— Посмотри, что мы нашли,— Манюня сунула ей под нос птенца.

Ба недоверчиво оглядела нашу находку.

— Зря вы его взяли, он уже практически дохлый,— проворчала она.

— Ну Ба!— возмутилась Манюня.— Ничего он не дохлый, смотри,— она ткнула пальцем в птенца, тот поморщился всем тельцем и задергал лапками.— Видишь? — победно сказала Манька.— Мы его спасли, а теперь будем кормить-поить-выхаживать! Ба, что мы можем ему дать?

Ба ни минуты не раздумывала.

— Можете откопать дождевых червей, хорошенько их разжевать и скормить этой дохлятине,— язвительно проговорила она.

— Фуууууу, Ба! — смешно наморщила носик Манька.— Представить даже противно. Вот если бы ты нам помогла...

— Ты мне предлагаешь самой разжевать червей? — Ба ненадолго оторвалась от теста.

— А ты можешь? — Манька нетерпеливо запрыгала на одной ноге. Несчастный птенец трясся в ее руке безвольным комочком.

— Мария,— Ба глянула на Маньку поверх очков,— ты соображаешь, что говоришь?

Манька вылупила глаза. Потом надула щеки.

— А если напоить его молоком? — пискнула я.

Ба вздернула от удивления брови.

— Где это слыхано, чтобы птица кормила молоком? Ты хоть у одной птицы видела грудь?

— Видела! — Я решила пойти ва-банк.— У птицы гарпии, например, большая женская грудь. Я сама видела. В книге про античных богов.

Ба вспотела лицом.

— Так сходи к своей знакомой птице гарпии и попроси ее покормить этого дохлика большой женской грудью, понятно? — рявкнула она.

Мы молча переглянулись. Манька еще раз ткнула птенца. Он слабо зашевелился. Она положила его на краешек стола и погладила по голенькой спинке.

— Горе мое луковое,— прошептала умиленно.— Ба, мы можем его хлебными крошками накормить! — вдруг осенило Маньку.— И напоить водой из пипетки можем! Ты только дай нам крошек, Ба! И покажи, где пипетка, которой ты мне в ухо закапывала эту ужасную черную жидкость, помнишь? А еще мы, например, можем его искупать. Набрать в мисочку теплой воды, побултыхать его там и уложить спать, накрыв платочком.

Ба простонала. Но Манюня ничего не слышала, Манюню несло.

— А если у него вдруг случится заворот кишок, мы пипеткой поставим ему клизму,— у Маньки раскраснелись от волнения щеки,— ты ведь нам поможешь, Ба? Хотя не надо помогать, мы сами разберемся.

По окаменевшей спине Ба можно было догадаться, что сейчас случится непоправимое, но Манька этого не замечала, она была увлечена своими мыслями.

— Вот если бы ты еще умела мух ловить,— мечтательно протянула она,— или хотя бы мошек, а, Ба?

Ба со словами: «Да что же это такое!» — стремительно повернулась и с легким хрустом свернула птенцу шею.

— Вот теперь можете его хоронить со всеми почестями,— выдохнула она, не обращая внимания на наши вытянувшиеся лица.— Я даже готова вам на эту церемонию уступить железную баночку из-под индийского чая! Потому что лучше я его прямо сейчас убью, чем вы потом замучаете до смерти своими экспериментами!

Мы, потрясенные, в гробовом молчании забрали трупик птенца и пошли хоронить его на задний двор. Выкопали маленькую ямку под грушей, положили туда тельце и присыпали землей. Постояли какое-то время понуро над могилкой.

— Надо будет откопать его завтра и посмотреть, улетела у него душа или еще ТЕПЛИТСЯ В ГРУДИ,— задумчиво протянула Манька.

— Ты чего? — возмутилась я.— Какое там теплится, он ведь умер!

— Ну ты же слышала, как Ба рассказывала про гойские выкрутасы Иисуса с воскрешением? — Манька сорвала с ветки листик и намотала его на палец.— Может, это птичий Христос?

Мы в задумчивости уставились на могилку. Потом, как по команде, подобрали два деревянных прутика, сложили крест-накрест, обмотали травами, чтобы крестик не распался, и воткнули в одинокий холмик.

Автор приносит извинения своим замечательным читателям за богохульство. Автор сама является христианкой, правда, достаточно раздолбайского разлива, ну да ладно.

В оправдание Ба автор текста может сказать, что с богом у нее были весьма непростые, продиктованные тяжелым детством и юностью, отношения. Ба принадлежала к одной из основных авраамистических религий и считала себя вправе с одинаковым остервенением костерить святых всех религий подряд.

Все претензии просьба предъявлять исключительно автору, ибо Ба автор в обиду не даст.

Когда вечером приехали мои родители, на кухонном столе исходил умопомрачительным ароматом яблочный пирог. Ба полила его, еще горячий, растопленным медом, посыпала корицей и миндальной крошкой. Обжарила в большой чугунной сковороде кофейные зерна до маслянного блеска, принесла из погреба свою знаменитую сливовую наливку в запотевшей бутылке темного стекла. Мы с Манькой добросовестно смололи кофе в ручной кофемолке.

Ба вышла встречать маму с папой на веранду.

— Сидите на кухне,— шикнула она, грозно выпучив на нас глаза.— Ой, Наденька, Юрочка (чмок-чмок), как доехали? Ну и что, что пять минут езды, мало ли что может с вами случиться, колесо можно проколоть, бензобак может протечь, мазут может пролиться или какая еще беда приключиться. Вон у соседа нашего, Гора, сын чуть в машине не сгорел, говорили — замыкание (сочувственные ахи и охи). Я пирог яблочный испекла (громкое восторженное бормотание родителей), ага, ага, скоро и Миша приедет. Девочки сегодня себя чудесно вели, хоронили птенчика (тревожное бормотание). Да ничего страшного, они его подобрали, хотели клизму пипеткой сделать, пришлось несчастному свернуть шею, чтобы они его не замучили до смерти (растерянное покашливание). Вы только не пугайтесь, синюшность голов еще не прошла (тревожное покашливание), но это дело одного-двух дней, потом все придет в норму (растерянное мычание). Ну, что мы стоим на пороге, давайте пройдем на кухню!

Я не буду сейчас вам рассказывать в подробностях, какой мощи пароксизм истерического хохота согнул моих родителей при виде наших голубых черепов. Как потом папа вертел наши головы в руках и, любовно пересчитывая все характерные шишечки, сыпал страшными словами брахикефалия, долихокрания и краниология, и этим вогнал нас в окончательный и бесповоротный ступор.

Как мама рыдала на плече у Ба, а Ба утешала ее и говорила, что волосы не зубы, ну ты же понимаешь, Надя, а мама с каким-то сладострастным облегчением вытерла сопли подолом платья Ба и сказала: «Тетя Роза, я все понимаю, только детей все равно жалко!!!»

Как папа с дядей Мишей стояли на веранде, с дымящимися чашечками кофе в руках, выкуривали сигарету за сигаретой и вели бесконечный диалог на тему, что пора бросать курить, Миша, конечно, пора, а то сколько можно, Юра!

День удался, в общем, на славу. Я заснула счастливая, в своей кровати, жестоко осмеянная сестрами, но с греющей душу мыслью, что где-то там, в пяти минутах езды от нас, в двухэтажном каменном доме спит Манюня и отсвечивает в темноту такой же, как у меня, гладковыбритой, голубоватого колера, головой.

ГЛАВА 5

Манюня, или Как мы сначала искали панамы, а потом Ба спасала сына

Выходить за порог с непокрытой безволосой головой мы наотрез отказывались, поэтому мама бросились на поиски панамок. Что ни говори, детство наше протекало в дивные времена, поэтому в единственном универмаге нашего городка в отделе головных уборов можно было жарким июньским днем приобрести только мохеровые свалявшиеся шапки необъятных размеров да фетровую мужскую шляпу в количестве одна штука.

— Может, мы вам просто косыночки повяжем? — предложила мама.— Узелком под подбородком, будете Аленушками.

Косыночки повязывать мы наотрез отказались.

— Не по пять лет нам,— пробурчали.

Ба кинула клич по соседям, уезжающим в Ереван, с просьбой привезти нам панамки. Соседи звонили и рапортовали:

— Роза, в «Детском мире» выкинули чепчики для грудничков, есть вроде большие размеры, я пыталась натянуть на колено, они нормально натягиваются, ну ты же знаешь мои колени, Роза!

— Роза, в ГУМе потрясающей красоты пляжные шляпы с большими полями, сиреневые в белую ромашку, но по семь рублей и на взрослую женщину!

— Роза, в ЦУМе видели соломенные шляпы, что-то типа сомбреро, но они декоративные и за бешеные деньги!

— Роза, в магазине «Пчеловод» продаются каски с лицевой металлической сеткой, я пригляделся — можно плоскогубцами понадкусывать и снять это забрало. Получится панамка, правда, на периметр головы 58 сантиметров. Какой у девочек размер черепушек?

— Если бы у девочек были головы периметром в 58 сантиметров, мы бы их как гнет в кадке с квашеной капустой использовали,— ругалась Ба в трубку.— Хоть к телефону не подходи! — жаловалась она на следующий день маме.— Сбрендили они, что ли? Или жара на них так подействовала? Я им про Фому, а они мне про Ерему!!!

— Ничего-ничего! Сами справимся, да, девочки? — обернулась к нам мама.

— Угум,— прозвучало ей в ответ.

Мы с Маней любовались своим отражением в стеклянной дверце кухонного навесного шкафчика. И если я могла делать это спокойно, не поднимаясь на цыпочки, то маленькая и пухленькая Маня до своего отражения не «дотягивалась». Она забавно подпрыгивала и, поймав свою мордашку в стеклянной дверце, моментально строила рожицу.

— Налей-ка мне еще чайку, Надя, а то от одного взгляда на них у меня в горле пересыхает,— пробурчала Ба.

Если Ба пила чай, то только крутым кипятком и вприкуску. Мама покупала в магазине специальный сахар, который сильно отличался от хрупко-прозрачного рафинированного,— твердый, неровными большими кусками, он плохо растворялся в чае и оставлял белый густой пенный налет на поверхности. Мы кололи его специальными щипчиками и хранили для Ба.

Когда Ба приходила к нам в гости, она первым делом просила чаю. Мама вынимала сахарницу и торжественно водворяла ее на чайный столик. Ба одобрительно кивала головой, принимала царственной рукой большую чашку исходившего паром напитка и, перекатывая во рту кусочек сахара, запивала его большими глотками, громко клокоча где-то в зобу.

— Я могу попробовать связать панамки крючком,— предложила мама, передавая Ба очередную чашку с чаем,— у меня есть подходящая тонкая пряжа. Потом мы их густо накрахмалим и придадим нужную нам форму.

— Не хотим мы вязаные крючком панамы! — взвыли мы.— Во-первых, ждать долго, пока ты их свяжешь, пройдет целая вечность, а во-вторых, они будут в дырочку, а через эти дырочки все увидят наши лысины!!!

— А у меня нет столько денег, чтобы с Маней по гостям на такси разъезжать! — рассердилась Ба.— Видите ли, стыдно им. Можно подумать, когда выйдете шляться по городу, люди подумают, что под панамами вы прячете не два пустых барабана, а ваши роскошные кудри!

Мы обиженно засопели, но взрослые уже не обращали на нас никакого внимания. После недолгого совещания они решили сшить нам панамки. Вытащили швейную машинку, порылись в бельевом шкафу и нашли две голубые наволочки в желтый горох.

— Самое оно,— обрадовалась мама.

Через два часа кропотливой работы наши швеи-мотористки явили миру свой инновационный взгляд на летние головные уборы в виде двух кособоких конструкций с неровными, чересчур широкими полями и бестолково торчащей высокой тульей.

Ба нацепила панамы нам на головы.

— Вполне себе ковбойские шляпы,— проговорила она с еле сдерживаемой улыбкой,— теперь никто не посмеет приставать к вам на улице, потому что у вас очень боевой вид!

Мы помчались любоваться собой. Повертелись перед зеркалом, встали и так и этак.

— А что, вполне,— Манька нахлобучила панаму на самый лоб и, подтянув поля, свела их под подбородком. Получилось что-то наподобие чепчика. Она выпучила глаза, выдвинула вперед нижнюю челюсть и прошамкала: — Деточка, дай рублик на жизнь!

Я покатилась со смеху. Задрала поля своей панамы вверх, скосила глаза к переносице и растянула пальцами уголки рта.

— Ыыыыыыыы! — Мы повернулись друг к другу и замычали: — Ыыыыыы!

— Полюбуйтесь на этих дегенераток! — Голос Ба разнесся по квартире звуком иерихонской трубы.— Надя, а ты переживаешь, что им не понравятся панамы. Да они уже в своем обычном репертуаре!

* * *

Спустя неделю наметился совместный выезд в горы, с ночевкой в нашем дачном домике. Но дядя Миша внезапно слег с высокой температурой, и Ба осталась ухаживать за ним.

Папа забрал Манюню за день до нашего отъезда. Мы из кухонного окна наблюдали, как они парковались возле нашего подъезда. Пока добежали до входной двери, Манька уже вовсю трезвонила в звонок. Как только я отперла, она ртутным шариком вкатилась в квартиру и моментально заполнила ее своим птичьим щебетом. Следом за ней вошел папа и с трудом втащил в квартиру большой баул.

— Это что такое? — удивилась мама.

— Роза нам припасов на дорогу дала,— протер пот с чела папа.

Мама открыла сумку и стала по одному вытаскивать аккуратные свертки. С каждым новым свертком на ее лице все отчетливей выступало отчаяние.

Ба положила нам в дорогу луковый пирог, пирожки с капустой, дюжину отварных куриных яиц, банку айвового варенья, банку малосольных огурчиков, банку аджики, овощей килограммов пять и столько же фруктов, а также большую эмалированную кастрюлю с замаринованным на шашлык мясом. В кармане сумки мама нашла нож, спички, полпачки мелкой соли, рулон драгоценной туалетной бумаги, таблетки тетрациклина и цитрамона, йод, зеленку, вату и широкий марлевый нестерильный бинт в количестве одна штука.

— Судно забыла положить,— захохотал папа.

— Зачем ты это взял? — Мама уставилась на отца.— Мы что, не смогли бы Маньку прокормить?

— Вот позвони и скажи ей это сама,— рассердился папа,— можно подумать, Роза приняла бы мой отказ!

— А что сразу звонить? — испугалась мама.— Надо было оставить сумку за порогом и быстренько уехать!

— Да Роза проконвоировала нас до машины, а потом еще махала вслед рукой! На каком отрезке пути я мог оставить сумку? Знаешь, что мне Миша шепнул? Заберите, мол, ее с собой, а то она убьет меня своей заботой! — Папа быстренько съел пирожок с капустой и потянулся за вторым. Мама резво шлепнула его по руке.— Ты бы слышала, что мне Роза на прощание сказала! — Папа потянулся за луковым пирогом и получил второй шлепок по руке.— Если не получится до вечера сбить ему температуру, придется ставить клизму! Клизму! И это Мише, который в прошлом году перед операцией не ел два дня, только чтобы ему не промывали кишечник!

Мама прыснула.

— Это да, Миша лучше утопится в колодце, чем даст поставить себе клизму!

* * *

Через три дня мы вернулись с дачи и первым делом завезли Маню к ней домой. Во дворе под раскидистым тутовым деревом на деревянной скамье сидел дядя Миша. В жаркий двадцатипятиградусный летний день он выглядел как солдат отступающей наполеоновской армии — на голове дяди Миши красовалась Манина вязаная зимняя шапка с помпоном, растянутые на коленях треники были заправлены в толстые шерстяные носки, а грудь крест-накрест была повязана цветастым платком Ба.

— Папочка! — Манька бросилась обнимать отца.— А зачем ты мою шапку надел, она же девчачья!

Дядя Миша стянул с Манькиной головы панаму и поцеловал в макушку.

— А ты уже обросла на целый миллиметр,— улыбнулся он.

— Ну что, Рендл Патрик Макмерфи, таки тебе промыли кишечник? — засмеялся папа, протягивая дяде Мише руку.

— Э, Юра, давно я тебя в шахматы не обыгрывал, вот и наглеешь,— неуверенно огрызнулся дядя Миша.

— А что так? — Папа сел рядом и нащупал пульс дяди Миши.— Пульс как у трупа. Где Роза?

— Роза на консилиуме у соседей,— фыркнул дядя Миша,— каждый час бегает к ним советоваться.

— Это у каких соседей, у Шаапуни, у которых дочь педиатр?

— Нет, у Газаровых, у которых сын ветеринар.— Дядя Миша посмотрела на отца долгим выразительным взглядом.— Газаров-младший недавно на ферме села Паравакар проводил мероприятия по профилактике субинволюции матки у коров. Теперь, видимо, очередь до меня дошла!

— Чего? — Папа зашелся в громком хохоте.— Чего... говоришь... он там... проводил?

Мы не поняли ни слова из того, что сказал дядя Миша, но тоже рассмеялись — уж очень забавно он смотрелся в красной Маниной шапке.

— Уже вернулись? — раздался за нашими спинами радостный голос Ба. Мы обернулись. Ба боком заползала в калитку, в руках она бережно несла какой-то большой пакет.

— Мамеле,— отчаяние, выступившее на лице дяди Миши, легко могло растопить лед в сердце железобетонной конструкции,— что тебе еще всучил этот маньяк Газаров? Доильный аппарат «Буренка»?

— Ой-ой-ой, можно подумать! — Ба положила пакет на скамейку и по очереди расцеловалась с нами.— Доильный аппарат, скажешь тоже. Это всего-навсего плед из овечьей шерсти. Надо будет перемешать гусиный жир с луковым соком и втереть тебе в грудь и шею. Потом дать пропотеть под этим пледом. И хворь как рукой снимет.

Дядя Миша угрюмо уставился на пакет. Ба заботливо натянула ему шапку по самые брови и подмигнула нам.

— Доильный аппарат тобі треба, сына? Мигом организуем! Любой каприз за ваши деньги!

ГЛАВА 6

Манюня — снайпер, или Мамам-папам девочек посвящается

ПРОЛОГ

У папы появилось двуствольное ружье ИЖ-27, настоящее, с которым можно ходить на кабана. Автор дуб дубом в охотничьих делах, так что знающим людям не возбраняется покрутить пальцем у виска, но, насколько помнится автору, с ИЖ-27 все-таки ходили на кабана. Или на какого-нибудь другого среднерогатого скота. Кажется.

Ружье отцу презентовал благодарный третий секретарь нашего райкома за исключительной красоты искусственную челюсть червонного золота.

Папа честно пытался отговорить этого безумного человека от затеи вырвать себе здоровые зубы и украсить рот переливающимся золотом, но тот стоял на своем.

— Ты понимаешь, доктор,— объяснял он отцу,— я недавно из Москвы вернулся, был на очередном пленуме ЦК, там бо́льшая часть делегатов союзных республик щеголяли с золотыми зубами!!! А я чем хуже, у меня что, золота мало???

Видимо, золота у третьего секретаря райкома было действительно немало, потому что папа сделал золотые коронки не только ему, но еще и его жене, теще, матери и дяде. В благодарность за проделанную работу сановный пациент преподнес папе ИЖ-27.

Папа трясся над ружьем как скупой рыцарь над своими сундуками. Вел с ним долгие душещипательные беседы.

— Когда-нибудь,— говорил он своему новому другу,— у меня родится сын, и мы с ним вдвоем пойдем на кабана!

Но пока сыном и не пахло, поэтому отец выезжал на охоту с друзьями. Возвращался он домой, как ни странно, в целости и сохранности, навеселе, с ружьем наперевес и пустой охотничьей сумкой за плечом. За всю свою охотничью карьеру отец убил одну мелкогабаритную ворону, и то потому, что она зловеще каркала над нашими горе-охотниками, когда те пытались культурно отдохнуть после трехчасового безрезультатного прочесывания леса.

— Она каркала и каркала, ну я и выстрелил наугад, чтобы попугать ее,— рассказывал потом отец,— а ворона возьми и свались нам на голову!

При возвращении с охоты папа первым делом тщательно прятал ружье. Заходил он домой на цыпочках, в надежде, что дети его не услышат, но куда там! Мы сразу выбегали ему навстречу и вешались гроздьями ему на шею. «Хватит, хватит»,— нарочито хмурился папа. Ружье предательски выглядывало из-за его плеча.

Конспиративно ссутулившись, отец пятился в сторону своей спальни, нашаривал дверную ручку, при этом смотрел на нас грозно выпучившись, заползал задом в комнату и тщательно запирал дверь. Папа пребывал в счастливой уверенности, что никто, кроме него, не знает, где он прячет ружье.

Хех, папа плохо знал своих дочерей!

Как только за ним закрывалась дверь, мы сбивались в стайку и, затаив дыхание, подслушивали. Далее раздавался один и тот же, наработанный годами, звукоряд.

Бум!

— Это он поставил стул под антресоли,— волновались ряды преданных слушателей.

Хрясь!

— Ага, встал на стул и ударился головой о выступ.

Шур-шур-шур!

— Заворачивает ружье в газеты и прячет за одеяла,— удовлетворенно констатировали мы.

Бах! Бах! — захлопнул дверцы антресолей.

Плюх,— спрыгнул со стула (умильный вздох).

К моменту, когда папа, переодетый, выходил из спальни, наш след уже давно простывал.

Когда родители куда-то уезжали, мы часто забавлялись тем, что доставали папино ружье и по очереди перезаряжали его. При этом одна из девочек всегда стояла на стреме, чтобы сообщить о внезапном появлении родителей.

ЗАВЯЗКА

Напротив нашего дома, через улицу Ленина, на счастливом расстоянии в триста метров (почему счастливом, поймете по ходу действия), окна в окна с нашей квартирой проживал мой классный руководитель и по совместительству физрук Мартын Сергеич. Мартын Сергеич был известным на весь город стукачом. Люди за спиной пренебрежительно называли его кагэбэшной шестеркой. В течение рабочей недели МС вел наблюдение за учителями и старшеклассниками и делал заметки в блокноте, а потом бежал куда надо с подробным докладом. «Аж пыль столбом стояла, когда он мчался в КОНТОРУ»,— презрительно кривила мама губы, рассказывая отцу об очередном кроссе Мартына Сергеича.

Я ненавидела его всей своей неокрепшей одиннадцатилетней душой. Мартын Сергеич имел обыкновение на уроке физкультуры поглаживать девочек по спине и нашептывать на ухо разные замечания типа: «Тебе, Алиханян, неплохо уже лифчик купить, а то грудь выросла и трясется при беге» или «Тебе, Шаапуни, надо бы шортики свободного кроя, а то эти практически обтягивают ягодицы».

Манюня, хотя и училась в другой школе, из дружеской солидарности ненавидела физрука не меньше, чем я. Когда она оставалась у нас с ночевкой, вечером неизменно подходила к окну, щурилась и презрительно цедила сквозь зубы:

— У этого козла в окнах уже горит свет!

Когда жена Мартына Сергеича вывешивала стирку на просушку, мы зорко выискивали белье МС и злорадно его высмеивали.

— Смотрите,— покатывались мы со смеху,— Мартын-то, оказывается, носит огроменные семейники, они уж точно не обтягивают ему ягодицы!!!

КУЛЬМИНАЦИЯ

Как-то в праздники мама с папой и младшими сестрами поехали в гости к папиному коллеге. Дома остались я, Манюня и моя сестра Каринка, та еще штучка. С Каринкой можно было спокойно идти в бой, она любого дворового мальчика могла искалечить шипящим куском карбида или довести до слез издевками. К Каринке мы испытывали смешанное чувство любви, гордости и страха.

Остаться дома одним было для нас неимоверным счастьем. Какое-то время мы забавлялись тем, что ковырялись в маминой шкатулке с бижутерией. Потом перемерили все ее наряды и туфли, перемазались ее косметикой и надушились всеми духами. Для пущего аромата Манька сбрызнула нас освежителем воздуха «Лесная ягода». Амбре, которое мы источали, могло скопытить вполне боеспособную роту пехотинцев.

Когда зубодробительный марафет был наведен, мы решили сообразить светский раут на троих. Сварили кофе, притащили сигареты, долго искали индийские курительные палочки, но мама их куда-то упрятала. Ничтоже сумняшеся подпалили сухие колоски камыша в маминой икебане.

Сели пить кофе. С первой же затяжки мы закашлялись, с первого же глотка нас чуть не вывернуло. Раут не оправдал наших ожиданий. Мы вылили кофе, спустили недокуренные сигареты в унитаз, проветрили кухню.

Вышли на балкон явить миру нашу неземную красоту.

Но покрасоваться нам не удалось. Напротив, на своем балконе, сидел Мартын Сергеич и читал газету. У нас сразу испортилось настроение.

— Давайте мы сконцентрируем всю ненависть в наших глазах и высверлим в его голове дырку,— предложила Манюня.

Мы принялись сверлить Мартына Сергеича взглядом, полным ненависти, но долгожданная дырка никак не высверливалась. Физрук потянулся, сладко зевнул и почесал себя в живот. Мы разочарованно вздохнули.

Тогда Каринка внесла новое рацпредложение: а давайте, говорит, мы в него выстрелим из папиного ружья!

— А давайте,— всколыхнулись мы с Манькой и бросились наперегонки за ружьем. Вытащили с антресолей и притащили на балкон. Каринка уже заняла огневую позицию на полу за решеткой. Мы подползли к ней на брюхе и передали ружье.

— Зарядили? — грозно прошипела Каринка.

— Издеваешься! — возмутились мы.

Каринка заграбастала под себя ружье, долго прицеливалась и наконец выстрелила.

Раздался негромкий хлопок, мы выглянули из-за балконной решетки.

Мартын Сергеич сидел не шелохнувшись.

— Дай мне! — Манюня вырвала ружье из рук Каринки.— У меня глаз меткий, я его вмиг свалю!

Манька с минуту елозила пузом по полу, выбирая единственно правильную огневую позицию. Боевой чубчик ирокезом топорщился над ее лбом. Затаив дыхание, она долго прицеливалась, потом зачем-то зажмурилась, отвернулась и выстрелила.

Мы прождали несколько секунд и воровато выглянули из-за перил.

Балкон напротив был пуст!!!

— Я его убила,— выпучилась Манюня,— я его убила!

Мы по очереди отползли задом в дом и закрыли балконную дверь. Щелкнули затвором, ружье выплюнуло горячие гильзы. Мы выкинули их в мусорное ведро. Потом изорвали в клочья новый номер «Литературной газеты» и прикрыли гильзы.

Боевой запал не иссякал. Содеянное смертоубийство сплотило нас в грозный триумвират. Мы походили какое-то время по квартире с ружьем наперевес.

Мне было обидно, что Манюня с Каринкой стреляли, а я — нет.

— Это нечестно, я тоже хочу выстрелить,— надулась я.

Девочки переглянулись. Требование мое показалось им справедливым.

— Сейчас найдем тебе цель.— Каринка зарядила ружье и сунула его мне в руки.— Сейчааааaaс найдеоооооом.

Мы долго кружили по квартире. Сначала прицениваЛись к хрустальной люстре, потом — к маминой любимой китайской вазе. Вовремя сообразили, что́ мама с нами сделает, если мы разнесем вазу или люстру, и отказались от мысли стрелять во что-то ценное. Итого наш выбор пал на мусорное ведро. Сестра поставила его посреди кухни, и я, зажмурившись, выстрелила внутрь.

Потом мы убрали ведро под мойку и аккуратно спрятали папино ружье.

— Наверное, жена Мартына Сергеича уже выплакала себе все глаза от горя,— сказала Манька, когда мы захлопнули дверцы антресолей и спрыгнули со стула на пол.

— Наверное,— нам внезапно стало жалко длинную, жилистую и некрасивую жену Мартына Сергеича. Она преподавала в старших классах историю и имела кличку Скелетина.

— А давайте мы позвоним им,— предложила я,— заодно, когда поднимут трубку, послушаем, что там творится.

Я вытащила телефонную книгу. Найти номер физрука не составило большого труда. Манька важно поднесла к уху трубку, набрала номер, послушала гудки, потом почему-то резко закашлялась и покраснела.

— Алле, здрассьти, а можно Анну? Не туда попала? Извините,— она шмякнула трубку на аппарат и обескураженно уставилась на нас.

— Ну что? — хором спросили мы с сестрой.

— Он сам подошел к трубке! Ни черта мы его не убили! Хорошо, что я не растерялась и спросила про Анну!

Нашему разочарованию не было предела. Пули, видимо, не преодолели расстояние в триста метров и шмякнулись где-то на полпути между нашими балконами.

Мы в глубоком унынии поплелись в ванную, смывать с лица боевую раскраску. Остальной день провели в нехарактерной для нас тишине, играли сначала в шашки, потом — в подкидного дурака.

РАЗВЯЗКА

Когда родители вернулись из гостей, они застали в квартире идиллическую картину: три девочки, высунув языки, вырезали из журнала «Веселые картинки» платьица и шапочки для бумажной девочки Тани.

Мама погладила нас по голове, назвала умницами. Потом принюхалась, закашлялась.

— Не душитесь всякой дрянью,— сказала. Мы заулыбались ей в ответ. Вечер обещал быть прекрасным и тихим.

— Это что такое? — Мамин голос раздался над нами как гром среди ясного неба. Мы обернулись. Она стояла на пороге детской и в удивлении изучала ровную маленькую дырку на дне мусорного ведра. Мама посмотрела на нас долгим колючим взглядом и протянула гильзы.— Что это такое, я вас спрашиваю, и откуда в мусоре стреляные гильзы?

Мы виновато переглянулись.

— Это не мы,— пискнула Каринка.

— А кто?! — Мамин голос не предвещал ничего хорошего.

— Ладно, это мы,— вздохнула я,— сначала мы хотели убить Мартына Сергеича, стреляли в него два раза с нашего балкона, но ты не волнуйся, он живой и невредимый, мы уже позвонили к нему домой, он сам подошел к трубке. А потом я еще выстрелила в мусорное ведро.

Мама какое-то время переводила взгляд с нас на гильзы и обратно. Наконец по выражению ее лица стало ясно, что до нее дошел весь ужас содеянного нами. И до нас, кстати, он тоже дошел. Мы взвизгнули и бросились врассыпную.

Наказывала мама нас весьма своеобразно — в процессе нашего бега. Она хватала улепетывающего ребенка за шиворот или предплечье, отрывала с пола, награждала на весу шлепком и отправляла дальше по траектории его бега. Если она огревала нас достаточно больно, то остальную часть спасительной дороги мы преодолевали с перекошенными от боли лицами, а если нет — тут главное было убедительно сыграть эту перекошенность на лице, чтобы у мамы не возникло желания повторить свой фирменный шлепок.

Когда бежать стало некуда, мы попытались юркнуть мимо мамы в коридор. Первой на штурм ринулась Каринка, но мама схватила ее за шиворот, дернула вверх, пребольно ударила несколько раз по попе и отправила дальше. Каринка взвизгнула и, не останавливаясь, шмыгнула за угол. Через секунду из-за угла показалось ее сморщенное от боли лицо.

Пока мама отвлеклась на сестру, я попыталась проскользнуть мимо. К одиннадцати годам я успела вымахать в такую каланчу, что меня сложно было оторвать за шиворот от пола. Улепетывала я как комар-долгоножка, ловко переставляя длинными тонкими ногами. Поэтому мне достаточно легко удалось нырнуть под мамину руку и прорваться в спасительный коридор. Но я недооценила силу ее гнева.

Увидев, что жертва уходит безнаказанной, мама запустила в нее первым, что попалось. А под руку ей попалось пластмассовое мусорное ведро. Выпущенное маминой меткой рукой, оно нарисовало косую бумерангову дугу и, настигнув меня уже за углом, красиво вписалось в мое левое ухо. Мир, благодаря брызнувшим из моих глаз искрам, засиял доселе невиданными красками. Ухо моментально запульсировало и увеличилось в размерах раза в три. Я взвыла.

Но убежать далеко мы позволить себе не могли, потому что в плену у мамы остался драгоценный трофей — Манюня. Поэтому мы с Каринкой выглядывали, потирая ушибленные места, из-за угла и горестно подвывали друг другу.

У Маньки надо лбом росла непокорная прядь волос, которую, чтобы кое-как пригладить и уложить в прическу, надо было обильно намочить водой и пришпилить заколкой. В минуты крайнего волнения эта прядь развевалась над Маней грозным ирокезом. Вот и сейчас боевой чубчик восстал над моей подругой, как большое соцветие зонтичного растения. Манька поскуливала и затравленно озиралась на нас.

И тут мама явила миру все коварство одной отдельно взятой взъерепененной женщины. Она не тронула Маню и пальцем. Она выговорила ровным, холодным голосом:

— А с тобой, Мария, разговаривать будет Ба!

Лучше бы мама мелко нашинковала Маню и скормила собакам! Лучше бы она выстрелила в нее из папиного ружья! Потому что разговаривать Ба не умела, Ба умела пройтись по телу так, что потом на реабилитационный период уходило дня два.

— Тетьнадь,— залилась горючими слезами Манюня,— не надо ничего рассказывать Ба, ты ударь меня по голове ведром, а лучше несколько раз ударь! Пожалуйстааааааааа!

Мы зарыдали в голос, мама обернулась на нас, потом посмотрела на Маню и разом упала лицом.

— Вы хоть понимаете, девочки, чем это могло закончиться? Вы хоть понимаете???

ЭПИЛОГ

В тот же вечер папа отвез ружье своему неженатому коллеге, и они потом долго рыскали по его квартире в поисках укромного уголка.

Поздно ночью к нам заехал дядя Миша, и мама со слезами на глазах рассказала ему, что мы вытворили. Дядя Миша сначала молча выслушал маму, потом так же молча прошел в детскую спальню, поднял сонную Маньку с постели и отвесил ей могучий подзатыльник. Затем уложил ее обратно в постель и подоткнул со всех сторон одеяло.

— А потом знаете, что он сказал вашим родителям? — докладывала нам на следующее утро Манька.— Он им сказал — это правильно, что вы ничего не стали рассказывать Ба. Иначе мало никому бы не показалось. В том числе и вам. И мне.

Манька вздохнула и пригладила рукой складочки на юбке.

— Ба бы нас всех тогда побила,— взволнованно проговорила она и потрогала мое зудящее ухо: — Ого, еще горяченькое!

ГЛАВА 7

Манюня и ромалэ, или Ба сказала «господибожетымой»

Середина лета — жаркая для хозяек пора. Отходят черешня, абрикосы, малина, ежевика. Нужно успеть сварить варенье и приготовить джем. Нужно закатать в банки лучик летнего солнца.

Ба варила абрикосовый ждем. На абрикосовый джем Ба слетались все пчелы с окрестных пасек, бабочки кружили за окном, радуга раскидывалась над домом Ба и связывала противоположные концы горизонта разноцветной подарочной лентой.

Природа регулировала температуру так, чтобы было не очень жарко, но и не слишком прохладно, а чтобы самое оно — градуса двадцать два, и легкий ветер колыхал ажурные занавески и деликатно постукивал ставнями открытых окон. Ибо даже природа старалась угодить Ба, когда она варила абрикосовый джем.

Потому что Ба в такие дни становилась совершенно несговорчивой и даже агрессивной. Конечно, в случае с Ба представить еще большую степень несговорчивости крайне сложно, но при большом желании можно.

Ба ваяла и творила, как Антонио Гауди на стройке собора Святого Семейства — без чертежей и набросков. И ни в коем разе нельзя было ее отвлекать, потому что она постоянно совершенствовала рецепт, добавляя ингредиенты на глаз, по щепотке, по ломтику, по крупинке... Уходила в сад и возвращалась с очередным букетом разнотравий: «В этот раз добавим еще листик можжевельника»,— в задумчивости бубнила она себе под нос. Мы беспрекословно выполняли все ее поручения и, дабы не мешать ей, старались максимально слиться с обоями на кухне.

На нас с Манькой возлагалась обязанность подрумянить на большой сковороде фундук, выскрести ваниль из стручков, притомить в духовке апельсиновые и лимонные корочки, извлечь из абрикосовых косточек сладкие ядрышки и очистить от кожуры... Также мы вырезали из пекарской бумаги кружочки размером с горлышко банки. Эти кружочки Ба потом замачивала в коньяке и накрывала ими джем непосредственно перед закруткой.

За любой вопрос мы рисковали получить по лбу деревянной лопаточкой, которой Ба размешивала джем. Поэтому мы перешептывались, тихонечко пинались под столом или перемигивались. Ходили в туалет гуськом, по стеночке. Если Ба случайно натыкалась на нас, когда мы ползли, затаив дыхание, к выходу, она издавала глухой рокот грозовой тучи: «Ааааа, шлимазлы!!!» На шлимазлов мы никак не реагировали, потому что шлимазл являл собой чуть раздраженную, но, в принципе, вполне благодушную констатацию факта нашего существования. Но если Ба вдруг называла нас шлемиэлями, то у нас душа мигом уходила в пятки. Потому что этот таинственный шлемиэль она всегда сопровождала могучим подзатыльником!

Весь наш городок был в курсе, что Ба категорически нельзя отвлекать, когда она ТВОРИТ абрикосовый джем. Казалось, даже глупые ласточки старались изменить маршрут своего стремительного полета в столь ответственный для мироздания день.

И только цыганам было невдомек. Впрочем, что с них взять. Ведь появлялись они у нас наездами, раз в несколько месяцев, и совершенно не обязаны были быть в курсе всех нюансов местечкового масштаба.

Появлению цыган предшествовал тревожный слух. «Цыгане идут, цыгане идут!» — новость клубилась, опережая табор, сизым дымом заползала в каждую квартиру, перетекала со двора на двор и расползалась по кварталам. Смятенная тишина накрывала город кусачей мохеровой шалью. Люди свято верили, что цыгане воруют коней и детей, и, за неимением коней, прятали по домам своих отпрысков.

Табор раскидывал свои шатры неподалеку от городка, на берегу речки, и разводил в ночи высокие костры.

Показывались цыгане в городе на второй день своего приезда. Шли по улице цветастой говорливой толпой, о чем-то громко и весело переругивались, бренчали гитарами. Потом распадались на маленькие группки. Женщины ходили по домам и предлагали погадать.

Я помню, как однажды к нам в дверь позвонила цыганка. Она курила сигарету и поминутно громко смеялась хриплым смехом. И называла маму «красавицадайпогадаю». Мама слабо улыбалась и отказывалась.

— Может, какое шмотье есть дома, которое вы не носите? — спросила цыганка.

— Сейчас посмотрю,— заторопилась мама и ушла за одеждой.

Я стояла в дверном проеме и во все глаза наблюдала за незваной гостьей. Она следила за мной насмешливым взглядом, потом бросила окурок на пол, притушила его стоптанным носком туфли, поправила на голове платок.

— А знаешь, девочка,— сказала,— в твоей жизни все будет так, как ты захочешь, только тебе должно этого сильно захотеться.

— Знаю,— моментально соврала я.

Цыганка рассмеялась хриплым раскатистым смехом.

— Ну-ну,— сказала.

* * *

Колхозный рынок располагался в пятнадцати минутах ходьбы от дома Ба и в любое время года радовал глаз южным изобилием. Торговали там исключительно азербайджанцы, и долгое время прожившая в Баку Ба умела с ними договориться. Но сегодня подвела знакомая азербайджанка Зейнаб, которая из года в год привозила спелые медовые абрикосы на джем. Зейнаб бессовестным образом отсутствовала, и Ба, не увидев ее за привычным прилавком, сильно расстроилась.

— Где Зейнаб? — спросила она у продавщицы с соседнего прилавка.

— Слегла с ангиной,— ответила та,— ее сегодня не будет.

— А у кого мне, спрашивается, покупать абрикосы? — рассердилась Ба.— Можно подумать, она при смерти. Могла и с ангиной выйти на рынок!

— Возьмите у Мамеда,— предложила продавщица и показала рукой, куда надо идти.

— Я сама решу, у кого брать,— отрезала Ба и демонстративно пошла в противоположную сторону.

Мы молча последовали за ней. У каждой из нас в руках была плетеная корзинка, куда надо было потом сложить абрикосы.

Ба обходила прилавки и придирчиво перебирала фрукты.

— Абрикосы сахарные,— уверяли ее быстроглазые торговцы,— попробуй, не понравятся — не бери. Они тебе на варенье или на джем, сестра?

— Буду я вам отчитываться,— обрубала на корню светскую беседу Ба,— лучше скажите мне, почем свой урюк продаете?

— Зачем урюк? — обижались продавцы.— Смотри, какие сочные абрикосы, прямо с ветки. Мы с четырех утра на ногах, сначала собирали, потом на продажу привезли!

— Меня ваша биография не интересует,— отрезала Ба,— мне интересно знать, почем вы хотите мне всучить это убожество, от одного взгляда на которое волосы дыбом шевелятся!

— Два рубля,— обиженно протягивали продавцы.

— Вот сходите и купите венок себе на могилу за два рубля,— припечатывала Ба.— Где это видано, чтобы в июле за абрикосы такие бешеные деньги просили!!!

Переругавшись со всеми продавцами, она сделала круг и наконец дошла до прилавка, на который ей указала соседка Зейнаб. Мы увидели груду отменных золотисто-медовых, прозрачных, подернутых утренней росой абрикосов. За прилавком стоял маленький сгорбленный мужичок в огромной кепке. Она была ему настолько велика, что, если бы не уши, прикрыла бы лицо забралом. Мужичок ежеминутно разглаживал на лбу околыш кепки и заправлял его за уши. Увидев Ба, он радушно улыбнулся, из-под пышных его усов выглянули два ряда булатных зубов.

Ба повернулась к соседке Зейнаб.

— Этот косоротый сморчок и есть твой Мамед? — крикнула она ей. Мы с Манькой чуть в землю не провалились со стыда.

— Зачем косоротый,— заволновался мужичок,— ничего не косоротый, Роза, можно подумать, ты меня первый день знаешь!

— А с того дня, как ты мне кислую малину продал, я тебя и знать не знаю,— сердито отрезала Ба,— почем твоя курага?

— Зачем курага? — Мамед обиженно поджал губы.— Посмотри, какой отборный продукт!

— Ты мне зубы своим замшелым продуктом не заговаривай,— встопорщилась Ба,— я у тебя цену спросила!

— Тебе, Роза, за рубль восемьдесят отдам!

— Рубль, или мы с тобой расходимся как в море корабли,— Ба достала из сумки кошелек и потрясла им перед носом Мамеда.

— Роза,— заплакал мужичок,— какой рубль, о чем ты говоришь, все по два продают! Рубль семьдесят, и считай, что я тебе сделал царский подарок!

Ба убрала кошелек в сумку.

— Рубль пятьдесят,— забеспокоился Мамед.— Роза, ты меня режешь без ножа!

— Пошли, девочки,— сказала Ба и величественно поплыла к выходу.

— Рубль сорок! — Мамед побежал за нами, крикнул кому-то на ходу: — Присмотри за прилавком.

Ба плыла сквозь толпу, как атомный ледокол «Ленин». Мы семенили за ней, боясь отстать и потеряться. Манька вцепилась в подол платья Ба, а другой рукой пошарила за спиной и поймала меня за локоть.

— Рубль двадцать, и это только потому, что я тебя сильно уважаю,— голос Мамеда потонул в гаме толпы.

Ба неожиданно резко остановилась, мы врезались ей в спину. Но она этого даже не заметила. Она обернулась, на лице ее сияла победная улыбка.

— Рубль десять, и я, так и быть, возьму у тебя семь килограммов твоей алычи!

* * *

По возвращении домой работа закипела со страшной силой. Ба промыла в проточной воде абрикосы, усадила нас за стол извлекать косточки. Притащила из погреба большой медный таз — неизменный атрибут для приготовления всех ее восхитительных варений и джемов.

Села перебирать с нами фрукты. Особенно спелые абрикосы разделяла на две половинки и отправляла нам в рот — ешьте, ешьте, потом будете пукать на весь двор!

Когда медный таз был наполнен абрикосами — настал момент священнодействия. Ба величественно ходила кругами и добавляла то крупинку сахара, то капельку воды. Мы тихонечко возились за столом с ванильными стручками. В кухне стояла торжественная, благоговейная тишина.

— Красавица! — как гром среди ясного неба раздался голос за нашими спинами.

Мы обернулись. В окно кухни заглядывала цыганка — она вся переливалась под лучами летнего солнца: легкий платок, кофта, несметное количество бус на шее слепили глаз золотом и бешеным разноцветьем зеленого, красного, синего и желтого.

— Красавица,— сказала цыганка, обращаясь к Ба,— дай погадаю!

Голос цыганки произвел в кухне эффект разорвавшейся бомбы. Ба окаменела спиной, сказала «господибожетымой» и резко повернулась к окну. Мы сгорбились за столом. Манька нашарила мою руку и произнесла одними губами: «Она сказала „господибожетымой"!»

Страх Маньки был легко объясним — Ба обращалась к Богу в случаях крайнего, неконтролируемого, темного в своей силе бешенства. Только два раза в жизни мы с Манькой удостоились от Ба этого «господибожетымой», и наказание, которое последовало за ним, по своему разрушительному эффекту могло сравниться только с последствиями засухи в маленькой африканской стране. Поэтому, когда Ба говорила заветное слово, мы инстинктивно горбились и уменьшались в размерах.

Но цыганка пребывала в безмятежном неведении. Она облокотилась о подоконник и улыбнулась Ба широкой, чуть бесстыжей улыбкой.

— Все расскажу, ничего не утаю,— протянула она мелодичным голосом.

— Уходите,— сдавленно прошептали мы, но было уже поздно.

Ба шумно выдохнула. Так тормозит локомотив, когда боится промахнуться мимо перрона — громким, пугающим пффффффф.

— Пффффффф,— выдохнула Ба,— а как это ты, милочка, к моему дому прошла?

— В калитку, она была не заперта,— улыбнулась цыганка.

— Убери локти с моего подоконника,— медленно проговорила Ба.

Цыганка не удивилась. Ей было не привыкать к раздраженному или настороженному к себе отношению, она много чего в своей жизни повидала и могла кого хочешь за пояс заткнуть. По крайней мере по выражению ее лица было заметно, что так просто она сдаваться не намерена.

— А хочу и облокачиваюсь,— с вызовом сказала цыганка,— что ты мне сделаешь?

— Отойди от моего подоконника,— подняла голос Ба,— и выйди вон со двора, еще не хватало, чтобы ты у меня что-то украла!

Было еще не поздно уйти по-хорошему. Но цыганка не представляла, с кем имеет дело. И поэтому она допустила роковую ошибку.

— А захочу и украду,— сказала она,— нам сам Бог велел воровать. Да будет тебе известно, что наш предок украл гвоздь, которым хотели распять Христа! И в благодарность за это Бог разрешил нам воровать!

Ба выпучила глаза.

— То есть благодаря вам этому вероотступнику вогнали в обе ступни один гвоздь? — спросила Ба.

— Какому вероотступнику? — не поняла цыганка.

Ба пошарила за спиной и нащупала ручку чугунной сковороды. Мы тоненько взвизгнули — не надо! Но Ба даже не глянула в нашу сторону.

— В последний раз тебе говорю, отойди от окна,— сказала она.

— А не отойду,— цыганка подтянулась на руках и сделала вид, что хочет перебраться через подоконник в кухню.

В тот же миг Ба запустила в нее сковородой. Сковорода перелетела через кухню и с глухим стуком врезалась цыганке в лоб. Та покачнулась, всхлипнула и рухнула во двор. Мы прислушались — за окном царила мертвая тишина.

Ба спокойно повернулась к тазу с абрикосами. Осторожно перемешала джем деревянной лопаточкой. Мы с Манькой переглянулись в ужасе, нашарили ногами тапки, потянулись к двери.

— Наринэ?! — сказала, не оборачиваясь, Ба.— Набери своему отцу и скажи, что Роза убила человека. Пусть приезжает.

* * *

— Пять швов! Сотрясение мозга! Мам, ты соображаешь, что творишь? — Дядя Миша никак не мог успокоиться.

Был светлый летний вечер, пчелы с окрестных пасек кружили за окном ошалелым роем, соблазненные сладким ароматом абрикосового джема. Ба невозмутимо накрывала на стол. Наре́зала крупными ломтями холодное мясо, выставила домашний овечий сыр, полила отварную картошку пахучим растительным маслом, посолила крупной солью, щедро посыпала зеленью.

— Мам, я с тобой разговариваю! — кипятился дядя Миша.— Ты хоть понимаешь, чего нам с Юрой стоило замять это дело, чтобы швы в больнице наложили без лишних вопросов?

Ба достала миску с камац мацуном [1] и с громким стуком поставила на стол.

— Она мне сказала, что цыганам можно воровать, потому что их предок украл гвоздь, который должны были вогнать во вторую ступню Христа,— сказала она.

— Мам, ну мало ли что она сказала, не убивать же за это человека!

Ба вытащила из холодильника малосольные огурчики.

— Гвоздь они украли,— хмыкнула она,— дали бы умереть этому несчастному вероотступнику хотя бы как положено, чтобы в каждой ступне по гвоздю!

Дядя Миша лишился дара речи. Мы с Манькой стояли на пороге кухни и, затаив дыхание, прислушивались к разговору.

Ба разорвала руками хрустящий матнакаш [2] и сложила в хлебницу.

— Можно подумать, он того цыганского предка об этом просил! — важно сказала она и повернулась к нам: — Сударыни, вы пойдете кушать или и вам для разнообразия по шву наложить?

---

[1] Кисломолочный продукт.

[2] Хлеб.

ГЛАВА 8

Манюня, или Что делает большая любовь с маленькими девочками

ЛИРИЧЕСКОЕ ОТСТУПЛЕНИЕ

Горы... Вы знаете, горы... Как вам объяснить, что для меня горы...

Горы, они не унижают тебя своим величием и не отворачиваются от тебя, вот ты, а вот горы, и между вами — никого.

Где-то там, внизу, облака — люди — ржавое авто, эгегей, я частичка космоса, я Божья улыбка, я есмь восторг, посмотрите, люди, в волосах моих запутались звезды, а на ладонях спят рыбы.

Горы... Я их всегда ощущаю на кончиках своих пальцев, особенно остро — когда температурю.

Помню, нам с Манюней было по десять лет, мы стояли на вершине, держались за руки, и было нам очень страшно. Я сделала шаг к краю, и Манюня тоже сделала шаг, и сердце мое подпрыгнуло высоко к горлу и заклокотало — заполоскалось — затрепетало пойманной птицей.

— Иииииииииииии,— выдохнула Маня,— ииииииииииии.

А я и выговорить ничего не могла, я превратилась в один протяжный вдох, и высота манила вниз, можете себе такое представить, высота манит не вверх, а вниз, хочется разбежаться и полететь, но не до солнца, а до камней долететь.

И я обернулась.

— Па? — неуверенно спросила.

— Вы только не пугайтесь,— сказал папа,— вы просто запоминайте, вам теперь нести это в себе всю оставшуюся жизнь.

* * *

И помню другой день, и снова горы, мы стояли на берегу чистейшего горного ручья.

— Девочки, посмотрите сюда,— сказала моя бабушка Тата.

Она подняла с земли кусок подернутого ледяной коркой летнего высокогорного снега — от таких подтаявших ледников набирал свою силу журчащий ручей — и разломала его пополам.

И мы ахнули — все рассыпчатые внутренности снега кишели червями.

— Как такое может быть? — спросили мы.

— Прах еси и в прах возвратишься,— сказала Тата,— это касается и нас, и всего, что вы видите кругом,— снега, камней, солнца.

— И Бога? — осторожно спросили мы.

— И, конечно, Бога,— ответила моя мудрая Тата,— бессмертие — это такая непростительная трусость... Особенно непростительная ЕМУ.

А ТЕПЕРЬ ИСТОРИЯ

Роковая встреча Мани с ее любовью случилась на нашей даче.

Каждое лето моя семья выезжала в горы, где на макушке поросшего лесом холма, в маленьком дачном поселке, у нас имелся свой домик. Деревянный такой, добротно сколоченный теремок с верандой, двумя спальнями и большой кухней, совмещенной с гостиной. Выражаясь современным языком, мы являлись счастливыми обладателями загородного коттеджа, правда, с весьма скромной внутренней обстановкой. Двухъярусные детские кровати, например, нам сколотил знакомый плотник, при этом сколотил их так, что подниматься на верхний ярус можно было только по стремянке, ибо лесенка получилась настолько кривобокой, что ребенок, решившийся вскарабкаться по ней, рисковал свалиться и свернуть себе шею.

Аскетическое убранство дома с лихвой восполнял вид, открывающийся за окном. Когда ранним летним утром мы выходили на порог, природа, отодвинув занавес плотного утреннего тумана, являла нашему взору свою неповторимую, омытую прохладной росой красоту, дурманила острым ароматом высокогорных трав, шумела кронами вековых деревьев да манила в лес далеким криком одинокой кукушки.

Это было неимоверное счастье — ощущать себя частичкой такой красоты.

Воздух в горах был вкусный и нестерпимо прозрачный, он не давил и не утомлял, он мягко обволакивал и успокаивал. Становилось звонко и легко от беззаботности своего существования, да, становилось звонко и легко.

Просыпались мы с раннего утра от негромкого стука в окошко. Это наш знакомый пастух дядя Сурен принес домашних молочных продуктов.

Дядя Сурен был обветренный, грандиозный в своем сложении пятидесятилетний мужчина — огромный, широкоплечий, могучий, весь пропахший дымом от костра.

Казалось, природа слепила его из цельного куска горной породы, он был красив той редкой и скупой красотой, внешней, но более — внутренней, которая свойственна жителям высокогорья. Росту в нем было не менее двух метров, по молодости он был быстр и неуклюж, но со временем приучил себя двигаться медленно и не столь резко, иначе, шутили люди, во-первых, за ним не поспевали коровы, а во-вторых, они пугались его размашистого крупного шага и не давали молока.

Дядя Сурен ежедневно гнал мимо нашего домика стадо по виду совершенно армянских, мосластых, тонконогих, широкозадых и, если вы позволите мне такое выражение,— носатых коров.

— Доктор Надя,— звал он маму (в его исполнении мамино имя звучало как Натьйа),— я вам принес сепарированной сметаны.

Доктор у меня папа, мама — преподаватель, но дядя Сурен совершенно не брал в расчет такие нюансы. Среди простого люда авторитет отца и его профессии был настолько высок, что простирался над остальными членами нашей семьи и облагораживал всех!

Мама выходила на крыльцо и забирала у дяди Сурена неожиданно кокетливый для его грозного антуража расписной эмалированный кувшинчик в мелкие лилии.

— Сурен,— говорила мама,— может, вы хотя бы сегодня зайдете попить с нами кофейку?

— Что вы, что вы,— пугался пастух,— меня стадо ждет!

Стадо коров действительно терпеливо переминалось на почтительном от нашего домика расстоянии, две огромные, ужасающего вида кавказские овчарки, вывалив из пасти длинные языки, остервенело махали маме хвостами.

Я, наспех одетая, стояла на стреме за дверью. Главное было не упустить момент. Дядя Сурен ежедневно приносил нам продукты: домашнее масло — желтое, чуть подернутое каплями солоноватой пахты, мацони, сепарированную сметану, брынзу или густое, еще теплое парное молоко. Продукты эти приносились якобы на продажу. Но после одной-двух дежурных фраз он вручал маме свой расписной кувшинчик и норовил ретироваться раньше, чем мы успевали расплатиться с ним.

Ритуал был трогательный и отработанный годами до мелочей: дядя Сурен стучался в окно, мама открывала дверь и приглашала его на кофе, он отказывался и моментально пунцовел — мама была чудо как хороша в светлом сарафанчике, с роскошными русыми волосами по плечам. По первости она, заинтригованная такой его реакцией, решила, что наш замечательный знакомый просто стесняется зайти в дом, и стала выносить ему чашечку кофе на крыльцо. Дядя Сурен брал крохотную чашку в свои огромные руки и держал ее бережно в течение всего коротенького разговора, не осмеливаясь отпить и глоточка. Далее он возвращал маме чашку, оставлял у нас свой кокетливый молочник до вечера — не тащить же его с собой на пастбище, и спешно начинал пятиться в направлении своего стада. Вместе с ним приходили в движение его коровы и огромные овчарки. Если кто видел, как выходят армяне из григорианских храмов — пятясь, не оборачиваясь спиной к образам, то он может себе представить всю прелесть действа, разворачивавшегося перед маминым взором.

И в этот миг приходил черед моего выхода на авансцену — я выпрыгивала из-за двери, сжимая в руках деньги, и догоняла огромного дядю Сурена, коров и двух ужасающих на вид овчарок. Дядя Сурен прикрывал огромными ладонями свои карманы и всячески сопротивлялся: «Это моя Мариам для вас передала,— отбивался он,— не надо ничего, мы от чистого сердца, у вас вон сколько детей, это доктору, это девочкам...»

Если мне удавалось закинуть ему деньги в карман и отскочить до того, как он мне запихнет их обратно за шиворот, то я убегала без оглядки к дому, одним прыжком перемахивала через три ступеньки крыльца и захлопывала за собой дверь. Сердце колотилось так громко, что казалось — его стук эхом разносится по соседним холмам.

— Удалось? — спрашивала мама.

— Аха,— выдыхала я.

— Ну слава богу,— говорила мама,— ты посмотри, какую он нам сметану принес!

Сметана была восхитительной — желтая, жидкая, в толстой пенке взбитых сливок на горлышке кувшина. Так что, милые мои друзья, когда торговцы на рынках нахваливают вам свою густую, первой свежести сметану, то они лукавят, конечно. Свежая сепарированная сметана жидкая, чуть гуще 33%-ных сливок, и твердеет она только на второй-третий день хранения на холоде.

Я стояла у окна и следила, как стадо коров уходит вдаль. Холм утопал в утреннем тумане, и было такое ощущение, словно коровы подцепили своими высокими рогами нижний край туманного полотна и гордо несут его над собой...

Мама нарезáла большими дольками мясистые помидоры, болгарский перец и огурцы, поливала сверху сметаной, посыпала крупной солью да зеленью, мы ели летний салат, заворачивали в лавашные влажные шкурки домашний козий сыр. Друзья мои, кому, кому еще сказать спасибо за эти божественные вкусы-запахи-воспоминания? Кого я еще забыла поблагодарить?

Помню, как в один такой день к нам из леса вышел большой бурый медведь. И, видимо, в тот самый миг ангел свел домиком над нами свои ладони, потому что медведь постоял какое-то время, понаблюдал за нами, окаменевшими от ужаса, затем повернулся и неспешным шагом ушел в лес.

А вечером возвращался дядя Сурен, стадо медленно брело рядом — усталое, с набухшим выменем, густо мычало и топталось поодаль, пока пастух забирал у нас свою тару. Он приносил нам на большом листе лопуха горсть лесных ягод, орешков или грибов, которые мы потом запекали на решетке. Рассказать, как? Нужно было отделить аккуратно шляпку гриба от ножки, положить в каждую шляпку кусочек домашнего масла, чуть посолить и запечь на углях. Грибы подергивались дымным запахом костра, масло скворчало и впитывалось в мякоть, ммм, такая получалась вкуснотища!!!

Как-то утром мама долго не выпускала нас с Маней из дома, а все придирчиво разглядывала с ног до головы да поправляла наши платьица. Мы переминались в нетерпении — за порогом нас ожидали неотложные дела. Вчера на склоне холма мы обнаружили большое семейство ядовитых грибов, именуемых в народе «волчий пук». Грибные шляпки имели сферическую форму, и если кто-то их задевал — мигом взрывались, распространяя вокруг немилосердную вонь. Мы с Маней передавили все грибы и долго плевались, принюхиваясь к отвратительному смраду, исходившему от них. Сегодня надо было проверить, что стало с истоптанными грибами, и продолжают ли они распространять вчерашнюю убийственную вонь.

Наконец мы вырвались из маминых рук и нахлобучили на головы наши кособокие панамы. При виде панам мама наморщилась, как от зубной боли.

— Может, все-таки косыночки вам повязать? — предложила, впрочем, без особой надежды в голосе, она.

— Нет! — закричали мы с Манькой.— Какие косыночки, ты нам еще слюнявчики повяжи!

— Понимаете, девочки,— мама замялась,— к тете Свете приехала ее сестра Ася с мужем и сыном. Не хотелось бы, чтобы вы выглядели перед ними пугалами. Остальные девочки все при полном параде, с аккуратными хвостиками или косичками, а вы носитесь в этих уродливых панамах, только народ распугиваете.

— Сами же их нам сшили,— обиделись мы,— сначала говорили, что у нас воинственный вид, а теперь, значит, мы два пугала, да?

— Ну, как хотите,— вздохнула мама,— вы только ведите себя прилично и не шумите сильно, а то у тети Аси муж из Москвы, и он, глядя на вас, может подумать, что здесь одни дикари живут.

— А чего это он должен так подумать? — рассердились мы.

— Так он же москвич, вырос в столице. Поди у них в городе все девочки ходят в ажурных платьях и делают книксен,— хитро улыбнулась мама.

Маня надулась.

— Можно подумать,— пробубнила она,— книксен они делают! Эка невидаль. Пойдем посмотрим на этого москвича, заодно и покажем ему, как мы умеем делать книксен!

И мы пошли к дому тети Светы высматривать таинственного москвича. Тетисветын дом находился недалеко от нашего, на южном склоне холма.

— Ты хоть знаешь, что такое книксен? — Манька воинственно шмыгнула носом, поискала в кармане платок и, не найдя его, вытерла сопли тыльной стороной ладони.

— Не знаю,— мне было жутко обидно, что я, в отличие от московских девочек, чего-то не умела.

Мы какое-то время шли молча. Загадочное слово «книксен» взбудоражило наши умы, проникло в какие-то потаенные уголки сознания и требовало немедленной сатисфакции — нам хотелось прямо здесь и сейчас совершить какую-нибудь гадость. Я обернулась, посмотрела кругом — ни души.

— Москвички — в жопе спичкииииииииии! — проорала мстительно.

— А-ха-ха,— демонически рассмеялась Маня,— а-ха-ха!!!

— Не надо было грибы-вонючки давить. Можно было закидать ими двор тети Светы,— мы гаденько захихикали,— и, пока московский крендель ушами бы хлопал — наш след давно бы уже простыл.

Мы обошли холм южной стороной и приблизились к Тетисветыному дому.

— А вообще, как он выглядит, этот москвич? — задумчиво протянула Маня.

— Красивый, наверное. Обязательно в футболке с олимпийским мишкой на груди,— стала разбалтывать я свои сокровенные фантазии,— играет на гитаре и ест мороженое эскимо столько, сколько ему влезет, как старик Хоттабыч!

— Ну,— Маньке в целом понравился образ, который я нарисовала,— пожалуй, я была бы не против, если бы он еще трамваи водил.

— Трамваииии,— закатила я глаза,— даааaa, это было бы вообще здорово!!!

Манька посуровела.

— Но в целом он гадкий и сморкается в скатерть, а еще у него из носа торчат пучки волос,— заявила она.

— И уши у него волосатые! — вставила свои пять копеек я.

Наконец мы дошли до дома тети Светы, толкнули калитку и вошли во двор. Сделали несколько шагов по вымощенной речной галькой тропинке и встали как вкопанные.

На веранде Тетисветыного дома, аккурат за глухими перилами, на фоне деревянной стены торчали две длинные бледные ноги. Они бесконечно тянулись вверх и весьма предсказуемо венчались большими плоскими ступнями. Ноги были в меру волосатые и воинственно топорщились острыми коленями.

— Это что такое? — вылупилась Манюня.— Это как называется, он вошел в дом, а ноги отстегнул и оставил на пороге вверх ступнями проветриваться?

— Да ну тебя,— захихикала я,— просто туловище за ограждением, вот мы его и не видим, он на голове стоит!

— А чего он на голове стоит, у них в Москве так принято гостей встречать? — съехидничала Манюня.— Пойдем поздороваемся с этим ненормальным, что ли.

В тот же миг ноги исчезли за перилами. Мы замерли.

— Сейчас покажется,— шепнула Манька. Но из-за ограждения никто не появлялся. Мы прислушались — ни звука.— Умер,— шепнула Маня,— а может, просто уснул. Пойдем, чего мы тут стоим, надо же ему книксен сломать!

Мы осторожно прошли вдоль веранды, поднялись по ступенькам и заглянули туда, где с минуту назад торчали ноги.

— Бу! — неожиданно выскочил нам навстречу высокий молодой человек.

Мы взвизгнули и пустились наутек. Но молодому человеку в комплекте с длинными ногами выдали не менее длинные руки, поэтому он быстренько схватил нас за плечи.

— Ну я же пошутил, девочки, что вы так испугались,— улыбнулся он.— Давайте знакомиться, меня зовут Олег, а вас как величают?

Мы зачарованно смотрели на него снизу вверх и молчали, словно воды в рот набрали. Олег выглядел как главный герой из фильма «Пираты XX века» — такие же голубые глаза, широкий лоб и ямочка на подбородке. А еще у него на шее болтался ажурный крестик.

— Ааааа, я понял, вы, наверное, немые, да, девочки? — хитро прищурился Олег.

— Да,— подала голос Маня,— мы немые, а зато у вас ноги бледные и волосатые!

— А у вас изумительные головные уборы, они вам очень к лицу,— загоготал столичный гость.

— Это не головные уборы,— рассердилась Маня,— это чтобы нам лысины прикрывать.— И, к моему ужасу, сдернула с головы панаму.

— О! — Наш новый знакомый растерялся, но быстро нашелся: — Ну и что, вы и без волос писаные красавицы.

Маня засопела, скрутила жгутом панаму, потом сунула ее мне:

— Забери себе,— прошипела уголком рта.

Я молча взяла панаму и разгладила ее в руках.

— А еще нам сделали маску из бараньих какашек и синьки, и какое-то время мы ходили с голубыми головами.— В Маньку словно бес вселился.

У гостя из столицы вытянулось лицо. Нужно было срочно спасать положение, пока он окончательно не решил, что столкнулся с дикарями.

— Всего два дня! — кинулась я восстанавливать нашу пошатнувшуюся репутацию.— Всего два дня мы ходили с синими головами, а потом маме с Ба пришлось шить панамы, потому что кругом дефицит и достать в магазине ничего нельзя! Поэтому мы сейчас выглядим как два пугала.

Манька пребольно пихнула меня локтем в бок.

— Дура! — прошипела она.

— Сама такая! — пихнула я ее в ответ.

Олег зашелся в хохоте. Мы с каменными лицами пережидали беспардонное зубоскальство московского гостя. Он отдышался, протер ладонями брызнувшие из глаз слезы —

на безымянном пальце его правой руки блеснуло желтой полоской обручальное кольцо.

— Девочки, а вы мне определенно нравитесь,— выговорил он наконец,— и акцент у вас такой забавный!

— А у вас акцент препротивный,— пошла в наступление Маня.— И кольцо вы носите не на той руке!

— Как это не на той? — Олег растопырил пальцы, а потом помахал ими у нас перед носом.— Наоборот, на той, православные носят обручальные кольца на правой руке.

— А мы, получается, левославные,— решила блеснуть эрудицией я.

— В смысле — левославные? — удивился Олег.

— Ну, в смысле, что носим обручальные кольца на левой руке,— отрапортовала я.

Мне этот Олег сразу понравился, и я, что греха таить, старалась тоже ему понравиться. В моей душе зашевелился укол ненависти к этой противной Асе, которой достался такой замечательный молодой человек.

— А это правда, что вы из Москвы? — поинтересовалась я.

— Правда, я родился и вырос в Москве. Потом женился на тете Асе. А потом у нас родился сын Артем. Ему пять, и он очень хороший мальчик, я надеюсь, что вы с ним подружитесь.

— Очень надо,— огрызнулась Маня.

Я помертвела. Мне было очень стыдно за свою подругу. Манька из улыбчивой и вежливой девочки превратилась в маленького злого бесенка, смотрела исподлобья, стояла руки в боки и воинственно топорщилась круглым пузом.

Но отчитывать подругу при чужом человеке было бы последним делом, поэтому я, как ни в чем не бывало, продолжила светский разговор:

— А где ваша жена?

— Они со Светой и детьми пошли прогуляться по поселку, а я решил пока заняться йогой,— пояснил Олег.— Скоро вернутся, вы сможете познакомиться с нею.

— Ладно, я пошла, некогда мне тут с вами разговаривать,— процедила сквозь зубы Манька.

Она сделала лицо кирпичом, спустилась по ступенькам во двор, вырвала голыми руками торчащий из-под лестницы стебель матерой крапивы и, размахивая им по сторонам, пошла к калитке. Я покорно поплелась за ней, предварительно сдернув со своей головы панаму,— позориться, так вместе. Вырвать стебель крапивы смалодушничала.

— Девочки, вы так и не сказали, как вас зовут! — крикнул нам вдогонку Олег.— И скажите на милость, зачем вам крапива?

— Зита и Гита,— не оборачиваясь, зло ответила Маня,— нас зовут Зита и Гита, а крапива нам нужна для занятий йогой.— Она пропустила меня вперед и демонстративно громко стукнула калиткой.

Мы прошли вдоль забора Тетисветыного дома и свернули за угол. И только здесь Маня выкинула крапиву в кусты.

— Кусачая, зараза,— процедила она сквозь зубы.

— Чешется? Может, смочить ладонь водой? — спросила я.

— До дома дотерплю,— Маня впервые глянула на меня и тут же отвела глаза. Выражение ее лица было такое, что у меня сразу пропала всякая охота задавать ей лишние вопросы.

— А давай наперегонки! — предложила я.

— Побежалииииииии! — заорала Манька.

Когда мы ворвались в дом, мама пыталась накормить мою младшую сестру Сонечку картофельным пюре. Маленькая Сонечка чуть ли не с рождения демонстрировала поразительную разборчивость в еде. Все, кроме докторской колбасы и перьев зеленого лука, она категорически исключила из своего рациона. Вот и сейчас она с облегчением выплюнула пюре себе на слюнявчик и потянулась ручками к нам.

— Зями меня на юкки,— пролепетала жалобно.

Манька состроила ей козу, погладила по головке. Хмыкнула. Из ее ноздри выдулся большой пузырь. Маня с шумом втянула его обратно.

— Тетьнадь, я, кажется, влюбилась,— ошарашила она маму.

— Так,— мама вытащила из кармана платок и заставила Маньку высморкаться,— и в кого это ты влюбилась?

— В мужа тети Аси.— Маня посмотрела на маму долгим немигающим взглядом, потом тяжко вздохнула: — Вот! Вы только не говорите ничего Ба, а то она сделает все возможное, чтобы помешать мне выйти за него замуж!

Мама выронила платок. Оставшаяся без внимания Сонечка дотянулась до тарелочки с пюре и с наслаждением погрузила туда свои пухленькие ручки.

Это была «взрослая» и, увы, самая беспощадная в своей безответности любовь моей Мани. Все оставшиеся дни пребывания Тетисветыных гостей она посвятила целенаправленному сживанию объекта своего почитания со света.

На третий день, под покровом ночи, московские гости отбыли восвояси. Вполне возможно, что Олег, истерзанный разрушительными ухаживаниями Мани, уезжал на всякий случай переодетый, как Керенский, в костюм сестры милосердия. Это так папа предположил, комментируя поспешный их отъезд.

— Во всяком случае,— продолжил он в задумчивости,— кто-нибудь из них должен был сдаться — или Маня, или Олег. Просто у Олега оказался хороший инстинкт самосохранения,— рассмеялся папа и натянул Мане на глаза панаму.— Ну что, маленький агрессор, неси карты, сейчас будем резаться в подкидного дурака!

ГЛАВА 9

Манюня влюбилась, день второй, или Щедрые дары волхвов

Шел второй день пребывания московских гостей на Тетисветыной даче. Весь вчерашний вечер Манюня провела в душевных терзаниях — ей было очень неудобно за свое грубое поведение перед Олегом.

— Какая муха меня укусила? — причитала она.

— Небось какая-нибудь зловредная муха,— подливала я масла в огонь.

— Это ты так обзываешься или утешаешь меня? — разозлилась Маня.

— А нечего было человеку грубить! — пошла в наступление я.

После небольшого кровопролитного совещания мы всетаки пришли к совместному решению, что Манюне надо обязательно просить прощения у Олега.

Потом мы какое-то время рыскали вокруг Тетисветыного дома, все придумывали, в какой бы форме ей извиниться, чтобы и глубину своего раскаяния показать, и не сильно ударить в грязь лицом.

— Нужно извиняться так, чтобы никто другой, кроме него, тебя не слышал,— инструктировала я.— Ты просто подкрадешься к нему и шепнешь: простите меня, пожалуйста, я так больше не буду.

— Этого мало, мне нужно попросить прощения и еще кое-чего ему сказать,— упорствовала Маня.

— Что ты ему хочешь еще сказать?

— Я пока сама не знаю.

— Тогда, может, ты брякнешь первое, что придет тебе в голову? Можешь просто сказать: «Какой сегодня день хороший извините меня пожалуйста я так больше не буду!»

— Давай мы еще чуток погуляем, прорепетировать надо! — Манька умоляюще посмотрела на меня.

Ладно, гуляем дальше.

Наматываем круги, репетируем вслух извинения, мозолим глаза соседу дяде Грише, который уже с явным подозрением выглядывает из-за своего забора, беспокоясь, чего эти мы так упорно метим территорию по периметру Тетисветыного дома.

Каждый раз, равняясь с ним, мы важно здороваемся:

— Здравствуйте, дядя Гриша!

— Девочки, неужели вам больше негде гулять? — После нашего третьего невозмутимого приветствия у дяди Гриши сдают нервы.

— Негде! — Маня исподлобья смотрит на дядю Гришу.— Негде, а главное — незачем!

Дядя Гриша качает головой и отходит в сторону — не каждый взрослый в состоянии хладнокровно здороваться с двумя ненормальными девочками три раза подряд в течение десяти минут.

В момент, когда количество витков вокруг Тетисветыного дома реально угрожает перевалить за сотню, Маня решительно останавливается напротив калитки.

— Пора! — командует уголком рта и затягивает голову в плечи. Берет штурмом забор и боевым зигзагом, заметая следы, с короткими перебежками от одного смородинового куста к другому, продвигается к дому. Я, затаив дыхание, бесшумно следую за ней.

Мы быстрые и ловкие, как сто тысяч гепардов, мы смертельно опасные, как занесенная над позвоночником косули лапа разъяренной львицы! Дай нам сейчас роту зловредных душманов — и они на своей шкуре испытают процесс радиоактивного бета-распада. Ни одна камера не зафиксирует наши слаженные передвижения — настолько убедительно мы слились с окружающим ландшафтом!!!

— Девочки,— как гром среди ясного неба раздается вдруг голос тети Светы,— что это вы там делаете? Зачем топчете мою петрушку? Ну-ка, вылезайте к веранде!

Секретная операция провалена. Мы пристыженно покидаем место нашей дислокации.

Тетя Света выглядывает из окна, у тети Светы такое недоумевающее выражение лица, словно невидимыми нитями поддели ее веки и сильно потянули вверх и вниз. Еще чуть-чуть — и ее глаза вылезут из орбит.

— Наринэ, Мария, вам не стыдно? Что это вы там затеяли?

Мы виновато топчемся на месте и молчим словно воды в рот набрали. Нам действительно очень стыдно. Тетя Света — самый лучший педиатр нашего района, она знает нас буквально с первого дня рождения и все наши болячки помнит наизусть. Можно сказать, мы выросли на ее глазах и при самом непосредственном ее участии. Поэтому ничего другого, кроме как позорно торчать живописной окаменелой кучкой посреди двора, нам не оставалось.

Вдруг открывается дверь, и на веранду выскальзывает девушка потрясающей, неземной красоты. Она невысокая и хрупкая, у нее большие миндалевидные глаза, изогнутые в полуулыбке губы, золотистая кожа и роскошный хвост каштановых волос. На ней темно-синие фантастические джинсы и кофта в обтяжку. Она вся какая-то светящаяся, нездешняя и прекрасная. Вот, значит, какая эта Ася! У меня больно сжимается сердце — никогда, никогда не променяет Олег такую красавицу на мою Манюню.

Ася разглядывает нас так, словно мы два вылезших на поверхность земли дождевых червя.

— Кто эти девочки, Света? — спрашивает она.

— Это Надина дочка со своей подругой, они почему-то прятались за смородиной и вытоптали мне все грядки с зеленью!

Ася изгибает бровь. Откуда-то из памяти всплывает слово «луноликая» и подпрыгивает невидимым мячиком на кончике моего языка. «Луноликая»,— украдкой шепчу я, приноравливаясь к непривычному звучанию слова.

Тем временем луноликая облокачивается на перила веранды.

— Странные какие-то вы девочки, зашли без спросу, вытоптали грядки, вас сюда кто-то звал? — фыркает она.

— Да я их сто лет знаю,— заступается за нас тетя Света, но ее прерывает скрип открывающейся калитки. Тетя Света улыбается и теплеет лицом.

— Мама, тетя Света, мы видели в небе большого орла,— раздается за нашими спинами радостный детский голос. Мы оборачиваемся. К дому бежит маленький кудрявый мальчик в голубенькой футболке и клетчатых шортах. Следом за ним идет Олег. Заметив нас, он останавливается и моментально расплывается в широкой улыбке.

— Аааааа, Зита и Гита, это снова вы? Пришли за новым букетом крапивы для занятий йогой?

— Какие еще Зита и Гита? — обратно начинает сильно недоумевать тетя Света. У нее привычным маршрутом вылезают на лоб глаза и всячески грозятся отделиться от хозяйки и пуститься в свободное плавание.

Олег молчит и улыбается. Он прекрасен, как неженатый тронный принц в одном отдельно взятом сказочном королевстве.

— Пойдем,— Маня не выдерживает сияния, исходящего от Олега, и дергает меня за локоть.

Она делает несколько стремительных шагов, потом вдруг останавливается как вкопанная. Я больно налетаю на нее. Манька отодвигает меня рукой и оборачивается к веранде. Застывшим Маниным лицом вполне себе можно колоть орехи или вбивать аршинные гвозди в бетонную стену. Если быстренько снять с ее лица гипсовый слепок и всяко-разно его раскрасить, то не исключено, что можно будет потом его выставить в нашем краеведческом музее как ритуальную маску ацтекского бога войны Вицлипуцли.

С минуту моя подруга сверлит немигающим тяжелым взглядом дыру где-то в районе префронтальной зоны правой лобной доли Аси. Шумно выдыхает:

— Никогда!

Оборачивается далее маской Вицлипуцли к Олегу, выплевывает по слогам:

— Ни-ког-да!

Улыбка замерзает на лице Олега. Он открывает рот, чтобы что-то сказать, но Маня предостерегающе поднимает ладонь. Олег замирает. Маня обходит его брезгливой дугой и прет танком к калитке. Я еле поспеваю за ней.

— Наринэ, вы куда? — Тете Свете все неймется, тете Свете уже безразлична судьба ее оттопыренных глаз.— Девочки, что с вами?

Возле калитки Манюня оборачивается и выкрикивает, торжествуя:

— Никогда! И ни за что!!!

Занавес.

* * *

Так прошел первый день любовного настроения моей Мани. Поздно вечером, когда мы уже лежали в постели, тетя Света с Олегом и Асей заглянули на огонек к моим родителям. До нас долетали обрывки разговора и взрывы хохота, потом наступила внезапная тишина, кто-то забренчал на гитаре и запел низким, чуть хрипловатым голосом «Арбатского романса старинное шитье». Манечка мигом села в постели, на фоне ночного окна смешно вырисовалась торчащими вразнобой ушками ее круглая голова, она обернулась ко мне и трогательно выдохнула:

— Это ОН!

Уснули мы с глубоким чувством выполненного долга.

* * *

Второй день начался Маниными ритуальными занятиями на скрипке. Занятия периодически прерывались громкими «не хочу», «надоело» и «почему я должна, а Нарка нет?».

Почему Нарка нет — потому что Нарке в кои веки повезло, и ее взяли в класс фортепиано, а не флейты, например. А кто дурак перевозить фортепиано на лето из квартиры на дачу?

Пока Маня мучила скрипку, я возилась со своей младшей сестрой Сонечкой — отбывала наказание за Манюнины страдания. Мама решила, что так будет справедливее. Мы с Сонечкой, контуженные Маниной игрой, тихо перекладывали кубики и лепили пластилиновых уродцев.

Сразу после занятий, пока я убирала игрушки, Манька выскользнула за порог. Через какое-то время она заглянула обратно: «Пойдем»,— шепнула конспиративно мне.

— Куда? — напряглась мама.— Снова к тете Свете? Она рассказала нам про все ваши проделки, как вы грубили Олегу и вытоптали грядки с петрушкой. Разве можно так себя вести, девочки?

— Мы больше не будем, Тетьнадь,— забегала глазами по лицу Манька и кивнула мне: — Пойдем что покажу!

Я выскочила за порог. Манька поволокла меня за угол и протянула таинственный сверток.

— Вот! — сказала она торжествующе.

— Это что такое? — Я с подозрением сначала пощупала, а потом принюхалась к странному свертку — доверия своим видом он у меня не вызывал.

— Это подарок,— Манька с трудом скрывала свое ликование,— для него! Здорово я придумала?

— В смысле: для него? Для кого это — для него?

— Нарка, какая же ты недалекая! Для Олега. Ну, чего ждешь, разворачивай скорее!

Я осторожно развернула мятый «Советский спорт». Под ним обнаружился свернутый пухлым конвертом лист лопуха. Внутри лопуха лежал камень размером с большую картофелину сорта «Удача».

— Это что такое?

Манька бережно завернула картофель обратно в лопух.

— Мы же помогали твоей маме заворачивать в виноградные листья фарш на толму, помнишь?

Я помнила, конечно. Сначала мы напросились помогать маме, а потом подглядели в кухонное окно, как она выковыривает из кастрюли наши «шедевральные творения» и по новой заворачивает фарш в виноградные листья.

— Вот,— Манька посмотрела на меня торжествующе,— я уже практически хозяйка, и Олег должен об этом знать!

— И что он должен с этим камнем делать? Есть его? — Я никак не могла взять в толк, зачем Мане этот сверток.

— Глупышка.— Манька смерила меня снисходительным взглядом.— Зачем его есть? Хотя,— призадумалась она,— мало ли что едят люди, которые стоят на голове, может, они камнями питаются, я же не знаю. Вот выйду за него замуж, расскажу тебе, что да как. А сверток этот просто подарок — он полюбуется на мою искусств... искунст... исскустсую стряпню и сразу влюбится в меня.

Был замечательный летний полдень. Солнце стояло уже высоко, но, как часто бывает в высокогорье,— совершенно не припекало. Воздух был звонким и чистым и невесомым, словно перышко. С каждым вдохом он наполнял легкие газированными пузырьками счастья — хотелось взлететь и бесконечно парить над землей.

Все и вся вокруг радостно тянулось навстречу погожему солнечному дню. Все и вся! Кроме Мани. Мане было не до банальных розовых соплей.

Маня вышла на тропу войны.

Когда мы уходили со двора, мама высунулась в окно:

— Куда это вы собрались, девочки? Скоро обедать.

— Мы быстренько!

Идти до Тетисветыного дома было всего ничего, минут семь размеренным шагом. Труднее всего было найти способ передать подарок Олегу так, чтобы этого не видела его жена. Потому что мы не горели желанием снова расстраиваться из-за ее красоты.

— Ничего, что-нибудь на месте придумаем,— подбадривала меня всю дорогу Манечка. Но скоро мы уже были на месте, а совместный мозговой штурм не давал результатов.

— Давай кинем подарок им во двор,— предложила я.

— Ага, а потом его найдет эта фифа Ася и решит, что он предназначался ей! Еще чего!

Маня была абсолютно права — нельзя допускать, чтобы символ ее бесспорного кулинарного таланта достался врагу. Кидать нужно было метко, и желательно именно в Олега. Осталось дождаться, чтобы он вышел во двор и какое-то время побыл недвижной мишенью. Тогда мы успели бы прицелиться и метко запулить в него драгоценным свертком.

В томительном ожидании прошла вечность. Мы, затаив дыхание, ждали, когда же выйдет Олег. Из дома раздавались негромкие голоса, слышался перезвон посуды.

— Обедают,— протянула я, в животе предательски заурчало.

— Ага,— Манька громко сглотнула,— страсть как кушать хочется!

Мы прождали вторую вечность. Вторая вечность тянулась еще дольше, чем первая. Живот от голодного урчания ходил ходуном.

— Давай сосчитаем до ста, если к тому времени Олег не выйдет во двор, то мы сбегаем домой, поедим, а потом вернемся дожидаться его по новой,— не выдержала я.

— Давай,— согласилась Маня,— только, чур, не мухлевать!

Через минуту мы чуть не подрались — Маня говорила, что я считаю очень быстро и специально заглатываю окончания слов, и это нечестно, а я отвечала, что она чересчур медленно считает и растягивает слоги.

— Дура,— ругалась Маня,— что же ты так частишь? Не двцтьдв, а два-а-адцать два!

— Сама ты дура,— громкое урчание в животе заглушало мой злой шепот,— какая разница, как я называю цифры, главное, что я не сбиваюсь со счета!

Еще немного, и мы бы, наверное, покалечили друг друга муляжом толмы, но вдруг с той стороны забора раздался тоненький голосок:

— А я тоже умею считать!

Мы притихли и глянули в щель между досками забора. За нами с Тетисветыного двора следил большой голубой глаз. Потом глаз исчез, а в щель просунулся толстенький пальчик:

— Это раз!

Пальчик исчез, и через секунду в щель высунулись два пальца:

— Это два!

— Подожди! — Мы с Маней переглянулись.— Тебя как зовут?

— Меня зовут Арден, и мне скоро будет пять лет,— с готовностью отрапортовал голубой глаз.

— Как-как тебя зовут?

— Арден!

Мы крепко задумались.

— Может, аккордеон? — нерешительно предположила Маня.

— Ты скажи еще гобой,— рассердилась я.— Мальчик, выговори четко свое имя.

— Ар-ден,— в свою очередь рассердился глаз,— меня зовут Ар-ден.

Потом глаз исчез, и из щели между досками вылезла пухлая ладошка с растопыренными пальцами:

— А это пять, мне скоро будет столько лет,— миролюбиво продолжил он.

Меня осенило:

— Мань, а давай мы Ард... ему вручим подарок и скажем, чтобы он отнес его Олегу. Просто скажем, что это подарок для его папы.

— Это выход,— обрадовалась Маня и позвала мальчика: — Эй, мальчик, Арден!

— Меня зовут не Арден, а Арден! — обиделся мальчик.

— Ну я же и говорю: Арден,— изумилась Маня.

— Это неважно! — торопилась я.— Мальчик, а давай мы тебе передадим подарок для твоего папы?

— Давайте,— обрадовался мальчик.

— Только ты ему не говори, что подарок тебе две девочки передали, ладно?

— Ладно!

— Точно не скажешь?

— Точно. Давайте подарок!

Маня протянула руку поверх забора и вручила Ардену драгоценный сверток. Тот взял его: «Ого, тяжеленький»,— выговорил и побежал к дому.

— Папаааааааааааа! — заорал он что есть мочи.— Тут две девочки тебе подарок передалииииииии!!!

— Какие девочки, что это у тебя в руках, Артемка? — раздался голос Олега.

— Бежим,— выпучилась Манька и рывком стартовала с места. Дорогу до нашего дома мы преодолели за считаные секунды, и, окажись каким-то чудом на финишной прямой рефери с секундомером, он бы зафиксировал новый мировой рекорд по бегу на короткие дистанции!

— Артем! — с трудом отдышалась я, заскочив одним прыжком на веранду нашего дома.— Его зовут Артем!

— Предатель он, а не Артем,— хваталась за бок Маня,— теперь Олег догадался, что это мы ему подарок передали!

— Ну так это же хорошо! — осенило меня.— Он ведь должен знать, кто так здорово умеет заворачивать толму.

— Ты думаешь? — Маня посмотрела на меня с благодарностью.— Нарка, ты прямо ГЕНИЙ, как я сама раньше не догадалась!

После обеда мы вышли прогуляться. Позавчерашний обильный и теплый дождь не прошел даром, и склоны нашего холма покрыл ковер из огромных алых высокогорных маков. Мы нарвали большой букет и с чувством исполненного долга вручили его маме.

— Ах, какая прелесть,— всплеснула она руками,— какая красота!

Мама была в длинном светлом сарафане, по плечам ее рассыпались пышные русые локоны, она держала в руках большой букет алых маков и улыбалась нам.

Мы невольно залюбовались ею.

— Тетьнадь,— выдохнула Маня,— я ведь, когда вырасту, буду на вас похожа, да?

— Ты будешь лучше,— мама погладила ее по щечке,— ты будешь настоящей красавицей!

— Да? — Маня вспотела от радости.

— Конечно! — засмеялась мама и пошла ставить цветы в вазу.

— А он-то знает, что я буду красавицей? — задумчиво протянула моя подруга.

Я пожала плечами. Откуда мне было знать, о чем думает Олег!

— Пойдем, что ли? — предложила я.— Посмотрим, что там у них во дворе происходит.

— Пойдем,— Маня благодарно глянула на меня.— Хорошо, что ты сама это сказала, а то мне уже неудобно было предлагать.

— Почему было неудобно? — удивилась я.

— Потому что я гордая,— вздохнула Маня.

Уже в трехстах метрах от Тетисветыного дома мы заметили красный флажок, торчащий из щели между досками забора. Топтались какое-то время на расстоянии, потом подошли взглянуть поближе. Это был совершенно обычный первомайский флажок на тоненьком деревянном древке. Мы в задумчивости постояли какое-то время над ним, потом ткнули пальцем. Флажок выпал наружу, и мы увидели завернутую в тугой рулончик бумажку, прикрепленную к его древку. Конечно же, первым делом подрались за право прочесть записку. Победила Маня, которая с душераздирающим криком: «Я его первая полюбила!» — вырвала у меня флажок. Она с замиранием сердца развернула бумажку.

«Зита и Гита! — гласила записка крупным размашистым почерком.— Подойдите к калитке и заберите то, что лежит под большим камнем слева. И не безобразничайте, все равно никто этого не оценит, потому что все ушли жарить шашлыки на природе».

Мы подошли к калитке, быстро вычислили камень и поддели его древком флажка — в стане врага нужно быть очень осторожным и не прикасаться к чему попало руками. Под камнем лежал маленький пакетик. Мы с замиранием сердца развернули его. В пакетике оказались четыре конфеты «Мишка на севере»!

— Видишь, какой он хороший,— с трудом вымолвила Маня, набив рот вкуснючим шоколадом.

— Угум! Ему явно понравился твой подарок!

— А давай мы еще чего ему подарим! — загорелась Маня.

— Давай,— обрадовалась я. Если за муляж толмы полагались по две шоколадные конфеты на одну девочку, то при продуманном подходе к делу нам могли отсыпать целый мешок шоколадных конфет!

И мы стали прикидывать, чем еще можно удивить Олега.

За короткий промежуток времени мы приволокли к заветному камню букет маков, десяток червивых желудей, горсть малины, большую, насквозь просохшую коровью лепешку, дырявое пластмассовое пятилитровое ведро, пустую пачку из-под вонючих сигарет «Арин-Берд». После недолгих раздумий к живописной куче подарков мы присовокупили какую-то ржавую железяку, назначение которой так и не смогли установить, дырявый резиновый мяч, большой полукруг чаги, выдранный с мясом со ствола бука, килограмм разнокалиберных камушков и целое семейство ядреных, вытянувшихся на радостях от дождя в полный рост мухоморов.

Возвращались мы домой в твердой уверенности, что при виде таких щедрых даров сердце Олега дрогнет, и участь Аси будет горькой!

Так закончился второй день любовного настроения моей Манюни.

Впереди был самый трудный и местами действительно печальный, последний день.

ГЛАВА 10

Манюня влюбилась, день последний, или Здравствуй, грусть

Третий день любовного настроения Манюни ознаменовался грандиозным выговором с самого раннего утра. Выговаривали, естественно, мне с Манюней.

— Девочки, я вас совсем не узнаю,— кипятилась мама,— как вы могли натаскать такое количество мусора к калитке тети Светы?! Людям больше нечем заниматься, как за вами мусор разгребать? А главное — зачем вы это вообще сделали?

— Это не мы,— соврала я.

— Надо бы тебе суровой ниткой рот зашить, чтобы ты больше не лгала, Наринэ! Соседи видели, как вы чуть ли не весь мусор с окрестных свалок волокли к Тетисветыному забору! Вы мне хотя бы можете объяснить причину своего неадекватного поведения?

— Это не неадывк... неадвыкват... что вы за слово сказали, Тетьнадь? — Манька мяла в руках свою панаму и виновато заглядывала маме в глаза.

— Неадекватное, то есть странное поведение. А как по-другому я могу назвать то, что вы сделали?

— Это не странное поведение, это я все придумала,— Манечка шагнула вперед и заслонила меня плечом.— Это я во всем виновата, Тетьнадь, вы меня ругайте, а не Нарку.

Мама действительно очень сердилась. Но когда Манечка заслонила собой меня — она не сдержалась и улыбнулась. Мы мигом заискивающе заулыбались ей в ответ. Мама спохватилась и вновь нахмурилась. Мы виновато сгорбились.

— Понимаете, Тетьнадь,— Манька нахлобучила на голову свою кособокую панаму и сильно потянула за поля — панама надвинулась на самые брови, подмяв под себя ушки,— я же вам говорила, что мне понравился Олег. Вот я и подумала, что пара-другая простеньких подарков может заставить его влюбиться в меня.

Мама всплеснула руками.

— Мария, ты хоть понимаешь, что говоришь? Он взрослый человек, ему уже двадцать восемь лет, у него жена и пятилетний сын...

— Арден,— вставила я.

— Кто?

— Ну, он называет себя Арденом. Не умеет правильно свое имя выговорить.

— Да хоть тазик! — рассердилась мама.— Только разве речь об этом? Речь о том, что нельзя влюбляться в чужих мужей, это раз. И два — вы маленькие девочки, а маленьким девочкам в вашем возрасте положено читать книжки и играть в куклы, а не забивать голову всякой ерундой да хулиганить!

Манечка обиженно засопела.

— Да мы уже все книжки перечитали, которые привезли с собой, а в куклы пусть Сонечка играет, мы уже не маленькие, нам по одиннадцать лет. Это раз. А два — Тетьнадь, ну ведь эта Ася — такая выыыыыдра, неужели вы этого не видите?!

— Мария, обзываться нехорошо, и тебе об этом не раз говорила Ба.— При упоминании Ба мы обе стали ниже ростом, зато мама гордо расправила крылья — ее слова получили дополнительную весомость.— Это раз. И два: коль уж ты такая большая девочка и не хочешь играть в куклы, тогда ответь мне, пожалуйста, на такой вопрос: если бы влюбленный мальчик подарил тебе дырявое ведро, что бы ты сделала?

— Я бы надела ведро ему на голову!

— А с чего ты тогда взяла, что ваши «подарки» могли понравиться Олегу? А по моим сведениям, в этой куче мусора дырявое ведро было самым безобидным экземпляром!

Мы пристыженно молчали.

— Любимому человеку нужно дарить самое дорогое, что у тебя есть, понимаешь? — продолжала поучать мама.— Что это за любовь такая, когда ты объекту своего воздыхания преподносишь сухую коровью лепешку!

— Но она была очень большая и плоская,— хором стали оправдываться мы,— и вся насквозь кишела жучками. Такие коровьи лепешки он вряд ли мог видеть в Москве!

— Ну да, конечно,— хмыкнула мама,— он ее заберет с собой в столицу и будет всем встречным-поперечным хвастаться: посмотрите, какими большими лепешками какают армянские коровы! Все, девочки, разговор окончен, вы сегодня под домашним арестом, марш в детскую! У вас до завтрашнего утра будет достаточно времени, чтобы обдумать свое безобразное поведение.

Мы безропотно поплелись в спальню. По собственному опыту знали — спорить с мамой себе дороже, и, если упрямиться, можно больно-пребольно получить по попе.

— Угораздило тебя влюбиться в этого Олега,— сокрушалась я,— теперь придется из-за него проторчать взаперти до завтрашнего утра.

— Сердцу не прикажешь,— тяжко вздохнула Маня,— так папа говорит, когда ругается с Ба из-за мамы. Я все думала, что он имеет в виду, а теперь поняла. Влюбиться можно хоть в кого угодно, потому что сердце само выбирает, кого любить. Идешь ты куда-то, в булочную например, а дорогу медленно переползает червяк. Тебе так и хочется на него наступить, а сердце ррррррраз — и влюбляется. И все, до свидания, спокойная жизнь!

Мне стало страшно. Мало ли в кого вздумает влюбиться мое сумасбродное сердце? А если и впрямь в какое-нибудь животное? Вон у старьевщика дяди Славика есть осел, орет круглые сутки. Соседи ругаются, что он им спать не дает, а дяде Славику жалко от него избавляться. «Это потому он орет, что тоскливо ему от старости»,— оправдывается он перед соседями. А мало ли зачем этому ослу тоскливо? Может, ему любви не хватает, может, он меня дожидается? Пойду я мимо дома старьевщика, а мое жалостливое сердце увидит осла и сразу влюбится. И что тогда делать? Выходить за него замуж, что ли?

Я решительно помотала головой, чтобы отогнать тревожные мысли. Манечка, пригорюнившись, стояла у стола и перекладывала книги из одной стопки в другую.

— Понимаешь, я бы хотела, чтобы он жил с нами. Дружил с папой, научил его правильно стоять на голове. Он бы спал в дальней комнате, а я по вечерам играла бы ему на скрипке.

— А Ба? — испугалась я.

Маня посуровела лицом.

— Дааааа, с Ба договориться не получится. Она Олега мигом выставит за дверь,— Манюня чуть помолчала, а потом добавила мечтательно: — Вот если бы у него была шапка-невидимка!!!

Перед моим внутренним взором развернулась дивная картина: дядя Миша стоит на голове, Маня играет на скрипке, Олег сидит в шапке-невидимке, а за его спиной стоит Ба и целится в него из папиного охотничьего ружья. Я прыснула.

— Нет, боюсь, при Ба все волшебные предметы будут терять свои свойства!

Манька покатилась со смеху.

— Это даааа,— простонала она сквозь смех,— у Ба даже волшебные предметы не забалуют.

Потом мы какое-то время развлекались тем, что выглядывали в окно. С улицы доносились радостные голоса играющей в прятки детворы.

— Акали-бакали-чаварда-какали,— выкрикивала грузинскую считалочку моя сестра Каринка. Потом водящий стал громко считать, и мимо окна пулей пролетел маленький Артемка — он уже подружился со всеми детьми и с удовольствием носился с ними по всему дачному поселку. Мы проводили его долгим тоскливым взглядом — очень сложно сидеть дома взаперти, когда на улице светит солнышко и раздаются радостные голоса детворы!

— Придумала! Я знаю, что надо делать! — Подпрыгнула вдруг Маня.— Твоя мама сказала, что дарить нужно самое дорогое, что у человека есть, правильно? А самое дорогое, что у меня есть,— это мой амулет,— Маня хлопнула себя по груди,— вот его я Олегу и подарю.

— Ты с ума сошла? — испугалась я.— Ты хоть соображаешь, что Ба с тобой сделает, если узнает, что ты отдала свой амулет кому-то другому?

Я не зря беспокоилась. Амулет был единственной памятью Ба о ее родителях. Он представлял собой кулон в виде маленькой червонной ладошки с небольшим топазовым глазом по центру. Ба рассказывала, что он называется хамса. И что, когда родилась Манюня, Ба сняла цепочку с ладошкой со своей шеи и повесила в изголовье Маниной кроватки. А когда моя подруга подросла, она стала носить амулет на шее. Он был старинным и очень дорогим. «В восемь папиных зарплат»,— грозно предупредила Ба. Мне даже представить было страшно, что сделает она с Манюней, если та подарит амулет чужому человеку.

— Ты совсем спятила,— пыталась я воззвать к совести своей подруги.— Ты вообще подумай своей головой, что творишь!

— Ничего я не буду думать,— затопала Маня ногами.— Подарю, и все. Я так решила!

Она сняла с шеи цепочку с кулоном, распахнула окно и полезла на подоконник.

— Мань, если мама обнаружит, что ты ее ослушались,— она прибьет и тебя, и меня.

— Да я быстро! Бегом туда и обратно, управлюсь за несколько минут. Она и не заметит. А ты пока шуми в комнате, чтобы Тетьнадя подумала, что мы здесь играем.

— Нет уж, одну я тебя не отпущу! — Я полезла следом за Манечкой — не оставлять же невменяемую из-за большой любви подругу один на один с ее бедой!

Мы легко спрыгнули с подоконника и прислушались — кругом царила тишина. Детвора умчалась в другой конец улицы — оттуда раздавался дружный хохот, прерываемый грозным улюлюканьем Артемки: «Я вождь, вы все должны меня бояяяяяться!!!»

Дорога была свободна. Мы прокрались вдоль забора и юркнули в калитку.

— Одна нога там — другая тут,— скомандовала я. Добежали до Тетисветыного дома мы в считаные минуты. Шумно ворвались во двор — не до конспирации было. И сразу же наткнулись на Олега и Асю — они стояли возле веранды и о чем-то оживленно разговаривали.

При виде нас Ася поморщилась, словно у нее резко разболелся зуб. Зато Олег расплылся в широкой улыбке.

— Бааарышни, здравствуйте,— шагнул он нам навстречу.

— Здрасьте,— шмыгнула носом Маня,— мы тут по делу, то есть я. У нас совсем мало времени.

Она шагнула к Олегу и протянула ему амулет:

— Вот,— шепнула,— это вам, самое дорогое, что у меня есть.

И улыбнулась.

Вы можете мне не поверить, но в тот миг Манюня была самой красивой девочкой на свете. Она стояла с гордо выпрямленной спинкой и казалась уже совсем большой, и только легкая дрожь в сложенных лодочкой ладошках выдавала ее волнение.

Олег растерялся.

— Зачем ты это делаешь, девочка? — только и смог выговорить он.

И тут случилось непредвиденное — Ася наклонилась, якобы чтоб присмотреться к амулету, и неожиданно шлепнула Маню по ладошкам. Манечка испуганно дернула руками, и амулет улетел куда-то в кусты.

— Ася, что ты делаешь? — Олег схватил жену за локоть.

И тогда мы услышали слово, которое обожгло нас до самого до нашего сердца и вывернуло наизнанку наши души.

Мы были совершенно не готовы к этому, мы и думать не могли, что ТАК могут назвать Манюню.

— Малолетняя потаскушка! — зло выплюнула Ася.

А дальше случилось ужасное.

Маню вывернуло. Посреди Тетисветыного двора, прямо возле кустов смородины.

Была у Манечки особенность, о которой знал только очень узкий круг близких,— в минуты крайнего напряжения Маню выворачивало наизнанку. Резко, до последней капли содержимого желудка. Притом случалось это тогда, когда Маню кто-то незаслуженно оскорблял или унижал. Мой папа говорил, что Манюня настоящая белая акула — учуяв в себе чужеродный крючок, моментально выплевывает все свои внутренности — предпочитает умереть, чем проглотить обиду.

Меня словно контузило. В ушах стоял пронзительный звон, и ничего, кроме этого звона, я не слышала. Я видела, как Маню выворачивало, как она, чтобы не упасть, согнулась пополам и уперлась руками в колени, как ходило ходуном ее тело. Помню, что сняла с головы свою панаму и протерла ею Манины губы. Помню, как Маня доверчиво подставила мне свое личико.

Помню, как Олег что-то сказал Асе, она в ответ шевелила побледневшими губами, но, как я ни силилась, ничего не могла разобрать из того, что она говорила. Он взял ее за плечи, а она резко вырвалась и пошла мимо Мани к забору. И почему-то, когда поравнялась с ней, резко подняла руку, то ли попугать ее хотела, то ли ударить. И Маня вцепилась в эту руку и повисла на ней всем своим телом. А потом несколько раз лягнула Асю по ноге.

— Зеленый,— сказала я, насчитав четыре удара — я часто путала цвета и цифры, и четверка соответствовала зеленому. И когда я произнесла вслух слово «зеленый», звон в ушах стал нестерпимо бóльным и внезапно оборвался на самой высокой ноте. И в тот же миг ко мне вернулись шорохи и звуки.

Я кинулась на ватных ногах к Мане, но Олег опередил меня. Он подхватил ее на руки и оттащил в сторону. «Иди в дом!» — крикнул жене. «Пошел в жопу»,— бесстрастно ответила Ася и вышла со двора.

Олег отпустил Маню и побежал за женой.

Манечка проводила его пустым взглядом, подошла ко мне, взяла за руку.

— Пойдем,— сказала.

— Амулет,— напомнила я.

Мы быстро нашли ладошку — она лежала в траве и переливалась под солнцем голубым топазовым зрачком. Манечка бережно подняла цепочку и надела себе на шею.

И мы пошли со двора. Не оборачиваясь.

Маленьким девочкам иногда бывает очень больно на душе. Эта боль не идет ни в какое сравнение с болью физической. Эту боль не сопоставить ни с подзатыльником от дяди Миши, ни со шлепком по попе от мамы, ни с грозным окриком моего отца, ни с разрушительным наказанием разъяренной Ба. Эту внезапную боль, словно темную страшную жижу, нужно нести в себе тихо-тихо и под ноги обязательно смотреть, чтобы не оступиться. Потому что откуда-то ты знаешь — боль эту расплескивать нельзя. И ты бредешь слепым котеночком сквозь темноту, потом останавливаешься, прислушаешься к себе — болит? Болит, отзывается душа. И ты тихонечко идешь дальше.

Вот так мы и вернулись домой и ткнулись в колени маме. И рассказали ей навзрыд все — как убежали в окно, как Маня решила подарить Олегу самое дорогое, что у нее есть, как потом ее выворачивало под смородиновым кустом и как я сказала громко: «Зеленый»,— и звуки вернулись ко мне так же внезапно, как ушли.

А мама сначала молча нас выслушала, потом повела умываться, а потом достала с полки единственную баночку со сгущенным молоком, которую она берегла как зеницу ока для слоеного торта «Наполеон», открыла ее и выдала нам по большой столовой ложке. «Ешьте»,— сказала. «Все?» — удивились мы. «Все!» — сказала мама. Но мы съели каждый по ложке и отодвинули баночку. «Так нечестно»,— сказали.

А потом пришли тетя Света с Артемкой, принесли большую миску сладкой прозрачной смородины. И мы пили чай с яблочным пирогом и долго смеялись, потому что оказалось, что Артемка не умеет есть сидя — он ходил все время вокруг стола с ложкой во рту. «В меня так больше влезает»,— приговаривал.

А поздно вечером они уехали, хотя планировали остаться до конца недели. И папа весь следующий день подтрунивал над Манькой и называл ее то Шамаханской царицей, то маленьким агрессором, потому что папа всю жизнь такой — он считает, что любая обида лечится только смехом.

И Манюнечка громко хохотала и благодарно заглядывала ему в глаза.

Вот, пожалуй, и вся история про Манину самую большую детскую любовь.

И давайте больше не будем о грустном, ладно?

ГЛАВА 11

Манюня разочаровывается в любви, или Одинокая песнь электрика

Вы только не подумайте, будто Олег был единственной Маниной детской любовью!

Потому что за долгие одиннадцать лет своей жизни Манюня влюблялась пять раз.

Первой Маниной любовью стал мальчик, который перевелся в их группу из другого садика. Мальчика звали Гариком, у него были круглые желтые глаза и рыжие кудри. Ритуальный полуденный сон Гарик упорно игнорировал. Он тихонечко лежал в своей кроватке, выдергивал из пододеяльника нитки и долго, вдумчиво их жевал.

«Какой глупенький»,— решила Манька и тотчас в него влюбилась. В знак своей любви она выдернула нитку из пододеяльника, скатала ее в комочек и принялась жевать. Нитка на вкус оказалась совсем пресной. «Фу»,— поморщилась Манька.

— Она же совсем невкусная! — шепнула она Гарику.

— А мне вкусно,— ответил Гарик и выдернул новую нитку.

« Я его отучу от этой плохой привычки»,— решила Манька.

К сожалению, Гарик через неделю вернулся в свой прежний садик, потому что новый ему категорически не понравился. А может, в старом нитки были вкуснее. Маня погоревала-погоревала, но потом ей это надоело, и она решила найти себе другой предмет для воздыханий. Она перебрала в уме все возможные кандидатуры и остановила свой выбор на воспитательнице Эльвире Сергеевне. Почему-то.

У Эльвиры Сергеевны была длинная пушистая коса и родинка на изгибе локтя.

— Хочу себе такую же,— потребовала Манька.

— Через десять лет у тебя на руке появится точно такая родинка,— пообещала Эльвира Сергеевна. «Теперь я буду любить ее вечно»,— решила Манюня и принялась выказывать Эльвире Сергеевне знаки внимания, как-то: ходила за ней хвостиком и периодически, как заправский рыцарь, преподносила своей даме сердца золотые украшения, которые тайком таскала из шкатулки Ба. Эльвира Сергеевна честно возвращала все украшения и просила не наказывать Маньку.

В первый раз Ба великодушно простила внучку. Во второй раз она пригрозила оставить ее навсегда и на веки вечные без конфет. В третий раз терпение Ба лопнуло, и она таки наказала Маню — оглушила подзатыльником и поставила в угол. Пока Манюня, уткнувшись лицом в стену, восстанавливала рефлексы, Ба немилосердно шинковала капусту и рассказывала истории про детей, которые родились честными, но потом стали воришками.

— И за это государство посадило детей в темную и холодную тюрьму,— заключила она.

— Их хотя бы кормили там? — обернулась к ней Манюня.

— Манной кашей, с утра и до вечера каждый день! — рявкнула Ба.

— Буэ,— поежилась моя подруга.

Потом Манька пошла в первый класс и влюбилась в мальчика из параллельного «Г». Звали мальчика Араратом, и отчаянно грассирующая Манька из кожи вон лезла, чтобы правильно произнести его имя. Впрочем, тщетно. Два «р» подряд были непосильной для Манюни задачей — она начинала булькать и тормозить уже на первом слоге. Правда, сдаваться не собиралась.

— Агхагхат,— приперла как-то к стенке своего возлюбленного Манюня,— а как тебя по отчеству зовут?

— Размикович,— побледнел Арарат.

— Издеваешься надо мной, что ли? — рассердилась Манька и ударила его по голове портфелем.

Так как за последние два дня это был третий удар портфелем по Араратовой голове, то учительнице ничего не оставалось, как вызвать в школу Ба.

Ба молча выслушала все претензии, вернулась домой, выкрутила Маньке ухо до победного хруста и повела к Арарату — извиняться. Не выпуская Манькиного уха из руки. Такого унижения Манюня Арарату не простила и мигом его разлюбила.

«Никогда больше не стану влюбляться в мальчиков!» — твердо решила она. Мужская половина начальных классов Бердской средней школы № 3 вздохнула с облегчением.

Когда Маня училась в третьем классе, по телевизору показали фильм «Приключения Электроника». И моя подруга не придумала ничего лучше, чем влюбиться в Николая Караченцова, который играл гангстера Урри.

— У него такая красивая щель между передними зубами,— закатывала глаза Манюня. Караченцов был практически недосягаем для Маниного портфеля, так что Ба особенно не возражала против ее нового увлечения. Манька вырезала из журнала «Советский экран» портреты Караченцова и обвешивала ими стены своей комнаты. Ба ворчала, но терпела, потому что лучше портрет Караченцова в спальне, чем покалеченный одноклассник в школе.

Любовь сошла на нет внезапно — Караченцов, без всяких на то причин, приснился Мане в ночном кошмаре. Он преследовал ее по пятам, скалился и тряссе в таком леденящем душу хохоте, что Маня от испуга описалась в постели. В свои десять, практически предпенсионных, лет!

Естественно, она не смогла простить Караченцову такого предательства.

А потом Манюня поехала с нами на дачу и влюбилась в Олега. И чуть не довела его своими ухаживаниями до нервного тика. Ну, эту трагическую историю вы уже знаете. Когда и эта любовь закончилась разочарованием, моя подруга поставила жирный крест на мужчинах.

— Никогда,— поклялась она,— никогда я больше не полюблю мужчин. Нарка, ты свидетель!

— Ну и правильно,— одобрила решение подруги я,— зачем они вообще тебе дались?

Я знала, что говорила. К тому моменту у меня за плечами была своя личная драма, и я, как никто другой, понимала Маню.

Моей первой и пока единственной любовью стал старший брат моей одноклассницы Дианы. Брата звали Аликом, и он отлично играл в футбол.

— Он в кого-то влюблен? — как бы между прочим поинтересовалась я у Дианы.

— Да вроде нет.

«Будет моим»,— решила я. И стала терпеливо ждать, когда Алик в меня влюбится. Ждала аж целых три дня, но ситуация не менялась — Алик с утра до ночи гонял в мяч и не обращал на меня никакого внимания. Тогда я решила взять инициативу в свои руки и сочинила поэму о своей любви к нему. Потом выдрала из маминого блокнота голубенький листок и старательно переписала туда свое творение.

ПАЭМА

Алик, ты можит спросишь
Кто автар этих строк!!!
Но это ананим, и ты о ней не узнаешь
Ни-каг-да!
И ни-че-во!

Кроме тово, что я тебя люблу
И жыть биз тебя нима гу.

Наринэ Абгарян, 2 «А» класс Бердской ср. шк. № 2

Запечатала поэму в конверт и вручила его Диане с просьбой передать Алику. Ответ не заставил себя долго ждать. На следующий день, пряча от меня глаза, Дианка со словами: «Нашла в кого влюбляться!» — вернула мне конверт. Я вытащила помятый голубенький листок. Это оказалась моя записка. На обратной стороне Алик написал очень лаконичную ответную поэму.

ДУРА

Я повертела в руках записку и убрала ее в кармашек школьного фартука. Кое-как досидела до конца уроков, вернулась домой и, не переодеваясь, прямо в школьной форме, со значком октябренка на груди, легла умирать.

Умирала я долго, целых двадцать минут, и практически уже была одной ногой на том свете, когда с работы вернулась мама. Она заглянула в спальню и увидела мой хладный полутруп.

— А что это ты в одежде легла в постель? — спросила она и пощупала мой лоб.

— Умирать легла,— буркнула я и, вытащив из кармана записку, отдала ей.

Мама прочла поэму. Закрыла лицо ладонями. И затряслась всем телом.

«Плачет»,— удовлетворенно подумала я.

Потом мама отняла от лица ладони, и я увидела, что глаза у нее хоть и мокрые, но веселые.

— Мам, ты чего, смеялась? — обиделась я.

— Ну что ты,— ответила мама,— давай я тебе кое-что расскажу, ладно?

Она села на краешек кровати, взяла меня за руку и стала терпеливо объяснять, что мне пока рано влюбляться, что всё у меня впереди, и таких Аликов у меня в жизни будет еще много.

— Сколько много? — живо поинтересовалась я.

— О-го-го сколько,— ответила мама и поцеловала меня в лоб,— вставай.

— Нет! — Я твердо решила умереть.

— Ладно, как хочешь,— дернула мама плечом,— только я купила бисквит, твой любимый, с арахисом, и козинаки взяла.

— Сколько взяла? — приоткрыла я один глаз.

— Чего?

— Того и другого.

— Три килограмма бисквита и два килограмма козинаков.

— Ладно,— вздохнула я,— пойду поем, а потом вернусь обратно умирать.

Умереть мне в тот день так и не удалось, потому что сначала я ела бисквит, потом мы с Каринкой смотрели «Ну, погоди!», потом подрались, и мама выставила нас на балкон, чтобы мы подумали над своим поведением. Потом мы подрались на балконе, и мама затащила нас в квартиру и развела по разным комнатам, чтобы мы еще раз подумали над своим поведением.

Мы сразу же соскучились друг по другу и до передачи «Спокойной ночи, малыши» перестукивались через стенку и орали друг другу песни в розетку. А после передачи легли спать, и тут мне уже точно было не до умирания, потому что надо было успеть заснуть до того, как сестра начнет храпеть.

На том и закончилась моя первая любовь.

Потом я познакомилась с Манькой и мне стало как-то недосуг влюбляться. Сразу появилось много интересных дел. Мы с утра до ночи бегали по дворам, наедались до отвала алычи, купались в речке, воровали незрелый виноград, штурмом брали кинозалы для просмотра очередного шедевра индийского синематографа и доводили до белого каления Ба. О мальчиках не могло быть и речи, мальчики отошли на второй план и ничего, кроме жалостливого недоумения, у нас не вызывали.

Да и как можно было отвлекаться на любовь, когда жизнь в нашем городке била ключом, и одно удивительное событие сменяло другое?

Взять хотя бы историю, которая приключилась с нашим соседом по лестничной площадке дядей Арамом.

Дядя Арам был учителем черчения, но почему-то работал электриком. И, как водится в кругу уважающих себя электриков, полез в грозу чинить столб высоковольтных линий. За пять минут, в течение которых он находился наверху, в столб два раза ударила молния. Один раз — в его основание. «Молния не бьет два раза в одно место»,— вспомнил народную мудрость дядя Арам и невозмутимо продолжил ковыряться в проводах. Но, видимо, в тот злополучный день вожжа попала молнии под хвост, потому что она, тщательно прицелившись, таки попала в дядю Арама. Аккурат в загривок, как потом сказала Ба.

Бедного электрика отшвырнуло чуть ли не в другой конец планеты, но сослуживцы быстро его нашли. Дядя Арам, почерневший от чудовищного заряда электричества, аккуратно лежал на земле, местами дымился и пах пережаренными котлетами.

И что самое удивительное — дышал.

В тот же день из Еревана прилетел вертолет, чтобы срочно перевезти его в лучшую клинику республики.

Дочка дяди Арама, Анжела, в одночасье стала девочкой номер один нашего двора.

— Ну как там папа, Анжелка? — выспрашивали мы.

— Дышит,— важно отвечала Анжела.

— А что еще делает?

— Говорят — пахнет шашлыком.

— Ого,— уважительно таращились мы,— а еще?

— Больше ничего пока не делает. И это,— замялась Анжела,— у него на теле все волосы выгорели — брови, ресницы. Даже на груди ничего не осталось.

— И на ногах?

— И на ногах,— вздохнула Анжела и вдруг расплакалась,— он лежит в отдельной палате, и к нему никого не пускают!

Нам стало жалко Анжелку. Мы обступили ее со всех сторон и стали гладить по волосам. Так как нас было много, а голова у Анжелки была одна, то мы чуть не передрались за право погладить ее.

На следующий день повторялась та же ситуация. Мы снова выспрашивали, как дела у дяди Арама, потом Анжела плакала, и мы ее гладили по волосам.

А однажды Анжела вышла на улицу крепко задумчивая, привычно подставила нам свою голову и шепотом сообщила:

— Папа очнулся!

— И чего? — вылупились мы.

— И стал говорить, что он больше не будет электриком работать.

— Это как это? — не поверили мы своим ушам.

— Сказал, что с него достаточно одной молнии. И что он не хочет больше Бога гневить.

— Ааааа, ооооооо,— застонали мы.

Слухи в нашем городе распространялись с какой-то молниеносной скоростью. Не успела Анжелка рассказать нам последние новости о своем отце, как на другом конце города люди уже уверяли друг друга, что у электрика Арама открылся третий глаз, что он этим глазом исцеляет любую хворь, видит будущее и ведет прямые переговоры с Богом на разные актуальные для мироздания темы.

Когда дядя Арам выписался из клиники и рейсовым автобусом вернулся домой, то встречать его на автовокзал пришла большая толпа.

— Арам, а правда, что молния бьет очень больно? — выкрикивали люди.

Дядя Арам боязливо выглядывал из-за спины водителя «Икаруса» и искал глазами в толпе жену.

— Арам, я здесь,— всхлипнула тоненько Рипсиме.

— Пропустите человека к жене! — рявкнул водитель автобуса и ринулся прокладывать грудью дорогу.

— Арам! — причитала Рипсиме.

— Рипсиме! — жаловался дядя Арам.

Толпа терпеливо ждала, пока дядя Арам обнимет свою жену.

— Ну поцелуй ее, чего стесняешься? — подбадривали люди дядю Арама.— Мужик ты или не мужик?

Когда дядя Арам смущенно клюнул в щеку свою Рипсиме, толпа решила, что все церемонии соблюдены, и снова обступила дядю Арама.

— Мне бы домой,— шепнул дядя Арам.

— На нашем глазу [1],— заверили люди, подхватили его под руки и повели домой, не переставая сыпать вопросами. Спрашивали, есть ли на самом деле Бог, и если да, то что делать с партийными билетами, лечит ли теперь Арам педикулез и существует ли разум на других планетах.

Дядя Арам морщился, как от зубной боли, и молчал.

— Я здесь, Арам,— гладила его по руке Рипсиме.

Когда поздно ночью толпа, наконец, разошлась по домам, дядя Арам обнял одной рукой свою Рипсиме, другой прижал к себе Анжелку и сказал:

— Надо отсюда переезжать.

— Куда? — заплакала Рипсиме.

— Поедем во Владикавказ, к твоей сестре. А то я этого не вынесу.

Целый месяц, пока шла подготовка к переезду, в нашем подъезде дежурила очередь из впечатлительных женщин, угрюмых мужчин и словоохотливых старух.

Дядя Арам прятался по родственникам и не ночевал дома.

— Скажите Араму,— обрывали телефоны родственников люди,— тут приехал человек из города Капана. У него жена на третьем месяце беременности. Пусть Арам подскажет, кто родится: мальчик или девочка?

— Не знаю,— мотал головой дядя Арам.

— Он говорит, что с пятидесятипроцентной уверенностью будет мальчик,— передавали в трубку родственники.

[1] Дословный перевод армянской фразы, которая по-русски означает «конечно, не вопрос».

— Мальчик родится! — раздавался на том конце провода вопль радости.— Спасибо, Арам, они его назовут в твою честь!

— Я этого не вынесу,— качал головой дядя Арам.

— Не волнуйся, я с тобой,— шептала ему верная Рипсиме.

Анжела ходила по двору насквозь заплаканная.

— Не хочу уезжать,— говорила она.

— Мы тебе будем писать,— гладили мы ее по голове.

Потом они переехали. В день отъезда дядя Арам пробился через толпу провожающих к нам домой, пожал папе руку.

— Юра, отправь летом Надю в санаторий, она скоро будет желудком маяться,— сказал он папе на прощание,— и не переживай, будет у тебя сын. На твое сорокалетие.

— Да ну тебя,— махнул рукой отец,— о сыне я уже не мечтаю.

— Ну-ну,— улыбнулся дядя Арам,— а Надю обязательно отправляй на лечение, ладно?

— Ладно,— обещал папа.

— И, это, я тебя умоляю, не называй сына в мою честь! — засмеялся напоследок дядя Арам.

ГЛАВА 12

Манюня едет на концерт, или Как можно заставить гневаться Бетховена

— Белый верх, темный низ, форма парадная! — Метался по коридорам музыкальной школы обезумевший от волнения хормейстер Серго Михайлович.— Девочкам обязательно повязать пышные белые банты, колготки тоже белые. Туфли черные!

Волнение Серго Михайловича легко объяснялось — завтра должно было состояться выступление учеников музыкальной школы города Берда в доме культуры села Мовсес. Выступление было приурочено к торжественной дате — пятидесятилетию формирования колхоза «Заветы Ильича», самого передового в нашем районе. Публика предполагалась соответствующая — исключительно труженики серпа и молотилки, а также члены их семей.

— Приедет делегация из соседнего Красносельского района,— Серго Михайлович заикался от волнения —

Красносельский район Армении, издавна населенный ссыльными молоканами, славился на всю республику рекордными урожаями свеклы и кормовой репы.— А также предполагается присутствие ответственных товарищей из Еревана и Тбилиси и... — Серго Михайлович перешел на благоговейный шепот и махнул рукой куда-то в сторону иранской границы,— ...Ставропольского края РСФСР!

Если бы Серго Михайловичу сообщили, что послушать выступление учеников нашей школы прилетают жители далекой галактики Альфа Центавра, то волнения, поверьте, было бы меньше. Одно дело представители инопланетных, чуждых нашей партии и правительству идеологий, другое дело — пятидесятилетие самого передового на весь район колхоза «Заветы Ильича»!

— Завтра с утра никто не пойдет в школу, мы обзвоним ваших директоров и представим им список учеников, которые по уважительной причине будут отсутствовать на занятиях! — Наш дружный радостный рев заглушил на минуту голос Серго Михайловича, но хормейстер был стреляным воробьем — одним взмахом невидимой дирижерской палочки он заставил крик захлебнуться в наших глотках.— С девяти утра и до часу дня мы репетируем в школе, потом все расходятся пообедать и переодеться! В три часа собираемся возле входа, там нас будет ждать автобус. Начало праздничного концерта — ровно в шесть! Опаздывать нельзя!

Еще бы опаздывать нельзя! На восемь часов вечера, в честь прибытия высоких гостей из соседних районов и республик, намечался торжественный банкет, который по доисторической, неукоснительно и по пунктам выполняемой кавказской традиции предполагал убийственное чревоугодие, сдобренное огромными количествами доморощенного алкоголя. Банкет потом плавно перетекал в завтрак, и очумевшие гости внезапно обнаруживали себя за поеданием порции горячего, пахнущего ядреным чесноком хаша со стопочкой холодной, звенящей на воздухе домашней араки. Далее бездыханные тела гостей загружали в автобусы или служебные автомобили и раскидывали по пунктам назначения.

На следующий день, ровно в пятнадцать ноль-ноль, мы с Маней, простирнутые и отутюженные до крахмального скрипа, вошли во двор нашей музыкальной школы.

Первое, что бросилось нам в глаза, был заляпанный по самые брови грузовик «ГАЗ-63» в деревометаллическом и чуть ли не нэповском исполнении. Он раскорячился напротив входа в школу и всем своим видом гордо свидетельствовал о самом непосредственном своем участии в защите Киевской Руси от печенежских набегов.

Рядом с грузовиком волновалась стайка наших ребят в одинаковых белых сорочках и темных брюках. Чуть поодаль трепетали девочки с белыми пышными бантами в волосах.

У капота грузовика, при полном параде, в бархатном пиджаке и кружевном жабо, безутешно рыдал хормейстер Серго Михайлович. По левую руку от него клокотала в праведном гневе аккомпаниатор Инесса Павловна. Нам с Маней сразу стало ясно — происходит что-то из ряда вон выходящее.

Рядом с грузовиком виновато переминался с ноги на ногу кургузый худющий мужичок и периодически встревал во вселенский плач Серго Михайловича:

— А я-то при чем, мне сказали — загрузить и довезти до пункта назначения, я и приехал... Ты пойми, автобус сломался, чинить его будут, скорее всего, целую вечность, другого свободного автобуса нет... Я шофер опытный, кого только не перевозил — и племенных бычков, и беременных коров, и свиней, а однажды мне доверили чистокровного коня ахалтекинской породы, ты хоть знаешь, сколько они стоят?

Серго Михайлович оторвался от капота и смерил водителя уничтожающим взглядом.

— Объясните мне, при чем здесь племенные бычки или беременные коровы?! — крякнул он.— Это дети, вы понимаете? Де-ти!!! Как я могу позволить перевозить их на таком... — хормейстер запнулся,— драндулете?

— Зачем обзываешься? — заволновался бывший перевозчик чистокровного коня ахалтекинской породы.— Это же ласточка, а не машина. Ее как списали за физический износ с военного полигона — так она и служит нам верой и правдой двадцать лет. Ни разу не подвела!

— Вас как зовут? — В голосе Серго Михайловича зазвучала такая надежда, словно, назови сейчас водитель грузовика свое имя, и чудо-агрегат из тыквы превратится в изящную карету.

— Анушаван меня зовут,— галантно представился мужичок,— можно Анушаван Наполеонович!

— Как-как? — У Серго Михайловича задергалось веко.— Как, вы говорите, вас зовут?

Водитель грузовичка нервно покосился на глаз Серго Михайловича, потом спешно отвел взгляд в сторону кружевного жабо.

— Наполеонович я,— пробубнил он,— можешь меня просто Анушаваном звать. Главное — ты не сомневайся, я шофер опытный, довезу вас с песней!

— С какой песней?! — Серго Михайлович в поисках поддержки повернулся дергающимся веком к Инессе Павловне.— Это будет не песня, это будет реквием! Там все заляпано по самую крышу! И как я могу позволить, чтобы на таком грузовике перевозили этих музыкальных детей? — Перст Серго Михайловича вперился в нас — мы в знак солидарности мигом слились в единый, празднично одетый многоглазый организм.— Две скрипки! — выкрикивал Серго Михайлович свои аргументы.— Альт, два канона, гитара! Два доола, один дудук! Две флейты! Пюпитры! Нотные книги! Тридцать восемь детей из интеллигентных семей!

Инесса Павловна заламывала свои прекрасные тонкие руки в многочисленных серебряных браслетах — нет, не затем она выросла в кружевном тбилисском Авлабаре, чтобы разъезжать на грузовике для перевозки скота.

— Серго Михайлович,— высунулась из окна секретарша музыкальной школы,— я дозвонилась, мне сказали, что ни одной свободной машины нет, придется ехать на грузовике. Если вы прямо сейчас не двинетесь, то к шести часам точно не успеете.

Выхода не было. Мы сложили в кузов музыкальные инструменты в футлярах, нотные книги, пюпитры. Пол там и сям был завален засохшей травой и листьями от кукурузных початков, лохмотьями мешковины, плохо прочищенными следами коровьих лепешек и другим полезным в сельском хозяйстве добром. Борта кузова ходили ходуном и всячески топорщились шляпками больших гвоздей — видно было, что не одно поколение неунывающих водителей пыталось собственноручно привести в порядок полусгнившее деревянное нутро машины.

— Ребята, крепко держимся за борт грузовика, но не облокачиваемся, одежда белая, испачкаете! — выкрикивал хормейстер, подсаживая каждого ребенка в кузов. Сам залез последним и проследил, чтобы Анушаван Наполеонович тщательно закрепил задний борт грузовика.

Инессе Павловне галантно уступили место рядом с водителем.

— Вуй ме,— покрылась мурашками Инесса Павловна при виде внутренностей кабинки, когда водитель услужливо распахнул перед ней дверцу,— вуй ме, это явно не Авлабар!

Анушаван Наполеонович заметно волновался от аппетитных округлостей нашей аккомпаниаторши, нежный перезвон ее многочисленных серебряных браслетов вызывал в нем непознанный доселе эротический угар.

— Домчу как ласточку,— шаркнул он ножкой в раздолбанном башмаке.

Мы в ужасе жались по периметру борта грузовика. Сесть было некуда. В довершение ко всему оказалось, что металлические части кузова проржавели насквозь, а каждый уважающий себя ребенок из замученной дефицитом советской семьи четко помнил — ржавчину с одежды не извести ничем. Если только атомным взрывом. Вместе с одеждой. Поэтому, хоть все и вцепились в борта грузовика, но старались держаться от них на расстоянии вытянутых рук.

— Анушаван Наполеонович! — крикнул Серго Михайлович.— У нас ровно два часа до начала концерта! Нам нужно успеть доехать, привести себя в порядок да подготовиться к выступлению.

— Мамой клянус! — заверил Анушаван Наполеонович.

Он сел в кабину и боковым зрением выхватил аппетитные коленки Инессы Павловны, смущенно выглядывающие из-под узкой обтягивающей юбки. Мужское начало ян ударило Анушавану Наполеоновичу в голову и в остальные части тела. Из далеких уголков подсознания всплыли звуки доисторической охоты, когда влюбленный мужчина ходил с голыми руками на всякую крупногабаритную тварь, дабы преподнести любимой женщине на ужин кусок диетической мамоптятины или какой другой первобытной курятины.

— Ласточкой домчу! — зарычал Анушаван Наполеонович и завел мотор. Раздался оглушительный взрыв, грузовик, выпукав какое-то количество топливных низкооктановых миазмов, рванул с места.

Трепетный «вуй ме» Инессы Павловны затонул в нашем дружном «ааааааааааааааа!».

Если по городу машина проехала еще более или менее прилично, и нам лишь приходилось со стыдом отворачиваться от испуганных взглядов прохожих, то на серпантине проселочной дороги она показала все свои таланты. Грузовик трясло так, словно неведомая центробежная сила рвала его на мелкие части. На поворотах его заносило сильно вбок, и вся наша ватага отскакивала теннисным мячиком от одного борта кузова к другому. Никто уже не думал о ржавых пятнах на одежде — главное было не упасть и вовремя увернуться от очередной ветки раскинувшегося прямо над проезжей частью дороги дерева.

— АнушаваАаАаАаАаАаАаАн! — заклацал зубами Серго Михайлович — праздничное ширококалиберное кружевное жабо застилало ему лицо и забивало рот.— АнушаваАаАаАаАаАаАн, осторожнеееееее на поворотАаАаАаАаАх!!!

Механическое чудище заскрежетало, встало на короткий миг на дыбы и ринулось рассыпаться на куски с удвоенной силой. Из его недр вырывался вопль: «Мамой клянус»,— это Анушаван Наполеонович, решив, что Серго Михайлович подгоняет его, прибавил газу.

Когда грузовик, дребезжа всеми металлическими частями своей израненной души, въехал во двор дома культуры села Мовсес, пред взором встречающих развернулась дивная картина — из кузова, как из рога изобилия, посыпалась кучка больных синдромом Паркинсона чумазых детей во главе с полубезумным мужчиной в кургузом пинжачке и заляпанном кружевном жабо. Из кабинки выпала женщина с застывшей гримасой бесконечного ужаса на лице. От нее исходил дивный аромат парфюмерной симфонии, включающей в себя бодрящие аккорды машинного масла, бензина, провонявших ботинок и папирос «Беломорканал».

— Я же говорил, что домчу с песней! — Водитель грузовика с трудом сдерживал ликование.

— Спасибо, Анушаван Наполеонович,— выплюнул наконец кружевное жабо изо рта Серго Михайлович,— что бы мы без вас делали!

К сожалению, поездка на колхозном грузовике оказалась не единственным сюрпризом, уготованным нам баловницей-судьбой.

Накануне в дом культуры села Мовсес был делегирован штатный настройщик музыкальной школы Эдуард Миронович. По приезде он позвонил Серго Михайловичу и мрачно сообщил, что рояль дома культуры находится в таком состоянии, что его можно прямо сейчас распиливать на небольшой костер.

— Сделай что-нибудь! — клокотал хормейстер в трубку так, что слышно было на всю округу.— Эдуард Миронович, вся надежда на тебя!!!

Эдуард Миронович буркнул, что он не Бог, но постарается что-нибудь придумать, и отключился.

Мы ехали в твердой уверенности, что рояль хотя бы частично настроен.

По приезде оказалось, что председатель колхоза «Заветы Ильича» со словами: «Ты сначала поешь, а уж потом поработай»,— и, руководствуясь исключительно доисторическими кавказскими традициями гостеприимства, пригласил Эдуарда Мироновича к себе на обед.

Обед плавно перетек в ужин, и настройщик, потеряв всякий над собой контроль, решил сыграть с судьбой в русскую рулетку и испытать на себе все прелести клинической смерти. Засим он без меры накушался домашней семидесятиградусной нефильтрованой тутовой водки. Поэтому он сейчас, хоть и реагировал на внешние раздражители, моргал и даже периодически выдыхал, но двинуться с места был категорически не в состоянии.

Серго Михайлович какое-то время простоял, словно громом пораженный, а потом махнул рукой — у него даже на банальное возмущение не осталось сил, свои эмоции без остатка он уже выплеснул в кузове грузовика «ГАЗ-63» по всему протяжению тридцатикилометрового маршрута Берд—Мовсес.

Концерт мне запомнился двумя эпизодами.

Эпизод первый

Манюня стоит на сцене и увлеченно терзает скрипку. Я наблюдаю за ней из-за пыльного занавеса. Моя подруга выглядит так, словно ее, не отстирывая, долгое время сушили в автоклаве. Местами ее банты и даже сорочка сохранили еще свою девственную белизну. А в целом она была сильно мятая и заляпанная, и на коленках и щиколотках у нее гармошкой сложились колготки.

Эпизод второй

Помню, как я сижу за ненастроенным роялем и тщетно пытаюсь вытянуть из него звуки, отдаленно напоминающие пьесу Бетховена «К Элизе». Играю по памяти, потому что знаю произведение наизусть, и, разбуди меня в три часа ночи, я без запинки, с закрытыми глазами, продолжу его с любого места.

Неожиданно я спотыкаюсь о какой-то аккорд — и холодею, потому что понимаю, что концовка пьесы вылетела из головы. Наступает звенящая тишина, в зале раздается недоуменное шушуканье, и, чтобы как-то его заглушить, я начинаю наигрывать пьесу с самого начала. «Уж в этот-то раз концовка точно всплывет в памяти»,— лихорадочно соображаю я. Но в опасной близости от рокового аккорда я с ужасом понимаю, что часть «К Элизе» забыта напрочь. Времени на раздумья нет, и я, ничтоже сумняшеся, стартую в третий раз!

Из-за кулис до меня долетает сдавленный шепот Инессы Павловны:

— Нариночка, деточка, закругляйся!

Да я бы сама с радостью, только бы знать, как это сделать!!!

Если бы не наш отважный хормейстер, то я, наверное, играла бы, не останавливаясь, до следующего юбилея колхоза «Заветы Ильича». Но на восьмом витке, когда Бетховен уже вдоволь нагневался в своей могиле, из-за занавеса выскочил Серго Михайлович, решительным шагом направился ко мне, отодрал мои лапки от клавиатуры и сдал на руки Инессе Павловне. «Вуй ме,— причитала Инесса Павловна,— ребенка окончательно растрясло в кузове!!!»

Есть у меня маленькая надежда, что гости из союзных республик, ошеломленные разрушительным, уходящим корнями в далекое доисторье кавказским гостеприимством, обнаружив себя через какое-то время под капельницами в родных пенатах, ничего, кроме оглушительного застолья, не запомнили. И мое позорное выступление осталось в памяти только у выпускников нашей школы.

Правда, теперь и вы об этом знаете. Только вы ведь никому не проболтаетесь, верно?

ГЛАВА 13

Манюня фонтанирует идеями, или Как Ба устроила нам незабываемую премьеру «господибожетымой»

Ба принципиально не доверяла отечественной легкой промышленности и особенно — ее текстильной отрасли. Ба раздражали монументальные псевдоатласные лифчики, возвышающиеся над прилавками живописными горными хребтами и навсегда убивающие у подрастающего поколения представление о женской сексуальности, коричневые безобразные хлопчатобумажные чулки, байковые халаты и торчащие колом пальто из зубодробительного драпа. Ба любила пройтись мимо вешалок с растянутыми свитерами и демонстративно возмутиться на весь магазин: «Товарищи, что творится, куда ни глянь — одна говновязка!!!»

Дядя Миша считал, что в Ба погибла великая актриса, и иногда смешно передразнивал ее, когда мы возвращались домой после очередного похода в наш убогий городской универмаг. Но порой Ба выкидывала такие фортели, что даже флегматичный дядя Миша выходил из себя.

— Объясни мне, пожалуйста,— ругался он,— зачем тебе надо было становиться в первую балетную позицию и вещать на весь магазин о том, что на таких чулках должны повеситься члены политбюро? Ты забыла, в какой стране живешь? Из-за твоих выходок приходится жить с постоянно подобранным сфинктером ануса, потому что чуть расслабился — и ты уже не мужик!

Ба упирала руки в боки и хмыкала так, что от резонанса дребезжали стекла в окнах по всему дому.

— Сына, все никак не успокоишься после целебной клизмы с раствором ромашки, которую таки я тебе поставила?

— Роза Иосифовна! — Если дядя Миша называл Ба по имени-отчеству, это означало, что его раздражение достигло верхней точки кипения.— Вот не надо сейчас ля-ля про то, чего не было, особенно при детях!

— Ой-ой! — Ба вытаскивала из кармана огромный мужской носовой платок и демонстративно протирала им лицо.— Сына, можно подумать, не этими руками я подмывала твою каку каждый раз, как ты пачкал свои пеленки! И я таки напомню тебе, что пачкал ты их с такой прытью, словно вся тьма египетская сгустилась в твоих кишках!

Мы с Маней старались в такие минуты испаряться из комнаты. Во-первых, банально срабатывал инстинкт самосохранения, а во-вторых, нас тревожило словосочетание «сфинктер ануса». Мы потом долго гадали, что это такое страшное может быть, из-за чего дядя Миша может в одночасье перестать быть мужчиной.

— Письку ему, что ли, отрежут? — сокрушались мы.— Как же он тогда пи́сать-то будет?

Поход в универмаг оборачивался скандалом не только для дяди Миши. На фирменный скандал от Ба могли напороться все сотрудники универмага, начиная с продавцов и заканчивая директором, если, конечно, он по какой-то нелепой случайности в этот тревожный для его трудового стажа день находился на работе.

Ба требовала к себе особенного отношения. И чтобы добиться этого, разыгрывала в универмаге целый спектакль. Сначала она методично обходила полки с товаром, тыкала пальцем в тот или иной шедевр отечественной легкой промышленности и демонстративно громко хохотала. Параллельно зорким взором она выискивала среди покупателей сочувствующих товарищей. Сочувствующие товарищи, в предвкушении зрелищ, сбивались в благодарную публику и подобострастно трепетали.

Далее Ба заканчивала с маневрами и приступала к военным действиям. Первым делом, заручившись одобрительным гулом преданной публики, она принималась третировать несчастных продавщиц.

— Небось сами из-под полы торгуете болгарскими полотенцами с вышивкой, а на прилавках шаром покати! — наскакивала на них она. Продавщицы трепетали, разводили руками и кивали в сторону кабинета товароведа — вон где, мол, скрывается основной источник ваших бед. Ба, получив таким образом добро на дальнейшие действия, устремлялась к кабинету товароведа.

Товаровед тире бухгалтер универмага представлял из себя весьма жалкое зрелище — это был истерзанный и бесконечно несчастный лупоглазый мужичок, жертва сварливой, как Ба, тещи. Поэтому он, ничего не предпринимая, беззвучно вздыхал в ожидании своей горькой участи за огромными завалами папок по бухгалтерской отчетности. Нарастающие децибелы голоса Розы Иосифовны, эти неумолимые всадники Апокалипсиса, давно уже докатились до его кабинета и предрекали неминуемое явление самого Апокалипсиса в обличье Ба.

Когда Ба вторгалась в кабинет, товаровед, истерично дергая кадыком, выползал из своего укрытия. В качестве отступных он тряс перед собой, словно белым флагом, связкой ключей от склада. Ба, еще раз оглушительно хмыкнув для окончательного подавления его воли, пропускала его вперед и конвоировала к заветным, недоступным среднестатистическому советскому гражданину, помещениям.

Через какое-то время она торжественно выплывала к нам и победно несла в руках что-то заграничное, красивое и бесспорно качественное. Следом выползал несчастный товаровед. У товароведа выражение тела было такое, будто он несет за пазухой голодного ядовитого тайпана. Для вашего сведения — сила яда тайпана такова, что одним укусом он может убить сто взрослых людей!!! Если взять во внимание еще и Ба, торжественно шествующую рядом с товароведом, то смело можно утверждать, что двести человек в радиусе одного прыжка были на волоске от долгой и мучительной агонии!

Таким отчаянным методом Ба в эпоху жесточайшего советского дефицита добывала более или менее сносную одежду для всей своей семьи. Иногда, кстати, кое-что перепадало и моим родным. Был случай, когда Ба выдержала бой с самим директором универмага и ушла от него с тремя парами югославских кожаных сапог. Потом в них щеголяли моя мама и папина сестра Зоя, а третья пара улетела в Новороссийск, к дочке приснопамятной Фаи, которая Жмайлик.

Хуже обстояли дела с постельными принадлежностями и бельем. И так как неоднократные хождения по складам укрепили Ба в мысли, что перьев со всех голубоватых членистоногих советских кур хватает только на перины для партийной верхушки, то ничего другого, как самой шить одеяла и матрасы, ей не оставалось.

Для шитья одеял и матрасов закупалась овечья шерсть. Самым легким в этом деле была покупка шерсти. Далее начинались семь кругов ада. Эту кошмарную, невероятно грязную шерсть сначала нужно было очистить от мусора и репейных шишек. Далее ее тщательно промывали в пяти водах. Потом во дворе, на самом солнцепеке, стелились большие клеенки, и на эти клеенки выкладывалась мокрая шерсть. При этом ее в течение дня нужно было обязательно ворошить и переворачивать, чтобы она просохла со всех сторон. Потом шерсть выбивали длинным тонким прутом виноградной лозы. Долго и нудно, до волдырей в руках и радикулита в пояснице. Далее каждый (!) клочок шерсти нужно было распушить в руках, чтобы он стал невесомым и легким, как облачко.

Под одеяло покупалась специальная ткань, из нее шился наперник, его набивали шерстью, простегивали, а потом к одной стороне одеяла пришивался шелковый отрез, чтобы он красиво выглядывал из конвертика пододеяльника.

Адская работа. Поэтому, когда Ба бралась за нее, Маня перебиралась на день-второй к нам, чтобы не попадаться ей под горячую руку. Мама сидела с маленькой Сонечкой и не могла помочь Ба, зато она по мере возможности освобождала ее от других домашних забот. Поэтому в этот тяжелый период дядя Миша обедал и ужинал у нас.

— Спасибо, Надя,— говорил он маме, протягивая тарелку за добавкой,— если бы не ты, она бы давно уже простегала меня и Маню вместе с одеялами вдоль и поперек!

Мама делала бровки домиком, собирала губы в бантик, чтобы не рассмеяться, и предостерегающе кивала в нашу сторону. Дядя Миша отмахивался:

— Дети сами все знают!

В один из таких дней Ба позвонила маме:

— Я уже управилась с большей частью работы, пора набивать наперники шерстью, нужно, чтобы девочки подержали одеяло, пока я буду его простегивать. Отправь ко мне Наринку с Маней. И спасибо тебе, дорогая, за все, ты меня очень выручила.

— Ну что вы, тетя Роза! — Мама зарделась как школьница.— Не за что благодарить.— Девочки,— окликнула она нас,— Ба нужна ваша помощь!

— Хорошо,— мигом отозвались мы.

Кто бы посмел отказать Ба в помощи? Никто! Жить хотелось всем. Поэтому расстояние между нашими домами мы взяли резвым галопом за рекордно короткий срок.

Ба мы застали возле калитки. Она наспех чмокнула нас в щечки.

— Я в магазин за суровой ниткой,— бросила она на ходу,— ведите себя тихо, скоро буду.

Мы помахали для приличия ей вслед рукой и толкнули калитку. И окаменели от восторга. В центре двора на больших клеенках пенились воздушные клоки чистой белой шерсти. За три дня Ба успела ее промыть, просушить, взбить деревянным прутом и распушить облаком.

— Ух ты!!! — выдохнули мы.— Красота-то какаааая!

Шерсть была белоснежная и, казалось, искрилась на солнце.

— Ура,— запрыгала Манечка,— кругом лето, а у нас зима, вон посреди двора лежит целая куча снега!

Мы подошли поближе. Потрогали аккуратно шерсть — она приятно поскрипывала в руках и вкусно пахла стиральным порошком.

— А давай разуемся и походим по ней! — У Маньки загорелись глаза.

— Мань,— замялась я,— Ба нас за это по головке не погладит.

— Да ладно тебе, у нас же ноги чистые, мы осторожно! — Манька быстро скинула сандалики и ступила в шерсть.— Ой! — вскрикнула она.— Здорово-то как и немного щекотно.

Я последовала ее примеру. Ходить по шерсти оказалось сплошным удовольствием, она была пушистая и очень мягкая и доставала аж до Маниных коленок, а мне доходила до середины икр.

— Можно ласточкой в самую гущу нырнуть! — крикнула Маня и бросилась вниз головой.

Раздался глухой стук.

— Ой, мамочки,— Манина перекошенная мордочка вынырнула из шерсти, на лбу моментально раздулась шишка. Она потрогала ее.— Ты, это, поаккуратнее тут с нырянием, а то под клеенками голый двор, я вот на что-то твердое напоролась.

— Больно? — Я нагнулась присмотреться к шишке.

— Больно! — вскочила на ноги Манечка.— Только я потом буду расстраиваться, а то сейчас времени у нас в обрез!

Времени действительно было в обрез, поэтому мы спешили порезвиться вдоволь.

Сначала мы развлекались тем, что перекатывались по шерсти туда и обратно. Потом мы стали кидаться ею, словно снежками, друг в друга. Снежки по причине рыхлости отказывалась долетать до цели, поэтому приходилось кидаться друг в друга с разбега. Тормозить мы вовремя не успевали и вылетали на голую землю, увлекая за собой часть шерсти.

Потом Маня попала «снежком» мне в рот, и меня чуть не вывернуло, пока я извлекала изо рта волосики. С воплем: «Дура, что творишь!» — я кинулась на нее, и мы долго мутузили друг друга посреди клочьев шерсти.

Потом мы устали и решили помириться. Лежали рядышком и смотрели в небо.

— А я могу плюнуть так, что мой плевок поднимется в небо, а потом упадет тебе в лицо, спорим? — сказала я.

— До неба не доплюнешь,— лениво отозвалась Маня,— но попробовать можно.

И мы минут пять плевались вверх, с прицелом попасть друг в друга. Исплевали себя вдоль и поперек.

А потом Маня сделала роковое предложение.

— Нарка,— сказала эта вечная зачинательница самых опасных наших проделок,— а помнишь, как папа весной доводил до ума погреб?

Я помнила, конечно. Дядя Миша тогда завез цемента и песку и половину весны ковырялся в погребе. Ба ругалась, что он все не так делает, а дядя Миша огрызался, что она ничего не понимает в строительстве и ее место у плиты. Потом дядя Миша, по его словам, за что-то там не так дернул, и стена погреба пошла большой продольной трещиной.

Итого пришлось моему отцу договариваться с работягами со стройки, и они за два дня привели погреб в полный порядок. После этого какое-то время дядя Миша ходил тише воды ниже травы и старался не перечить Ба.

— Ну? — поторопила я Маню.— Помню, конечно. И что?

— Вот,— сказала Маня,— там остался песочек. Беленький такой, лежит в углу погреба, и Ба постоянно ругается с папой, чтобы он его вывез к реке, а папа говорит, что руки не доходят.

— Ну! — Я все не могла понять, к чему клонит Маня.

— А ведь этот песочек, если взять его горстями да кидать его над собой вверх, будет падать на нас, словно снег. Представляешь, какая красота? Стоим в снегу, а сверху на нас падает снег. Летом!

И тут на нас нашло окончательное затмение. Мы кинулись наперегонки в погреб. Чтобы не тратить время на переобувание, побежали босиком. Взяли по горсти песка в каждую руку и помчались обратно. Зажмурились и подкинули песок вверх.

Он посыпался на нас мелким колючим дождем.

— Ух ты! — заволновались мы и побежали за новой порцией песка.

Через несколько минут нашими общими стараниями воздушные облака взбитой белой шерсти превратились в серые нечесаные лохмы.

Потом, естественно, вернулась Ба. Зашла во двор с благодушной улыбкой на лице и увидела нас посреди свалявшейся шерсти.

И сказала «господибожетымой».

И судьба протрубила в рог Гьяллахорна, и нагрянул магический день Рагнарек.

Сначала Ба вытащила нас из грязных комьев и отлупила длинной тонкой палкой, которой она выбивала шерсть. Было очень больно, я извивалась как уж на сковороде и умудрилась-таки вырваться и убежать подальше, воя от боли. Ба не стала меня догонять, она взялась за Маню.

— Ааааааааа,— орала Маня не сбавляя обороты,— ааааааааааааааааааааа!!!!!!!!!

Потом она тоже каким-то чудом вырвалась, пролетела мимо меня и проорала на ходу:

— Нарка, быстро в погреб, она нас убьет!

И я припустила за ней.

Мы вбежали в погреб и захлопнули дверь. Изнутри погреб запирался на большой железный крюк. Мы накинули его дрожащими руками и всем телом привалились к двери.

— Откройте! — заколотила в дверь Ба.

Мы тихонечко поскуливали, потирая ушибленные места.

— Или вы откроете дверь, или останетесь здесь навсегда! — протрубила Ба.

Мы молчали в тряпочку, сердца наши бились так громко, что слышно было, казалось, на всю округу.

— Замурую заживо! — Трубный глас Ба проник во все щели погреба и скрючил наши души.

Мы не совсем поняла смысл угрозы, но дружно заревели — было ясно, что ничем хорошим это «замурую заживо» не закончится.

— Кому сказано, открывайте,— задергала дверной ручкой Ба,— открывайте, а то хуже будет!

Мы заплакали еще громче.

— Ладно,— выдохнула огнем Ба,— лейте дальше ваши крокодильи слезы, но выйти отсюда вы не выйдете!

Нам было слышно, как она что-то волокла к двери, осыпая нас проклятиями и приговаривая про «мамэс милх». Потом наступила тишина. Стало ясно, что Ба чем-то загородила дверь и ушла.

Погреб был темным и холодным. Единственное маленькое окошко, которое выглядывало на улицу, было зарешечено. Когда глаза привыкли к темноте и мы начали различать предметы, нам стало еще страшнее, потому что казалось, что со всех углов на нас пялятся жуткие чудища. И мы разревелись уже на законных основаниях.

Сначала мы плакали потому, что нам было больно, холодно и страшно. «Вот, оказывается, что такое „замуровать заживо"»,— сквозь рев делились мы друг с другом свежеприобретенными знаниями. Потом нам захотелось в туалет по-маленькому, и мы ревели от обиды, потому что пришлось писать в углу, на беленький песочек, оставшийся после ремонта. При этом страшнее всего было сидеть голой попой на корточках — а вдруг из-за спины вынырнет длинная когтистая лапа и потащит нас в потусторонье? Поэтому, когда я сидела на корточках, Манька держала меня за руку, а когда она села писать, то я вцепилась ей в руку.

Потом мы оплакивали нашу тяжелую судьбу в зарешеченное окошко в надежде на то, что кто-нибудь пройдет мимо и вызволит нас из заточения. И если я дотягивалась ростом до окна, то Манька безнадежно маячила внизу. Чтобы она тоже могла явить миру перекошенное от горя и страха лицо, пришлось притащить кадку с рассолом для сыра. Манюня взобралась на кадку, и мы дружно заголосили в окно.

Потом мы отчаялись дожидаться помощи извне и стали взывать к совести Ба.

— Бааа,— плакали мы,— вытащи нас отсюда, пожалуйста, мы замерзли, и у нас болят от холода ступнииии. Мы уже достаточно замуровались и больше не будеееем!!!

Сначала вопли наши оставались безответными, а потом, спустя миллион веков, за дверью завозились.

— Бааа, это ты? — заголосили мы жалобно.

— Ыхть,— раздалось за дверью,— ыхть!

Потом еще раз:

— Ыхть! Ыхть! Ыхть!

Мы испугались еще больше.

— Аааааа,— заорали мы,— Баааааааааа, помоги нам!

— Если вы сейчас же не заткнетесь, то я оставлю вас здесь навсегда,— пропыхтела зло Ба. Мы притихли. Ба еще какое-то время возилась за дверью, потом громко сказала «господибожетымой».

— Что? Снова «господибожетымой»! — зашлись мы в истерике.— Бааа, мы ничего такого не делали, только пописали на песочек в углу и всеоооооо, зачем же снова «господибожетымой» говорить?!!!

— Будете орать, вообще не выйдете оттуда,— выдохнула огнем Ба, и мы моментально притихли.— Потерпите чуть-чуть, скоро я вас выпущу.

Потом она куда-то ушла. На этот раз для разнообразия мы решили украсить томительное ожидание дружным иканием — на плач уже не осталось ни сил, ни слез.

Потом пришел сосед дядя Гор. Закаленный многолетним соседством с Ба, он не стал удивляться или задавать глупых вопросов, просто с нечеловеческим кряхтением отволок в сторону ржавый мотор от старого Дядимишиного драндулета, которым Ба, в адреналиновом угаре, загородила дверь в погреб.

— Так ведь и до геморроя недалеко,— бросил он на прощание.

А потом Ба открыла дверь в погреб, и наш Рагнарек возобновился.

Сначала она поволокла нас в ванную, где минут двадцать отогревала наши продрогшие чресла в крутом кипятке. Потом, когда в ванной отчетливо запахло консоме из детятины, она вытащила новую натуральную мочалку (акцентирую ваше внимание на слове «новая», потому что, если кто мылся натуральными мочалками, тот до сих пор недоумевает, почему ООН в своей Конвенции против пыток не наложила вето на мытье детей новыми натуральными мочалками). Итак, НОВОЙ натуральной мочалкой Ба отшлифовала наши тела так, что мы легко могли сойти, учитывая разницу в росте, за деревянную скалку и деревянный же, например, пестик. Притом, чем громче мы выли, тем усерднее Ба нас растирала.

А далее мы на своем опыте доказали, что пирамиды все-таки строили люди, а не инопланетяне. Потому что вдвоем, подгоняемые грозными окриками Ба, сначала помыли всю шерсть в пяти водах, потом сушили ее на солнцепеке, не забывая ворошить и переворачивать, потом мы ее выбивали деревянной палкой, нудно и долго, до волдырей на ладонях и боли в пояснице, а далее каждый клочок шерсти распушили нежным облачком.

И если кто из вас скажет, что Ба все-таки переборщила с «господибожетымоем», то я с вами не соглашусь.

Ибо кару мы понесли вполне заслуженную, ага.

ГЛАВА 14

Манюня, или Как с большой для себя пользой съездить в Тбилиси

Дядя Миша, Манин папа, работал на релейном заводе инженером. Главный инженер — должность, безусловно, почетная. У дяди Миши в анамнезе были красный диплом политехнического института, кандидатская степень и кой-какие научные разработки. За все эти заслуги, а также за пятнадцатилетний непрерывный стаж работы на релейном заводе родина платила ему ежемесячно где-то около ста пятидесяти рублей. На эти деньги дядя Миша умудрялся не только обеспечивать всю семью, но и позволял себе маленькие мужские радости — если, конечно, эти радости проходили строгий таможенный контроль Ба.

А еще дядя Миша был однолюбом. Редкое для мужчины качество, ставящее жирный крест на его судьбе. Еще со школьной скамьи он любил девочку Галю Ицхакову. И вопреки воле Ба женился на ней. Естественно, свекровь невзлюбила невестку. В бедной Гале все было не так — и происхождение (рабоче-крестьянское), и вероисповедание (пф, выкрест), и вкусы (ты видел булатные зубы ее матери — это же ни в какие ворота не лезет), и образование (медсестра, даже на врача не удосужилась выучиться).

Ради справедливости нужно отметить, что Ба в принципе не могла ужиться с женщиной, которая покушалась на любовь ее сына. Тетя Галя боролась за свое семейное счастье долго и отчаянно, но потерпела фиаско — Ба была мастером изнурительной партизанской войны. Мане было пять лет, когда ее родители развелись. Ба сделала все возможное, чтобы внучка осталась с ней. Я не знаю, на какие ухищрения она пошла, может, пригрозила судье пытками или взяла в заложники всю его семью, но суд принял сторону дяди Миши, и Ба получила Манечку в безвозмездное пожизненное пользование. Тетя Галя потом снова вышла замуж, уехала в другой город и родила своему мужу троих детей. Маня периодически приезжала к ней в гости, и к чести Ба нужно отметить, что та никогда не препятствовала общению Мани с ее мамой.

Ба вообще была достаточно замкнутым человеком и мало кого «допускала к телу».

Моя семья стала редким исключением. Уж не знаю, чем мы ее взяли, может, количеством детей (четыре девочки!) или тем, что мама оказалась землячкой Ба, а может, тем, что папа не раз вытаскивал дядю Мишу из передряг, в которые тот регулярно попадал, но Ба раз и навсегда впустила нас в свое сердце и не выпускала оттуда уже никогда. Мы высоко ценили любовь Ба и бережно несли ее перед собой праздничным караваем.

Если у Ба случались какие-нибудь крупные размолвки с дядей Мишей, то плакаться она приходила к маме.

— Ты представляешь, Надя,— возмущалась она, громко отпивая горячий чай из большой чашки,— мне кажется, что у него кто-то есть!

— Тетя Роза,— маме хватило наглости возразить Ба,— Миша молодой мужчина, ему всего тридцать восемь, должен же он где-то оставлять свою... хм... энергию! — Последние слова она проговорила почти шепотом и, казалось, стала ниже ростом — Ба смотрела на маму тяжелым немигающим взглядом.

— Можно подумать, это аргумент! Я вот тридцать лет живу без мужика, и ничего! — рассердилась она.

По лицу мамы было видно, что она хотела бы возразить Ба, но сработал инстинкт самосохранения, и она промолчала.

Мы с Маней периодически, затаив дыхание, подслушивали диалоги Ба с мамой. Мане было жизненно важно, чтобы дядя Миша ни в кого не влюблялся,— она лелеяла тайную надежду, что родители когда-нибудь обязательно помирятся и снова поженятся. Видимо, об этом мечтал и дядя Миша, потому что так никогда и не решился на второй брак. Безусловно, как у любого здорового мужчины, у него были какие-то связи на стороне, но явок и паролей он никогда не сдавал, может, еще и потому, что узнай об этом Ба — и одной несчастной на этом свете стало бы меньше.

Самой большой легальной привязанностью дяди Миши, разумеется, после Манюни и Ба, был его автомобиль.

Автомобиль — весьма гуманное определение для того агрегата, на котором рассекал дядя Миша.

— Адам Казимирович Козлевич на своем «Лорен-Дитрихе» нервно закусывает зависть локтями,— комментировал папа, когда дядя Миша торжественно въезжал в наш двор на своем драндулете.

Манюнин папа являлся счастливым обладателем автомобиля повышенной проходимости, условно обозначаемого «ГАЗ-69». Почему условно обозначаемого — да потому, что дяде Мише от прежнего владельца машина досталась в весьма «модифицированном» виде — чего стоил один только кузов, собственноручно сваренный из железяк непонятного происхождения и предназначения!

Но дядя Миша не унывал. Он ласково назвал своего механического друга Васей, в честь главного конструктора Вассермана, под чутким руководством которого создавался сей вездеходный монстр, и два раза в год обязательно разбирал его на винтики и карданные валы. Далее он любовно протирал каждую деталь бензином, мазутом или чем полагается протирать детали «ГАЗ-69» 1956 года выпуска, а потом, что особенно удивительно, собирал машину обратно. Примечательно, что после каждой сборки Васи оставалась целая куча металлолома, которую дядя Миша аккуратно складывал на отдельную полку в погребе.

— Когда-нибудь найдем и этим деталям применение, а мой Вася и так поездит,— горделиво приговаривал он.

Если снаружи Вася смахивал на курятник на колесах и этим только интриговал неподготовленных зевак, то скудностью убранства кабины он ошеломлял людей уже по самые, ну не знаю, надпочечники, что ли.

В базовой комплектации производителем предполагались две трехместные продольные лавки для пассажиров. Но прежний владелец и сюда внес свои коррективы — за сиденьями водителя и переднего пассажира, вдоль боковых стен, были прибиты две деревянные, плохо отшлифованные доски. Усидеть на них по ходу движения было очень сложно, потому что держаться было не за что. Приходилось крепко упираться ногами в пол, а руками — в крышу автомобиля.

Если организовывался выезд на природу, то мама, Ба и младшие мои сестры садились в папину «копейку», которая на фоне Дядимишиного драндулета смотрелась как минимум «Кадиллаком», а я, Манька и моя сестра Каринка загружались в Васю.

Между деревянными продольными лавками Васи было достаточно большое пространство, куда складывали скарб для пикника — шампуры, замаринованное мясо, овощи-фрукты, пледы, мячи, ракетки для бадминтона, нарды, термос с чаем, теплую одежду. Нашей обязанностью было по ходу движения Васи придерживать это добро, чтобы оно не разлеталось по машине.

Не знаю, предполагала ли базовая комплектация «ГАЗ-69» амортизаторы, но на Васе их точно не было. Машину на дороге трясло так, словно ее вручили какому-то малютке-великану вместо погремушки.

— Кастрюююлю держи! — орала Маня Каринке, придерживая ногой пакет с картофелем, одной рукой упираясь в железную крышу монстра, а другой ловя откатившийся зеленобокий арбуз. Кастрюля с замаринованным мясом выделывала по полу опасные пируэты и всячески грозилась опрокинуться и оставить нас без шашлыка.

— Да мне бы шампуры поймать,— кряхтела Каринка, пестуя в руках огромный термос Ба, а ногой пытаясь придержать связку острых шампуров.

Мне с невероятным трудом удалось подцепить кастрюлю локтем — руки были заняты магнитофоном «Электроника-322», а ногами я придерживала пакет с фруктами.

«Ах, Арлекино, Арлекино, нужно быть смешным для всех»,— надрывалась в магнитофоне Пугачева.

— Васидис! — вел уважительные переговоры с Васей дядя Миша.— Давай, родненький, идем на подъем.

— Внииин-внииииииииииин,— преданно кряхтел железный монстр.

Дядя Миша, словно летчик-испытатель, увлеченно шуровал огромным количеством непонятных рычагов, торчащих по правую сторону от его сиденья.

— Кха-кха, внииин, кха-кха,— надрывался Васидис и таки взбирался на очередной бугор тяп-ляп проложенной горной дороги.

Иногда, когда Вася находился в разобранном виде (в неглиже, хмыкала Ба), а дяде Мише срочно надо было куда-то ехать, он просил у папы его «копейку».

Практика открыла за дядей Мишей удивительную способность — если он пытался съездить куда-то на папиной машине, то обязательно попадал в передрягу.

Когда дядя Миша взял папину «копейку» в первый раз, то на скорости сорок километров в час он въехал в стадо коров и выехал из него с обезумевшим от такого беспардонного обращения быком на переднем капоте. Бык отделался легким испугом, а капот погнулся так, что пришлось возвращаться, чтобы ремонтировать машину. При этом всю долгую дорогу до сервиса дядя Миша проделал со скоростью 10 км в час, потому что, когда он пытался хотя бы на километр прибавить в скорости, погнутый дугой капот распахивался и, загораживая ему весь обзор, клацал, словно голодными челюстями.

Когда дядя Миша во второй раз дорвался до папиной машины, он умудрился попасть в открытом поле под град величиной с хорошее куриное яйцо. Когда он въехал к нам во двор, папа чуть не скончался от зрелища, открывшегося перед его глазами,— весь кузов «копейки» был погнут в элегантный крупный горошек.

В третий раз, когда мой оптимистичный папа не отказал своему другу в просьбе, дядя Миша умудрился провалиться в огроменную яму в таком безлюдном месте, что ему пришлось пройти пешком 15 км до ближайшего населенного пункта, чтобы позвонить отцу.

— Юра! — заикался он в трубку.— Я провалился в такую яму, что мама не горюй! Кажется, передняя ось погнулась, я плохо видел, потому что грязищи кругом — тьма-тьмущая. Может, это даже не лужа, а болото, я плохо присматривался. Нужен трактор, слышишь меня, трактор, иначе машину не отбуксировать!

Папа запил радостную весть ведром валерьянки и поехал искать в субботний вечер трезвого тракториста.

— Все! — поклялся он торжественно на следующее утро, когда, заляпанные грязью по самые брови, они с дядей Мишей вернулись домой.— Это была последняя капля. Ни-ког-да! Ни-ког-да я тебе больше не доверю машину. Клянусь памятью своего прадеда, понял?

— Я сам не возьму в толк, что за напасть такая,— виновато разводил руками дядя Миша.— Вася, что ли, ревнует?

А потом случилось вот что.

Грянул 44-й чемпионат СССР по футболу, встречались команды высшей лиги «Динамо-Тбилиси» и «Арарат-Ереван». Матч должен был состояться в Тбилиси, и папа с дядей Мишей намылились поболеть за вечно уступающий соседям в счете «Арарат». Если я ничего не путаю, это был вопрос жизни или смерти — проигрыш нашей команды означал автоматический ее вылет из высшей лиги.

Мама с Ба были категорически против этой поездки.

— Что вы переживаете? — кипятился папа.— Машина совершенно новенькая, ехать всего пятьсот километров, и потом, я же не один поеду, со мной будет Миша, он, если что, подстрахует меня.

— Зисале, так об чем и речь,— всплеснула руками Ба,— если бы ты ехал один, я и слова тебе поперек не сказала бы. А тут с Мишей решил! Обязательно что-нибудь случится, вот увидишь.

— А что сразу Миша? — встрял дядя Миша.— Мамэле, я даже к рулю не прикоснусь, водить будет только Юра! Клянусь!

Поздним вечером 24 июня раздался междугородный звонок. Мама кинулась к телефону.

— Алло,— крикнула она в трубку,— алло!

— Отвечайте Тбилиси,— раздался бесстрастный голос оператора телефонной станции.

— Алло, алло, Надя? — сквозь шорох и треск прорвался голос папы.

— Это я! Что случилось? — выкрикнула мама.

— Продули три — ноль,— загробным голосом поделился папа.

— Уф,— вздохнула с облегчением мама,— а я-то подумала, случилось что.

— Это как посмотреть,— продолжил папа после минутного молчания.

— Что стряслось? — У мамы сошла краска с лица.

— Машину угнали,— промычал папа,— Миша пошел доставать из бардачка сигареты. Ну, он открыл дверь, полез в бардачок, а тут его чем-то огрели, оттащили в сторону и угнали машину.

Мама села прямо на пол.

— Миша живой? — спросила сдавленным голосом.

— Конечно, живой,— рассердился папа.— Жив-здоров, даже сотрясение мозга не получил,— в голосе отца проскользнули нотки сожаления.

— И что теперь делать?

— Нужно тысячу рублей выслать нам!

— Сколько? Зачем? Откуда? — испугалась мама.

— Займи и вышли,— зачастил папа,— тут круговая мафия, я позвонил Юрику в Москву (Юрик, папин двоюродный брат, был одним из лучших сыщиков МУРа), он нажал на нужные рычаги, на нас вышли люди и потребовали тысячу рублей за то, чтобы вернуть машину. Юрик сказал, что надо откупаться, иначе машину мы вообще никогда не увидим.

Через три дня наши горе-болельщики возвращались домой. Настроение было паршивое. Дядя Миша после долгих раздумий решил выступить с рацпредложением:

— Юра, может, нужно освятить машину?

— В смысле — освятить? — От неожиданности папа сбросил скорость.

— Ну... это... как оно у вас называется... ну когда приглашается священник, вроде с кадилом...

Папа моментально вызверился.

— Чтобы ни один мудило с кадилом на пушечный выстрел к моей машине не подходил, понял?

— Понял! — Дядя Миша примирительно замахал руками.— Что ж тут непонятного, все понял!

Здесь надо сделать маленькое отступление и объяснить агрессивную реакцию моего отца. У папы были свои счеты с Богом. Они друг друга, скажем так, недопонимали. Или играли в сломанный телефон, но папа никак не мог смириться с правилами игры. Дело в том, что папа всю жизнь мечтал о сыне.

— Вот родится у меня сын,— строил он планы,— достойный продолжатель рода, будет он мне другом, опорой и поддержкой!

Но Боженька почему-то не считался с желаниями отца и одну за другой посылал ему дочерей.

Когда родилась я, папа даже обрадовался.

— Вот! — сказал он.— План на девочек выполнен, следующим точно будет мальчик!

— Юра,— мама сунула ему в руки меня,— посмотри, как она на тебя похожа!

— Что, и нос будет как у меня? — испугался отец.

— Нет, что ты,— соврала мама.

— Слава богу,— обрадовался отец,— тогда назовем ее Наринэ!

— Наринэ,— зашелестели эхом духи наших предков,— огненная.

— Не это имя нужно было ей давать,— вмешался дух прапрабабушки Сирануйш,— надо было назвать ее...

— Шшшш,— зашикали на нее духи,— не вмешивайся...

Потом родилась вторая девочка. Папа ходил мрачнее тучи.

— Юра! — Мама откинула уголок конверта новорожденной.— Посмотри, какая чудная девочка, очень на мою маму похожа.

Папа взял девочку на руки, погладил по щечке.

— И впрямь похожа,— вздохнул,— назовем ее Каринэ.

— Каринэ,— от шепота духов наших предков затрепетали шторы в больничной палате,— ликующая.

— Другое нужно имя,— снова вмешался дух прапрабабушки Сирануйш,— есть персидское красивое имя...

— Шшшш,— зашикали на нее духи моих армянских и русских предков,— какие такие персидские имена?

Потом родилась третья девочка. Папа места себе не находил, непрестанно курил, ругался куда-то вверх.

— Я у тебя чего-то невозможного прошу? — брызгал он слюной в небо.

— Юра,— мама сунула ему в руки девочку,— посмотри, какая она красивая, копия твоего отца.

Папа взял девочку на руки, долго вглядывался в лицо.

— И в самом деле на отца похожа,— умилился он,— назовем ее Гаянэ.

— Гаянэ,— заволновались духи наших предков,— земная.

— Имя — это сакральный код,— вмешался снова дух прапрабабушки Сирануйш,— оно должно символизировать...

— Что? — обернулись к ней духи.

— Твой посыл Вселенной,— зашептала Сирануйш,— девочку нужно назвать Сона. Сона в переводе с фарси

означает «красивая». Но есть еще второе значение этого слова — «достаточно».

— Подождите, но Сона — это армянское имя,— встряла прапрабабушка Тамара.

— Пф,— фыркнула прабабушка Анна,— есть хоть что-нибудь в мире, что не армяне придумали?

— Да ты что, Анна,— хохотнул прадед Иван,— вначале были армяне, и только потом — свет!

— Да где ты был, когда мы уже христианами были... — полезла в бой Тамара.

— Вооорс утеееееееееек ![1] — раздался грозный рык прапрадеда Пашо.

Все притихли.

— Развели тут курятник! Заткнулись все! Говори, Сирануйш!

— Спасибо, Пашо, лучше бы ты при жизни так меня слушался,— хмыкнула Сирануйш.

— Воооорс! — прогрохотал Пашо.

Сирануйш вздохнула.

— Если назвать девочку Сона, что в переводе с фарси означает «достаточно», то следом обязательно родится мальчик!

— Сона,— заволновались духи предков,— девочку нужно назвать Сона!

— Хорошо, пусть будет Гаянэ,— улыбнулась мама папе.

А потом мама забеременела в четвертый раз.

— Бог любит троицу,— потирал руки папа,— три дочки у меня уже есть, теперь точно будет мальчик!

Однажды он ворвался в дом с большим топором наперевес. Мама обхватила руками живот и забилась в угол. Папа был явно не в себе, он отчаянно жестикулировал, нервно ходил лицом и всячески напоминал умалишенного.

— Вот! — тряс он томагавком над головой.— Смотри, что я нашел в лесу! Топор! Оружие! Это знак!!! Теперь точно будет мальчик!

---

[1] Съешьте мою задницу (уж извините, но из песни слов не выкинешь).

Когда родилась четвертая девочка, папа месяц с лишним ходил с немым вопросом на лице. Родные всерьез беспокоились о его душевном равновесии, поили отваром пустырника и зверобоя, кормили валерьянкой.

— Юра,— мама подвела его к кроватке,— посмотри, как она на моего отца похожа!

— А что, она не могла быть мальчиком, похожим на твоего отца? — гаркнул отец.

— Она родилась с седой прядью в волосах,— заплакала мама.

— Да? — смягчился папа.— Видимо, знала, что я буду расстраиваться. Назовем ее...

— Сона,— наклонилась к его уху прабабка Сирануйш,— назови ее Сона, сынок.

— Мне кажется, ее нужно назвать Сона,— сказала мама,— почему-то это имя пришло мне сейчас на ум.

— Ну наконец-то,— вздохнули духи наших предков.

— Ну наконец-то,— засмеялась Сирануйш.

Папа не умел слышать шепота духов предков. И не замечал знаков судьбы в виде белой пряди волос в кудрях своей младшей дочери. Папа всю жизнь страстно мечтал о сыне. И затаил большую обиду на Бога.

Дядя Миша уже крепко дружил с папой, когда родилась Сонечка. Дядя Миша наравне с отцом пил зверобой и закусывал его валерьянкой.

Вот почему, когда он предложил отцу освятить машину, тот моментально вышел из себя. Вот почему дядя Миша не стал спорить со своим другом, и всю оставшуюся дорогу они проехали в гордом молчании.

Когда папа довез его до дома, дядя Миша повернулся к нему:

— Я продам своего Васю и покрою твой долг,— сказал он.

— Если хоть копейку мне принесешь, я с тобой никогда больше здороваться не буду,— забарабанил пальцами по рулю папа.

Помолчали.

— Хоть бы вничью сыграли эти идиоты,— вздохнул дядя Миша.

— Это еще вопрос, кто тут идиоты,— ответил отец,— потратиться на билеты, гостиницу, проездить туда-обратно тысячу километров и выкупить свою машину может только очень умный человек.

— Понимаешь, Надя,— рассказывала потом Ба,— это надо было видеть, сидят в машине и хохочут в голос. С завываниями, охами-ахами, заламывая руки. Аж слезы по лицу ручьем текут. Только и слышно сквозь смех — идиоты, идиоты. Я даже выходить к ним не стала, ждала, пока отсмеются. Идиоты, что с них взять!

ГЛАВА 15

Манюня и двойные стандарты красоты, или Как можно разжалобить Ба

Ба считала мух опасным источником грязи и ненавидела их что есть мочи.

Мухи хорохорились и делали вид, что этого не замечают. Мухи не соображали, кому они бросают вызов, поэтому по дурости своей всячески лезли на рожон: залетали в форточки, назначали свидания у мензурок с вареньем и ходили парами по чисто протертой мебели. Ба мигом пресекала наглые притязания мух на ее личное пространство. Для этих целей у нее имелся целый арсенал разнообразных мухобоек — от простых пластиковых, которые разваливались буквально через месяц немилосердного обращения, до более основательных, с металлической длинной ручкой и тяжелой резиновой сеткой. Последние были из разряда долгоиграющих, и такой мухобойкой взъерепененная Ба могла легко скопытить не то что муху, а половозрелого африканского буйвола.

Я не могу, конечно, этого утверждать, но очень даже может быть, что наученные горьким опытом мухи всячески старались умаслить Ба. Может, в своем мушином царстве они в спешном порядке проводили реформы, как-то: господствующим строем объявляли матриархат, выпускали из тюрем всех женщин-политзаключенных, в рекордные сроки воздвигали храмы с идолами, стоящими по пояс в земле и отдаленно напоминающими Ба, а также переименовывали столицу из Мухосранска в Розиосифск.

Может, даже специально назначенная комиссия ежеквартально выбирала из числа молоденьких мушек прекрасную деву для жертвоприношения немилосердному Молоху. Возможно, бедняжку натирали ароматическими маслами, обкуривали благовониями, вешали на грудь поляроидное изображение Ба и запускали в дом.

Я не могу знать, на какие еще ухищрения шли мухи, чтобы пробудить в Ба хоть капельку сострадания. Ясно было одно — Ба не знала, что такое милосердие к мухам. Ба прихлопывала одной левой трепетную мушиную Андромеду и шла дальше по своим делам.

Когда Ба торжественно говорила: «Завтра у меня уборка»,— то у всех жителей северо-восточных районов Армении портилось настроение. Потому что Ба не умела убираться так, как убиралась среднестатистическая советская хозяйка — пропылесосил, протер полы, поелозил тряпкой по выступающим частям мебели. Ну и постирал-погладил.

Еженедельная уборка а-ля Ба предполагала ритуальный утренний геноцид мух, а далее по накатанной — протирку пыли влажной тряпкой со всех предметов и поверхностей, включая антресоли и шкафы. Мытье межкомнатных дверей и окон с подоконниками (слава богу, что только изнутри — окон в доме было мильон штук). Уборка включала в себя также остервенелую двойную протирку полов с обязательным перетаскиванием мебели, чтобы не дай бог ни одна пылинка не завалялась в каком-нибудь уголочке. Далее производилось тщательное мытье всех раковин-унитазов и кафельных поверхностей до зеркального блеска. Непременным ритуалом была стрика, обязательно с синькой и крахмалом, и глажка.

А апофеозом этого мучительного дня становилось тщательное мытье Мани в семи водах до победного скрипа. Дядя Миша, как опытный диссидент, отстоял-таки единоличное право на свою гигиену и мылся сам.

В один из таких трудных дней я позвонила Маньке, чтобы позвать ее к нам переждать стихийное бедствие под названием «Ба убирается».

— Ты можешь зайти за мной? — шепотом попросила Маня.

— Зачем? Сама не дойдешь?

— Я тебя как друга прошу,— рассердилась Манька,— тебе трудно до нашего двора дойти? Поговорить надо, а у тебя не дадут.

Через пять минут я уже была у нее. Встретила она меня с таким лицом, что мне сразу стало ясно — случилось что-то непоправимое. Маня молча приложила палец к губам и повела меня в гостиную.

— Где Ба? — шепотом спросила я.

— На втором этаже, протирает окна.

— Так что случилось?

— Я случайно сломала плафон бра.

— Чешского? — Я похолодела.

— Да!

У меня захватило дыхание. Историю о том, как Ба простояла сутки в ленинградской очереди за люстрой и бра, мы знали наизусть. Героизм Ба заключался не в том, что она раздобыла в невероятной давке светильники потрясающей красоты. А в том, что когда она с коробками вернулась в гостиницу и обнаружила трещину на одном из плафонов, то по горячим следам вернулась в магазин, боем взяла прилавок и заставила продавщицу поменять сломанный плафон на целый! Я думаю, в магазине «Свет» ее запомнили на веки вечные.

Мне стало дурно.

— Как это ты умудрилась? — спросила я, разглядывая длинную продольную трещину на плафоне.

— Случайно,— заплакала Манюня,— погналась за мухой, она села на плафон, ну я и не подумавши хрястнула со всей силы!

На Маню было жалко смотреть — губы тряслись, боевой чубчик на голове поник и позорно повис надо лбом.

Я повернула плафон трещиной к стене.

— Пойдем отсюда, слезами горю не поможешь.

Мы выскользнули за дверь и поплелись к нашему дому со скоростью похоронной процессии. Настроение у обеих было препаршивое.

— Убьет ведь! — тяжко вздыхала Манюня.

— Убьет! — горько соглашалась я.

Во дворе нашего дома мы столкнулись с моей сестрой Каринкой. Ну, то есть как столкнулись, сначала из-за угла здания вылетела свора дворовых собак, потом группа испуганных мальчишек, а следом с гиком выскочила Каринка. Каринка дико щерилась и грозно трясла длинной грязной метлой. Волосы у нее были всклокочены донельзя, на лице, во всю левую щеку, красовался длинный чапаевский ус, подол платья был изорван практически до трусов.

— Откуда метла? — невозмутимо поинтересовалась я. Мою невозмутимость, которой бы позавидовал сам Сфинкс, легко можно было объяснить: все в облике моей сестры — и угольный ус, и всклокоченные вихры, и разодранное практически в клочья платье — было вполне обыденным явлением.

— Украла в подсобке у дворника,— шмыгнула Каринка. Она провела указательным пальцем под носом, и рядом с одним усом у нее на лице появился второй.

— Покажи руки,— скомандовала я.

Каринка растопырила пальцы — руки ее были вымазаны чем-то черным.

— Это что такое?

— Уголь, я сначала кидалась в этих балбесов углем, а потом обмакнула в грязь метлу и погнала их как гусей.

Моя сестра была сущим наказанием для всего подрастающего мужского населения нашего квартала.

Мальчики боялись ее как огня — она могла с легкостью поколотить любого из них. Если у какого-нибудь несознательного мальчика почему-то отказывал инстинкт самосохранения и он обижал девочку, то эта девочка прямиком шла жаловаться моей сестре. А далее часы этого мальчика были сочтены — сестра находила его, и все заканчивалось тем, что вечером к нам в дверь скреблась очередная мама, держа за руку очередного покалеченного сына.

— Кто бы мне объяснил, за что я страдаю! — восклицала мама, отвешивая сестре очередной фирменный подзатыльник.

Мы с Манькой очень гордились Каринкой. Пока Каринка оставалась моей сестрой, ни один мальчик не смел подойти к нам ближе, чем на пушечный выстрел. А так как уходить к другим родителям в обозримом будущем сестра не намеревалась, то мы чувствовали себя как у Бога за пазухой.

— Что щас расскажу, что щас расскажу,— забегала глазами по лицу Каринка.

— Что?

— Знаете, чего мне Маринка из тридцать восьмой квартиры рассказала? Что если кто-то сильно скосит глаза к переносице, а в этот момент его чем-то тяжелым ударят по голове, то он останется косым на всю жизнь. Вот!

— Врешь небось!

Каринка выставила вперед свои грязные руки, чтобы мы видели, что она не скрещивает пальцы.

— Клянусь! — поклялась торжественно.— Я и Маринку заставила поклясться и внимательно следила — она пальцы на руках не скрещивала. И даже ноги не скрестила. И даже пальцы на ногах! Я все видела!

Мы переглянулись.

— Это надо же, что в мире творится,— ошарашенно протянула Манюня.

— Давайте я с вами пойду домой, авось проскочу, и мама не заметит, что я платье порвала,— заканючила Каринка.

Мы согласились, хотя знали совершенно точно — мимо маминого взора порванное платье невозможно было пронести. Мы встали перед входной дверью так, чтобы заслонить сестру спинами, и нажали на звонок. И сразу поняли о провале операции, потому что мама открыла нам с таким выражением лица, что мы молча расступились — сестру бы уже все равно ничего не спасло!

Мама затащила Каринку в квартиру, подцепила ее, кажется, за лопатку и, как жертвенную овцу, поволокла в ванную комнату. Молча!

Мы с Маней затравленно прислушивались к голосам, раздававшимся из ванной комнаты.

— Сколько можно,— ругалась мама,— ну сколько можно!

— Ааааа,— орала Каринка,— я нечаянно порвала платье, мам, я не специально, это я когда через окно в подсобку пролезалаааааа!

— Раздевайся! — проорала мама так, что штукатурка посыпалась с потолка.— Снимай все!

Потом послышался плеск воды.

— Топит она ее, что ли? — вылупилась Маня.

Экзекуция Каринки напомнила нам о сломанном плафоне и, естественно, не добавила оптимизма — мы понимали, что и Маню поджидает такая же участь.

Минут через десять отворилась дверь ванной, и оттуда выползла чисто отстиранная сестра. Она куталась в банный халат, мокрые волосы были немилосердно прилизаны к голове, глаза припухли от слез. Кроме пламенно алеющего и увеличенного в размерах раза в два уха, других повреждений мы не заметили. Следом из ванной вышла мама.

— Марш все в детскую, и чтобы ни слуху ни духу вашего не было, понятно? — рявкнула она.

Мы припустили в комнату стаей вспугнутых сайгаков, а когда пробегали мимо мамы — инстинктивно втянули головы в плечи.

В комнате мы сочувственно разглядывали ухо Каринки.

— Больно было?

— Не очень,— шмыгнула сестра,— больнее было, когда она мне мокрые волосы расчесывала.

— А если у тебя ухо навсегда останется красным? — испугалась я.

— Не останется,— махнула рукой сестра,— если твое ухо от удара ведром пришло в норму, то почему мое должно остаться таким?

Я потрогала свое ухо. Все правильно, не прошло и месяца после знаменитого удара пластмассовым ведром по моему многострадальному уху, а оно вполне уже обрело прежние свои очертания.

Вообще наступили тяжелые времена. Нас уже сильно беспокоила наша внешность. И если Каринке было наплевать, что у флейтистки Ангелины уже выросла небольшая грудь, а у нас хоть шаром покати, то мы с Маней по этому поводу сильно переживали. Нам было по одиннадцать, и мы отчаянно хотели быть красавицами.

Меня волновал мой высокий рост, я уже вымахала аж до 165 см и могла похвастаться 38-м размером ноги. К тому же, для пущего счастья, у меня посреди лица вырос достаточно крупный нос с горбинкой.

— Мам,— пожаловалась я как-то маме,— ну почему у всех наших детей носы как носы, а у меня не пойми что?

— Ну что ты, дочка,— мама погладила меня по голове,— у тебя аристократический нос, с горбинкой, твой профиль называют римским! Такие носы были у античных богов и богинь!

— Да? — обрадовалась я.

— Ну конечно!

Манька скосила глаза к переносице.

— Я тоже хочу горбинку,— обиделась она,— чтобы как у античных богов!

— Зачем тебе горбинка? — засмеялась мама.— Ты и так красавица!

Маня надулась. В том, что она красавица, Манюня ничуть не сомневалась. Только лишняя горбинка на носу ни одной красавице не помешает!

Поэтому если меня беспокоила моя горбинка, то Манечку беспокоило как раз ее отсутствие. Так и жили, тайно завидуя друг другу.

Мы тихонечко ковырялись у себя в комнате, рисовали цветными карандашами. Потом вытащили альбом творческого наследия эпохи Возрождения и стали его пролистывать. Особенно пристально, пока мама гремела посудой на кухне, рассматривали мужское достоинство Давида.

— Ерунда какая-то,— фыркнула Каринка.

— Ага,— согласилась я,— что ни говори, дурацки у них все устроено!

Маня задумчиво рассматривала профиль Давида.

— Я придумала, как мне можно сделать горбинку,— протянула она.

— Ты снова за свое?

— А что,— Маня набычилась,— я, может, об этом всю свою жизнь мечтаю! И точно знаю, как надо себе сделать горбинку на носу.

— Как? — Мы с Каринкой с трудом оторвались от причиндалов Давида.

— Нужно сильно удариться переносицей обо что-то твердое. Нос припухнет, и образуется горбинка.

Мы испугались.

— Но это же больно, Мань, ты хоть соображаешь, как это больно?

— Ради красоты можно разочек и перетерпеть боль,— сказала Манька,— пойдем!

— Куда?

— К двери в ванную комнату. Она как раз нам очень подойдет!

Мы с Каринкой переглянулись. Перечить Мане, когда та собрала губы в куриную жопку и насупила бровки домиком, не имело смысла — в такие минуты Маня сильно напоминала Ба. Поэтому мы молча поплелись за ней.

Маня долго приглядывалась к двери, потом потянула за ручку, наклонилась и уперлась переносицей в острый угол.

— Подержи дверь, чтобы она не моталась,— пропыхтела.

Я подержала.

— Вот! — торжественно сказала она.— Вот куда надо бить! Теперь смотрите, что надо делать: ты, Каринка, держи мою голову, чтобы я не СБИЛАСЬ С ПРИЦЕЛА, а ты, Нарка, как только скажу «давай», со всей силы шандарахнешь дверью мне по носу.

— Не буду я этого делать,— испугалась я.

Маня выпрямилась. Боевой чубчик торчал над ней, как хохолок птицы-секретаря.

— Ты мне друг? — спросила она.

— Друг,— стушевалась я.

— Вот и делай что велят!

— Тогда пусть я тебя за голову подержу, а Каринка хрястнет тебя по носу!

— Ладно, тем более что Каринке не впервой кому-то калечить нос.

Манька снова примерилась к двери, я вцепилась ей в голову, Каринка взялась за дверную ручку.

— Давай,— заорала Манька.

Каринка сильно дернула дверью и заехала Манечке по носу.

— Оооооооо, ааааааааааа! — заорала Маня и, схватившись за нос, упала на пол.— Уууууууууууууууу!!!!!!!!

Мама выскочила из кухни и кинулась к нам.

— Это не мы,— зачастили мы с Каринкой,— это Маня.

— Чего Маня? — Мама испуганно наклонилась к Мане.— Покажи лицо, Манечка, что с тобой случилось?

Маня отняла руки с лица. Нос у нее на месте удара посинел, по лицу струились слезы.

— Нужно лед приложить.— Метнулась мама к холодильнику.— Как это ты умудрилась так сильно удариться носом? А если ты его сломала? Будет горбинка...

Мама осеклась. Выглянула из кухни, зловеще выпучилась.

— Вы это специально, что ли?

— Специально,— завыла Маня,— я тоже хочу нос как у Нарки!

— Мало с нас одного шнобеля? — рассердилась мама. Она приложила к Маниному носу пакет с замороженным мясом, потом всплеснула руками, кинулась за чистым кухонным полотенцем и, завернув в него пакет, снова приложила его к переносице Мани.— Второго нам только не хватало!

— А чего сразу шнобель,— разревелась я,— говорила, что римский профиль!!!

— Римский, римский,— спохватилась мама,— конечно, римский, но ты высокая, тебе такой профиль идет, а Маня маленькая, ну зачем ей горбинка на носу?

— Больно,— выла Маня,— Тетьнадь, не давите так сильно!

— Убить вас всех мало,— прошипела мама,— на минуту отвлеклась — и вот на тебе. Маня, ты хоть подумала, как Ба на это отреагирует?

— Да мне уже без разницы, что она скажет,— заревела Маня,— она меня все равно сегодня убьет!

— Это почему же?

— Я плафон бра сломала. Мухобойкой.

— Ой,— испугалась мама,— бра, которые Ба привезла из Ленинграда?

— Угум.— Маня скосила глаза на сверток с мороженым мясом.— Тетьнадь, может, достаточно мне нос морозить, а то мне совсем холодно, так ведь и заболеть можно!

— Да-да, деточка,— мама убрала пакет,— бог с ним, с носом, а вот плафон!!! Не двигайся, сейчас смажем ушиб мазью.

Она метнулась к домашней аптечке.

— Ну,— протянула мама задумчиво, нанося Мане на переносицу мазь,— если ты с таким ушибом на носу придешь домой, может, Ба и не станет тебя сильно ругать!

— Да?

— Вполне возможно,— задумчиво протянула мама,— вполне возможно.

Мы поплелись обратно в детскую. На Маню жалко было смотреть — нос у нее покраснел и сильно распух, а на переносице отливал баклажанной синевой. Манька осторожно шмыгала и о чем-то усиленно думала.

— Вот,— наконец торжественно изрекла она.

— Чего вот?

— Я про то, что можно ударом в голову заработать косоглазие. Одно дело явиться домой с ушибом на носу, а другое — с ушибом на носу и с косоглазием. Тут уж у Ба точно пропадет желание меня наказывать!

Мы с Каринкой переглянулись. Было ясно — удар по носу не прошел для Манечки даром.

— Мань,— как можно спокойнее сказала я,— ты чего добиваешься, тебе в больницу захотелось?

— Нарка, не мешай мне думать! — рассердилась Маня.— И вообще я тебя сегодня не узнаю, ты постоянно мне перечишь.

— Так ты ведешь себя сегодня странно!

— Посмотрела бы я на тебя, если бы ты плафон сломала!

Крыть было нечем. Если бы я сломала плафон, я бы просто тихо легла умирать в уголочке.

Пока мы с Маней препирались, Каринка притащила толстый том советской энциклопедии.

— Вот чем можно тебя ударить,— пропыхтела она.

Мы взвесили книгу в руках. Книга была действительно тяжелой, удержать одной рукой ее было невозможно.

Далее под руководством Мани Каринка притащила стул, взобралась на него и подняла над головой энциклопедию. Маня скосила глаза к переносице. Когда ее глазные яблоки практически исчезли из виду, она подала рукой знак Каринке — давай! И Каринка со всей дури заехала книгой Мане по голове.

Маня постояла какое-то время в оцепенении, потом молча сползла на пол.

— Мы ее убили? — испугалась Каринка и спрыгнула со стула.

— Ыыыыыыы,— промычала Маня, одно веко у нее дергалось, но в целом она смотрелась вполне нормально и совершенно не косила.

— Не получилось,— разочарованно протянула Каришка,— надо еще раз попробовать.

— Вы обе с ума сошли,— заплакала я,— я больше не играю с вами!

— Дура, ты чего орешь? — взъерепенилась Маня.

— Сами вы дуры,— меня уже невозможно было остановить,— хоть поубивайте тут друг друга, а я в этом не хочу принимать никакого участия! Я маме расскажу всеоооо!

— Предательница, не смей! — завопила Манька, но было уже поздно, мама сама прибежала на шум.

— Теперь чего? — испугалась она.

— Маааа,— разревелась я,— Манька хочет стать косой, чтобы Ба ее не побилаааа!

— В смысле — хочет стать косой?

— Ну, Маринка из тридцать восьмой сказала, что если скосить глаза и сильно ударить по голове...

— Вы чего? — не дала мне договорить мама.— Ставили эксперимент на Мане?

— Даaaaa,— зашлась я в плаче.

— Предательницаааа,— заплакала Манька,— не хочу больше дружить с тобооой!

— Вот дуры! — скривилась Каринка.

Ну потом все шло по накатанной. Мама снова подцепила Каринку за лопатку и поволокла ее наказывать.

— Не надо меня по новой наказывать,— орала сестра,— все равно я сегодня чуть не выбила глаз Рубику из сорок восьмой квартиры, вечером придет его мама, вот тогда меня и накажешь!

— Сколько можно,— причитала мама,— сколько можно! Естественно, досталось и мне.

Потом мама прочла нам лекции о членовредительстве и о косоглазии. Напугала до смерти.

А вечером мы с мамой пошли провожать Маню до ее дома. Повели ее буквально под белы рученьки. Маня постоянно норовила вырваться и убежать в неизвестном направлении.

— Я все улажу, не бойся,— увещевала ее мама, но, судя по ее бледному лицу и блуждающему взгляду, сама побаивалась реакции Ба.

В Манин двор мы заползали как на минное поле.

— Посидите пока здесь,— прошептала мама нам и вошла в дом.

Все видели мультик «Рикки-Тикки-Тави»? Помните, как Рикки-Тикки-Тави бился в гнезде с Нагайной? Вот приблизительно так все и выглядело. Мы с Маней сидели на скамеечке под тутовым деревом и дрожали как листья на ветру, а в доме происходили какие-то тектонические процессы, извергались вулканы и образовывались новые материки.

Потом на веранду выползла мама. Волосы ее были маленько всклокочены, под глазами пролегли темные круги.

— Все! — вытерла она пот со лба.— Ба уже не сердится.

И она взяла Маню за руку и повела ее в дом.

Я осталась сидеть на скамейке. Мне вдруг стало очень жалко маму. У нее впереди был трудный вечер — скоро с работы должна была вернуться мама Рубика тетя Грета. И маме сначала надо было оправдываться перед тетей Гретой за фингал Рубика, а потом, приговаривая «сколько можно», выкручивать Каринке уши.

Я тяжело вздохнула, вытащила из кармана пакетик с сухим карбидом, который мы украли со стройки, и выкинула его от греха подальше в кусты. Этим карбидом мы намеревались прижечь пару-тройку строптивых мальчиков, которые постоянно лезли на рожон. Посидела с минуту, подумала. Расчесала до крови укус комара на руке. Вздохнула и пошла искать в кустах место, куда упал пакет. И как бы невзначай это место запомнила. На всякий случай.

А тем временем искалеченный моей сестрой Рубик экономил электричество, освещая квартиру ярким светом, исходящим от гигантского фиолетового фингала вполлица.

Был совершенно обычный летний вечер, один из многих, которые, благодаря нашим стараниям, родители потом долго вспоминали с содроганием.

ГЛАВА 16

Манюня едет в Ереван, или Как можно оставить без штанов лучшего отоларинголога республики

Все началось с того, что я завела себе привычку болеть. Я температурила, жаловалась на боль в ушах и заложенность в носу, дышать могла только ртом. Районный отоларинголог долго ковырялся в моей несчастной носоглотке.

— Ничего не вижу,— разводил он руками,— по идее, должны быть аденоиды, но я их просто не вижу!

В итоге он посоветовал везти меня в Ереван, в Республиканскую детскую клиническую больницу. «Там оборудование лучше»,— сказал он моим родителям.

— Через месяц поедем,— отмахнулся папа,— сейчас у меня много работы, никак не успеваю.

Ну, я не растерялась и в отместку заболела так, что мама, замученная моим нытьем, поставила отцу ультиматум —

или ты отвозишь ребенка в Ереван прямо сейчас, или я тебе больше не жена!

Угроза возымела действие. Папа взял на работе двухдневный отпуск, и мы засобирались на прием к Самвелу Петросовичу, лучшему детскому отоларингологу республики, а по совместительству — папиному хорошему другу.

Когда дядя Миша узнал о планируемой поездке, то очень обрадовался. Дело в том, что дяде Мише надо было отвезти в столицу какую-то разработку, которая создавалась под его чутким руководством на релейном заводе. Эту разработку, точнее этот агрегат с нетерпением ждали в Ереванском НИИ математических машин.

— Вот повезло,— потирал руки дядя Миша,— теперь не надо будет шесть часов кряду трястись в рейсовом автобусе!

Вы спросите, как же так, ведь дядя Миша являлся счастливым обладателем роскошного внедорожника «ГАЗ-69» по кличке Вася, почему же он не мог съездить в Ереван на своей машине? И вы будете совершенно правы в своем недоумении. Но карты судьбы легли так, что в тандеме дядя Миша — Вася верховодил почему-то Вася. Поэтому только он решал, куда дядя Миша может ехать на своем автомобиле, а куда — на общественном транспорте. Вообще, Васидис оказался неуемным собственником и ревновал своего хозяина не только к чужим автомобилям, но и, кажется, к другим районам Армении и, как только выезжал за пределы нашего горного хребта, тут же норовил сломаться. За короткий промежуток времени Вася из вредности умудрился побывать в автомастерских всех населенных пунктов, которые находились вне периметров нашего района.

А однажды он демонстративно сломался в километре от въезда в наше горное ущелье и завелся только тогда, когда вымазанный мазутом и грязью дядя Миша проорал ему под капот: «Если ты сейчас же не заведешься, я больше никогда не сяду за твой руль!»

— Кха,— испугался Васидис,— кха-кха!

— Захрмар! [1] — выругался дядя Миша.— Чтоб у тебя аккумулятор сел! Чтобы твой двигатель захлебнулся и сдох

[1] От «захре мар» — змеиный яд (*фарси*).

в страшных мучениях! Чтобы рабочий объем твоих цилиндров оскудел до одного литра! Чтобы всю оставшуюся жизнь ты ездил только на первой скорости и исключительно задним ходом!

— Внннннн,— обиделся Васидис и, не дожидаясь своего хозяина, рванул домой. По крайней мере дядя Миша утверждал, что еле успел запрыгнуть в кабину и пальцем не прикоснулся к рулю все пятьдесят километров обратной дороги.

Так что если дяде Мише предстояла поездка в какой-нибудь другой район Армении, то он благоразумно уезжал или на попутках, или рейсовым автобусом. А Вася преспокойно балбесничал на заднем дворе Дядимишиного дома.

— Ну и наглая у тебя рожа! — ругалась каждый раз Ба, когда шла мимо Васидиса в погреб.

В ответ Васидис пренебрежительно молчал. Женщин он считал рудиментарным явлением антропогенеза и брезгливо игнорировал факт их существования.

Когда Ба узнала, что меня везут на прием к именитому отоларингологу, то очень обрадовалась.

— Возьмите и Маню с собой,— попросила она моего папу,— пусть заодно этот хваленый отоларинголог и ее посмотрит.

— Ура! — закричали мы с Манькой.— Мы едем в Ереван!

— Нужно собрать вам в дорогу припасов,— озабоченно пробубнила Ба.

— Мам, я тебя умоляю,— заволновался дядя Миша,— не более чем три бутерброда на человека, соберешь снова провизию на целый полк — не возьму!

— Курочку запеку,— с нажимом сказала Ба,— а будешь выступать, еще и борща с собой в термосе дам! Ясно?

Дядя Миша приговоренно махнул рукой — делай что хочешь.

Выехать мы должны были ранним утром в четверг. А в среду вечером случилась катастрофа.

Папа решил чуть-чуть подкоротить волосы на затылке.

— У тебя все в порядке с прической,— отговаривала его мама.

— Всего сантиметр,— папа протянул ей огромные портновские ножницы,— совсем чуть-чуть, а то я оброс, выгляжу как баба! Не ехать же мне в таком виде в Ереван. Тебе что, трудно?

— Ладно,— вздохнула мама и повела отца в ванную комнату,— давай посмотрим, что тут можно сделать. Дети,— обернулась она к нам,— ну-ка выйдите отсюда, и так нечем дышать.

Мы выскользнули за дверь, но не стали далеко уходить, а, затаив дыхание, принялись подслушивать.

— Сантиметр, не больше,— увещевал папа.

— Не вертись,— шипела мама,— ну зачем ты головой дернул? Сейчас придется снова подравнивать!

— Это не я верчусь, это ты не умеешь стричь!

— Не нравится — стриги сам!

— Жена! Это сантиметр? Ты хочешь сказать, что это сантиметр?!

— Ну, может, два,— огрызалась мама.— Можно подумать, сантиметр что-то решает. Не оборачивайся к зеркалу, потом посмотришь!

— Может, я еще в парикмахерскую успею? — Папа сделал попытку вырваться.

— Куда? Смотри, который час! Парикмахерская давно закрыта. Лучше помолчи, не отвлекай меня!

Папа замолчал. Минут пять слышно было только щелканье ножниц.

— Ну вот,— наконец сказала мама,— вроде как получилось, можешь посмотреться в зеркало.

— Сейчас,— сказал папа. Воцарилась минутная тишина, а потом раздался леденящий душу вопль. Так мог орать только пронзенный охотничьим копьем вепрь. Так могла оплакивать погибшего в первобытных болотах мамонтенка его безутешная мать.

— Ааааа,— вопил папа,— женщина, что ты наделала!

Мы отпрянули от двери очень вовремя, потому что в следующий миг папа выскочил из ванной комнаты и промчался мимо нас на предельной для человеческих возможностей скорости. Но мы не растерялись, побежали следом и застали отца в позе жертвы цирюльника перед большим зеркалом в спальне. И смогли, наконец, оценить по достоинству мамин бесспорный парикмахерский талант — ничтоже сумняшеся, она постригла отца под горшок. То есть как под горшок: спереди у папы прическа не изменилась — те же зачесанные набок пряди и актуальные по тем временам бакенбарды, а вот сзади вместо обещанного сантиметра мама убрала целых пять.

— Агрррххххххх! — бесновался перед зеркалом папа.— Женщина, что ты со мной сделала?! Как мне завтра в таком виде ехать в Ереван?

— Можно в крайнем случае побрить тебя наголо! — Мама благоразумно заперлась в ванной и выкрикивала предложения из-за двери.

— Какое наголо, ты издеваешься надо мной? — делал попытки биться головой об стенку папа.

— Можно надеть водолазку и натянуть ее высоко на затылок,— не унималась мама,— или замотать шею шарфом. Имеешь право, может, у тебя горло болит!

— Двадцать градусов на улице, какая водолазка, какой шарф? — проорал папа и отпрянул от ужаса, снова поймав свое отражение в зеркале.— Боже мой, на кого я стал похож!

— На Емельяна Пугачева! — вспомнила я картинку, увиденную в какой-то книге.— Хотя нет, вроде у Пугачева волосы сзади были длинные. Но зато борода торчала колом,— поспешно добавила я, видя выражение лица отца.

— Агрррррхххххх,— рычал папа,— агррррх!

Мы с сестрами малодушно отступили в нашу спальню и заперлись там, оставив маму на растерзание отцу.

Следующим утром, пока мы ехали забирать дядю Мишу и Маню, мама позвонила Ба и предупредила ее, что у папы неудачная прическа и лучше делать вид, что ничего не случилось.

— Ну что ты говоришь, Надя, и бровью не поведем,— заверила ее Ба.

Поэтому, когда мы подъехали к дому, все семейство в полной боевой готовности выстроилось вдоль забора — во главе отряда стояла Ба, рядом топтался дядя Миша с пайком на роту солдат. Отряд замыкала празднично одетая и немилосердно причесанная Маня. Семейство фальшиво улыбалось навстречу нашей машине и всячески делало вид, что не в курсе произошедшего.

— Твоя мать уже все им рассказала,— буркнул папа.

Когда он вылез из машины, чтобы помочь дяде Мише убрать вещи в багажник, у наших друзей вытянулись лица.

— Обкорнала-таки,— дипломатично заметил дядя Миша.

— Увы, мой бедный Йорик! Я знал его, Горацио...— расхохоталась Ба.

— Юрик-Йорик,— заплакал дядя Миша.

— Еще одно слово, и я уеду без тебя, понял? — вызверился на своего друга папа.

— Молчу-молчу,— дядя Миша утер слезы,— поехали.

Все семьдесят километров до города Красносельска мы с Маней пели. Раз двадцать прокрутили весь репертуар нашего хора — начиная с «Бухенвальдского набата» и заканчивая комитасовским «Крунком». Дядя Миша все семьдесят километров прохрапел в такт нашему пению. И только по окаменевшему затылку моего отца было видно, что пение наше ему осточертело.

Наконец он не выдержал:

— Девочки, вы помолчать хоть чуть-чуть можете?

— Нет, пап,— отрапортовала я,— если мы перестанем петь, нас мигом укачает.

— Я губную гармошку взяла, могу вам что-нибудь наиграть,— предложила Маня.

— Нет, только не это! — испугался папа.— Вот если бы вы просто немного помолчали, а то голова уже от вас гудит.

— Пусть поют,— проснулся дядя Миша и снова затрясся от смеха.— Я уже забыл, какая у тебя прическа!

— Ты думаешь, из Красносельска рейсовые автобусы не ходят в Ереван? — Папа выпучился на него.— Высажу!

— А что я, я ничего, я молчу.

Папа погладил себя по обкорнанному затылку и тяжело вздохнул.

— Обрастать небось месяц!

— Ты чего? Какой месяц! Как минимум три! У тебя же сзади не прическа, а фактически челка, притом очень короткая,— дядя Миша смеялся уже в голос.— И я таки тебе скажу, что анфас ты выглядишь даже выигрышнее, чем в профиль, бедный мой Йорик.

Мы с Маней покатились со смеху. Дядя Миша скорчился от хохота на переднем сиденье. Папа посмотрел на него, посмотрел на нас и тяжко вздохнул, папе было не до смеха. Дело в том, что у главного врача больницы, где работал папа, умерла теща. И в пятницу намечались похороны. И папе надо было успеть сегодня вернуться из Еревана домой, а завтра явиться на похороны.

Вот с такой прической на голове!

Через несколько минут мы въехали в город Красносельск. Красносельский район Армении издавна был населен молоканами, сосланными сюда еще Екатериной II за отказ от православия. За прошедшие два века мало что изменилось в укладе их жизни — те же побеленные избы с резными ставнями, огромные хозяйства, патриархальный уклад жизни, неприятие спиртного и табака, отсутствие телевизионных антенн на крышах домов. Часто на улицах города можно было встретить людей в национальной одежде. Каждый раз, проезжая Красносельск, ты словно попадал в русскую народную сказку.

— Остановись где-нибудь, покурим,— попросил дядя Миша.

— Заедем на автовокзал,— предложил папа,— там можно и кофейку попить, и покурить, а то неудобно здесь, на виду у всех. Они же не одобряют курение.

Он припарковался возле низенького здания автовокзала.

— Посидите в машине, мы скоро, ладно?

— Ладно! — согласились мы.— Только вы нам принесите чего-нибудь сладенького.

— Возьмем вам бутылку лимонада «Буратино»,— обещал дядя Миша.

— Ура! — обрадовались мы с Маней.

И принялись терпеливо дожидаться их возвращения. А чтобы ждать было не скучно, мы высунулись в окно машины и стали любоваться городом. Взглянули направо — стоял ряд белых домов с голубыми ставнями, взглянули налево — стоял ряд белых домов с зелеными ставнями.

— Красотаааа! — протянула я.

— Ага,— согласилась Манька,— ой, смотри, Аленушка!

— Где? — Я вытянула шею и увидела девочку, которая шла в нашу сторону. Девочка была в длинном белом платье и кружевном платочке, поверх платья она повязала узорчатый тюлевый фартук с оборкой понизу, на ногах у нее были светленькие туфельки.

Мы с Маней, высунувшись из окна, во все глаза наблюдали за ней. Аленушка под напором наших взглядов сбавила ход, а потом и вовсе остановилась шагах в пяти от машины. Постояла в нерешительности, потом повернулась к нам спиной. Мы ахнули — у нее оказалась длинная, пышная, необычайно красивого медового оттенка коса.

— Ух ты! — выдохнули мы.— Вот это волосыыыы!

— Девоооочкааааа,— позвала я.

Девочка не шелохнулась.

— Боится нас, что ли,— воинственно шмыгнула носом Манька.

— Наверное,— шепнула я.

— Аленушкааааа,— тоненьким голосом позвала Маня,— Алйоооооо-нуш-кааааааа!

Девочка дернула плечом, но не сдвинулась с места, только привычным движением поправила платочек на голове.

— Аленушкааааа,— позвали мы,— девочка, ты Аленушка или кто?

Девочка обернулась. Посмотрела на нас с любопытством. Промолчала.

— Может, она глухая? Или немая? — Манька высунулась в окно машины так далеко, что чуть не выпала,— я еле успела вцепиться в ремень брюк и удержала ее на весу.

— Осторожнее,— зашипела я.

Манька вползла обратно в машину. От прилизанной утренней прически не осталось и следа — волос у моей подруги немилосердно кучерявился, надо лбом развевался боевой чубчик.

— Ня! — вдруг сказала девочка.— Я ня Аленушка, я Варя!

— Варя? — Мы вылезли из машины и подошли к девочке.— А как тогда тебя ласково называют? Варежка, что ли?

— Сами вы варежки,— обиделась девочка,— а меня мамка Варечкой кличет.

Мы какое-то время молча изучали друг друга.

— «Ну погоди!» любишь? — Я решила продолжить светский разговор.

— А чтой это? — удивилась девочка.

— Ну, это мультик такой, неужели ни разу не видела? По телевизору часто показывают.

— Ня,— покачала головой девочка,— нам пресвитер ня велит смотреть телевизор. Говорит — это грех.

— Какой грех? — Мы чуть не задохнулись от возмущения.— Почему не велят телевизор смотреть? И кто этот... свитер?

— Ня свитер, а пресвитер,— рассердилась девочка,— вы что, совсем ничего ня знаете?

— Совсем ничего,— радостно закивали мы,— совершенно ничегошеньки. Мы тупые!

— То-то я гляжу! — не удивилась Варя. Она смотрела на нас своими большими васильковыми глазами и думала о чем-то своем.— Ладно, я пойду,— вымолвила милостиво.

— Иди,— согласились мы,— а чего ты в косыночке ходишь?

— Так положено,— сказала девочка,— так молокане ходют. Пойду брата искать, а то я яму шумела, а он ня откликается. До свиданьица вам!

— До свиданья,— попрощались мы с Маней и поплелись к машине. Мы были заинтригованы и даже напуганы. Нам было непонятно, как можно не смотреть телевизор и ходить с косыночкой на голове.

— Бедненькая,— решили мы.

А потом вернулись папа и дядя Миша, принесли нам обещанный лимонад, и мы поехали дальше, в сторону озера Севан, и дядя Миша смешно рассказывал, как весь автовокзал оборачивался на папину прическу, а буфетчица не хотела брать деньги за кофе, все смотрела на отца и называла его «бядовой головушкой».

Часам к двенадцати мы уже были в Ереване. Сначала завезли Дядьмишин агрегат в НИИ математических машин, а потом поехали на прием к Самвелу Петросовичу.

— Ты зайди к нему первым, пусть он привыкнет к твоему виду, а мы с девочками в приемной посидим,— сказал отцу дядя Миша.

Мы терпеливо переждали в коридоре взрыв истерического хохота, которым Самвел Петросович встретил моего отца.

— Хочешь, я тебя отправлю к своему парикмахеру? Может, он чего-нибудь придумает? — всхлипывал он на все отделение.

— Не надо,— отнекивался отец,— я дома к своему парикмахеру схожу.

— Даааaa,— подмигнул нам дядя Миша,— неймется ему, все домой тянет, можно подумать, домашний парикмахер уже не сделал свое черное дело!

А потом вышла прехорошенькая медсестра и пригласила нас с Маней в кабинет для осмотра.

— А вы пока посидите в коридоре,— улыбнулась она дяде Мише.

— Если только вы потом обещаете и меня посмотреть,— расцвел дядя Миша.

— Папа,— Маня укоризненно посмотрела на отца,— я все Ба расскажу.

— Иди отсюда, незнакомая девочка, я тебя знать не знаю,— отмахнулся от нее дядя Миша.

Мы с Маней зашли в кабинет и устроились на низенькой кушеточке возле окна. Я зацепила взглядом инструменты, аккуратно сложенные на специальных лотках, и мигом затряслась от страха.

— Не дам ему посмотреть свое горло,— громко сглотнула я.

— Нарка, не глупи,— скосилась на меня Маня,— зачем мы тогда сюда ехали?

— Не знаю,— заупрямилась я,— но этот Петросович ко мне не прикоснется, это точно!

И тут открылась дверь, и в кабинет вошел Самвел Петросович. Он оказался высоким, холеным и невероятно красивым мужчиной. Маня заулыбалась и пригладила ладошкой торчащий чубчик.

— Здравствуйте, красавицы,— проворковал Самвел Петросович.

— Здравствуйте,— расцвела Маня,— вы тоже красивый!

Я засопела и больно пихнула ее локтем в бок.

— Ты чего несешь?

— Отстань! — прошипела мне Манька.

— Ну-с, барышни,— пропел Самвел Петросович,— кто первый покажет мне свое горло?

— Я покажу,— вскочила Маня,— я врачей не боюсь. А Нарка пойдет второй, она почему-то докторов боится!

— Да? — Самвел Петросович удивленно посмотрел на меня поверх своих очков.— А отца своего Нарка тоже боится?

— И отца боится,— заложила меня Маня,— когда Дядьюра с работы домой возвращается, от него лекарствами пахнет, так вот Нарка к нему не подойдет, пока он в душ не сходит.

— Ты заткнешься или как? — рассердилась я.

Но Манька уже не могла мне ответить — Самвел Петросович светил ей в рот фонариком и что-то там высматривал. Поэтому она скосила в мою сторону глаз и погрозила кулаком.

Потом настал мой черед показывать свое горло врачу.

— Иди сюда, Наринэ,— Самвел Петросович похлопал по креслу рукой,— ничего не бойся, я тебе обещаю, больно не будет.

Я поймала свое отражение в круглом зеркале прибора, который был у него на голове, и решила, что так просто я ему не дамся.

— Фигушки! — рыкнула я.— Ничего я вам не покажу.

Все, что случилось далее, я до сих пор вспоминаю с огромным стыдом. Помню, как я валялась на полу, вцепившись в ножки металлического шкафа с медикаментами, и орала как ненормальная, а испуганная медсестра тщетно пыталась отодрать меня от шкафа. Помню, как отец с дядей Мишей прибежали на мой крик, отодрали-таки меня и поволокли к креслу. Но я как-то вывернулась, снова упала на пол и вцепилась в штаны Самвелу Петросовичу. Помню характерный звук, который издает рвущаяся материя — это папа с дядей Мишей отколупывали меня от штанов Самвела Петросовича, а я никак не желала отколупываться. Я орала: «Фигушки вам!» — куда-то ему в пах и изливалась горючими слезами. Самвел Петросович придерживал штаны за ремень и увещевал меня:

— Нариночка, я тебя не буду смотреть, ты только отцепись с моих брюк, а то мне не в чем будет домой идти!

Но мне уже нечего было терять, ибо меня накрыло такой волной паники, что я прекратила что-либо соображать.

Мне важно было как-нибудь обезвредить Самвела Петросовича, этого коварного змея-искусителя, чтобы он не смел прикоснуться ко мне хотя бы пальцем.

Вот.

Итого мы уехали из Еревана несолоно хлебавши. Всю дорогу домой я сидела тихой мышкой на заднем сиденье автомобиля и душераздирающе вздыхала. Маня периодически гладила меня по руке.

— Нарка, какая же ты все-таки трусиха,— приговаривала она с умилением.

— Аха,— соглашалась я.

— Захрмар! — грохотал отец.— Проехали четыреста километров, чтобы ты меня так перед другом опозорила?

— Пап, я не специально,— тонко заскулила я.

— Что за ребенок такой,— кипятился папа,— что за позорище такое!!!

Я угрюмо молчала.

А на следующий день папа пошел на похороны. И превратил это траурное мероприятие в несусветное представление. Потому что людям очень сложно было сохранять серьезное выражение на лицах при одном взгляде на отцовскую прическу. Они, прикрыв лица платками, пробивались к нему и сочувствующе спрашивали: «Кто это тебя так?»

— Жена,— говорил отец.

— Она еще жива? — тщетно пытались выдать хохот за рыдания люди.

— Жива,— понуро отвечал отец.

— Непорядок,— утирали выступившие слезы сострадающие. За короткий промежуток времени папа собрал вокруг себя толпу зевак. Покойница осталась дожидаться погребения в гордом одиночестве.

— Ну, как прошли похороны? — спросила мама отца, когда тот вернулся домой.

— Я имел бешеный успех,— буркнул он.

И не соврал. Так что конец 70-х и начало 80-х ассоциируется у наших горожан исключительно с прической моего отца. И люди до сих пор, вспоминая то время, говорят примерно так: Маришка родилась (корова отелилась, Размик поступил в институт) в том году (за два года до, спустя год), когда доктор Абгарян специально постригся под шута, чтобы насолить главврачу городской больницы на похоронах его тещи.

— И таки это ему удалось! — с хохотом говорят люди.

ГЛАВА 17

Манюня и индийское кино

У каждого из нас в детстве были свои кумиры. Я назову вам два кодовых слова — Дхармендра и Санджив Кумар. И если эти имена вам ничего не говорят, то значит, друзья мои, не тех кумиров вы себе выбирали в свое допрыщавое, но вполне уже зрелое детство. За кого вы мечтали выйти замуж в десять-одиннадцать лет? Только не говорите, что за Алена Делона, кто вам поверит, хе-хе. И Африка Саймона сюда не приплетайте, пожалуйста. Потому что все это не то.

Кумиры 80-х — это Дхармендра и Санджив Кумар. Или вы со мной соглашаетесь, или мы прямо на этом абзаце расплевываемся и расходимся как в море корабли. Ибо я сегодня тиран и деспот и не приемлю возражений.

Имею право в кои веки.

А коли я сегодня тиран и деспот, то буду играть эту роль до конца и, так и быть, единственный раз в жизни соглашусь с Лениным, который справедливо заметил, что важнейшим из всех искусств для нас является кино. Умел иногда сказать, сукин сын. Вот куда ему надо было идти — в синематограф. А не царское имущество разбазаривать да не свои территории на откуп бесславным варварам отдавать. Но это я так, по-тирански, о своем, наболевшем.

А теперь о кино. Точнее — об индийском кино. И о том, на какие жертвы шел житель среднестатистического советского провинциального городка, чтобы насладиться игрой своих кумиров.

В понедельник Манька опоздала на урок по сольфеджио. Она влетела в класс с таким всполошенным выражением на лице, что всем сразу стало ясно — в город прилетели инопланетяне. Как минимум. Потому что Манькины глаза существенно опережали остальное Манькино лицо. Я могла поклясться чем угодно, что в обычной жизни она не практикует такую пучеглазость.

Когда моя подруга вбежала в класс (впереди маячили глаза, над глазами развевался боевой чубчик, а в арьергарде мотались остальные ненужные в данном контексте Манькины части), то ребята сразу напряглись. Всем стало ясно, что явился ГОНЕЦ. И что ГОНЕЦ несет какую-то сногсшибательную ВЕСТЬ.

— Сергомихалыч, я больше не буду, можно сесть? — запрыгала от нетерпения моя подруга.— Что щас скажу, что щас скажу,— громко зашептала она в нашу сторону.

Мы встрепенулись и на всякий случай дружно покрылись мурашками.

Серго Михайлович смерил Маню долгим, немигающим взглядом голодного варана. У Серго Михайловича глаза смотрели чуть вразнобой, к тому же одно его веко было длиннее другого на приличный сантиметр. Поэтому наш славный хормейстер глядел всегда чуть искоса, сильно откинув назад голову,— это помогало ему не только сфокусировать взгляд, но и заодно зрительно сглаживало разницу в длине век.

— Шац! — вздохнул Серго Михайлович.— Теперь чего?

— А что сразу «теперь чего»,— нахохлилась Манюня.— Можно подумать, я всегда опаздываю. На прошлый урок, между прочим, я не опоздала, вы помните?

— Помню,— хмыкнул Серго Михайлович,— и знаешь, почему я это так хорошо запомнил? Потому что это был единственный раз, когда ты не опоздала!

— Га-га-га! — дружно заржал класс. Громче всех смеялась Манька.

— Садись, горе луковое,— вздохнул Серго Михайлович,— ты хоть расскажешь нам, почему опоздала?

— Это! — вылупилась Манька.— Я когда шла в музыкалку, то увидела, как переклеивают афишу возле кинотеатра. Вот я и задержалась, хотела посмотреть, какой фильм будет идти завтра. И знаете, какой? «Зита и Гита!»

— Вах, мама джан! — присел Серго Михайлович.— Опять? Сколько можно?

— Ураааааа! — заорал класс.— «Зита и Гита», урааааа!!!!!

— Снова пропадет занятие по хоровому пению,— рвал волосы на голове несчастный Серго Михайлович.— Дети, тем, кого завтра не будет на занятии, влеплю двойки, понятно?

Но кто его слушал! Если бы Серго Михайлович пригрозил даже атомной бомбардировкой, то и это бы никого не остановило. Потому что индийское кино любили все! А привозили его к нам в город очень редко и показывали всего пять дней.

Я не знаю, как обстояли дела с кинопрокатом в других советских маленьких городах, но в нашем десятитысячном городе был всего один кинотеатр с залом на триста мест. Сеансов было два — четырехчасовой и семичасовой. До сих пор не могу понять, что мешало администрации кинотеатра организовать дополнительные сеансы. Может, конечно, количество сеансов регулировало специальное постановление пленума ЦК КПСС, где черным по белому говорилось, что после десяти вечера советский гражданин должен активно медитировать на Маркса и Энгельса, а не прохлаждаться по кинотеатрам. Я этого не могу знать, но факт остается фактом — сеансов было всего два, а фильм привозили только на пять дней. Если учесть, что новость о репертуаре кинотеатра распространялась по близлежащим селам со скоростью световой волны, то можно себе представить, что творилось в те дни, когда в нашем городе показывали индийское кино.

Билеты можно было купить только за полчаса до начала сеанса, потому что билетерша тетя Гармония (Гармония, Гармония, я не оговорилась) по совместительству работала в библиотеке и отпрашивалась в кинотеатр только за тридцать минут до начала сеанса. Она быстренько распродавала билеты на один сеанс, возвращалась в свою библиотеку, а потом приходила в полседьмого к началу второго сеанса.

Разношерстную толпу фанатов индийского кино невозможно ни в сказке сказать ни пером описать. Кого там только не было — и трепетные школьницы, и хулиганистые мальчики, и домохозяйки, надевшие на себя по случаю «выхода в свет» все самое лучшее, и склочные старушки, которые приходили в кино в том числе и с намерением просканировать очередь и набраться новых тем для посиделок вокруг чашечки кофе с бесконечными: «А ты видела, в какой короткой юбке явилась в кинотеатр младшая Сарафьян? Еще чуть-чуть, и все бы увидели ее коленки!» Некоторые люди прибегали на просмотр чуть ли не с колхозных полей, буквально с орудиями труда наперевес. Поэтому очередь из провинциальных синефилов там и сям щерилась лопатами, серпами, вилами и другим сельскохозяйственным и рабочим инвентарем.

Когда появлялась кассирша тетя Гармония, то по очереди прокатывался вздох облегчения: «Гармонья, Гармонья идет!» — ликовали люди. Гармония шла через толпу как на эшафот — ей надо было выдержать получасовой натиск у кассового окошка с криком и руганью, с мелким шантажом типа: «Гармонья, ты же помнишь, как мы с тобой в прошлом году стояли в очереди на прием к одному и тому же гинекологу, продай мне билеты первой» или «Гармонья, моя мама училась в одном классе с первой тещей твоего двоюродного брата, ты должна меня помнить»!!! Люди норовили пролезть в кассовое окошко с головой, чтобы поздороваться с «глубокоуважаемой Гармоньей» и поинтересоваться конспиративным шепотом, почему она до сих пор засиделась в девках.

Для того чтобы попасть в кинозал, нужно было пройти несколько ритуальных кругов ада. Сначала провинциального синефила хорошо истаптывали у окошка кассы, далее проходились по нему вдоль и поперек в очереди к подслеповатому контролеру, который, словно гомеровский циклоп Полифем, неспешно проверял каждый билет и пропускал людей в здание кинотеатра чуть ли не на ощупь. А финальный штурм подстерегал стойкого киномана уже у входа в зал. Дело в том, что билет, который зритель приобретал в нечеловеческой давке, представлял собой жалкий огрызок бумаги без указания ряда и места. До какого кресла добежал, там и есть твое место. Поэтому нужно было не просто добраться до первого свободного кресла, но и что есть мочи вцепиться в него всеми выступающими частями тела. Потому что были случаи, когда несчастных киноманов отдирали с кресел и отшвыривали в другой конец зала их более нахальные соплеменники.

Билетов всегда продавалось больше, чем было мест в зале. Поэтому нерасторопные граждане, которым не повезло со свободными местами, весь сеанс проводили на ступеньках между рядами или жались вдоль стеночек.

Ну вот, теперь вы приблизительно представляете, на какие жертвы приходилось идти провинциальному ценителю индийского кино, чтобы попасть на просмотр любимого фильма.

* * *

После занятий мы с Манькой помчались в художественную школу, которая находилась напротив нашей музыкальной. Нужно было предупредить мою сестру Каринку, что завтра мы идем в кино. Каринка была незаменимым атрибутом для успешного посещения кинотеатра. Она умела атомным ледоколом проложить нам дорогу сначала к кассе, а потом в зал, она первая добегала до кресел и в виртуозном прыжке занимала своей тушкой аккурат три места, и попробовал бы кто потом отодрать ее от сидений!

Художественная школа находилась на первом этаже двухэтажного невысокого каменного здания. Мы с Маней по очереди заглядывали во все окна, пока не увидели мою сестру. Каринка сидела за мольбертом и вымучивала очередной косорылый кувшин на фоне аляповатого коврика. Лицо сестры там и сям было вымазано краской, бантик съехал набок и из последних сил цеплялся за торчащий клок волос.

Между мольбертами ходил преподаватель и периодически делал замечание то одному, то другому начинающему художнику. Мы с Маней дождались, пока он повернется к нам спиной, встали в полный рост и помахали сестре рукой. Каринка обернулась к нам и увидела наши выпученные глаза.

— Что? — спросила она одними губами.

— «Зи-та и Ги-та», завтра, в кинотеатре! — проорали мы и нырнули в кусты. Шум, который поднялся в аудитории, свидетельствовал о том, что все двадцать учеников второго класса художественной школы услышали нас. Урок был сорван.

— Ааааа! — кричали ребята.— «Зита и Гита»! Завтра! В кинотеатре!

— Кто посмел?! — бросился к окну преподаватель, но прозвенел спасительный звонок, и дети, опрокидывая мольберты, ринулись из аудитории на улицу.

Впереди всех бежала моя сестра.

— Урааааа! — орала она.

— Урраааа! — закричали мы ей в ответ.

Первым делом мы сбегали к кинотеатру удостовериться, что Манька ничего не перепутала. Полюбовались на большую и красочную афишу, где были изображены все главные герои фильма.

— Мне больше всех нравится Дхармендра, такой лапочка! — сказала я.

— А мне Санджив Кумар,— протянула Манька,— он еще более лапочковее, чем твой Дхармендра.

— Дуры,— фыркнула Каринка,— нашли в кого влюбляться! Рупеш Кумар хоть и играет злодея, но самый красивый из всех!

Далее мы чуточку покалечили друг друга, потому что не могли решить, кто все-таки из актеров фильма самый красивый. А потом стали прикидывать, сколько у кого денег.

— У меня есть рубль,— сказала Маня,— девяносто копеек уйдет на три билета, и десять копеек останется на кулек семечек!

— У меня с собой двадцать копеек и дома еще сорок,— прикинула сестра,— и у Нарки рубль десять, она их прячет за Сервантесом в шкафу.

— Откуда ты знаешь? — задохнулась я.— Это я на черный день коплю.

— Пф,— фыркнула сестра,— просто не надо по восемь раз на дню пересчитывать свои деньги!

— Ах, значит, вот как пропали мои пятьдесят копеек! — догадалась я и кинулась с кулаками на сестру.— Это ты их украла, воровка! Я сейчас тебе покажу, как чужие деньги без спросу брать!

Я сделала попытку вцепиться сестре в волосы, но Каринка легко вывернулась, моментально выдрала с моей головы клок волос и сунула его мне под нос.

— Скажи спасибо, что я не все взяла,— уронила она пренебрежительно.

Я махнула рукой — не время выяснять отношения, подраться успеем в любой другой день, а сегодня нужно посчитать деньги и понять, на что мы можем развернуться.

Итого получилось, что если сложить всю наличность, то можно два раза сходить в кино, а на сдачу купить каждой — йо-хо-хо! — по слоеной трубочке со сливочным кремом и по кульку жареных семечек.

— Может, лучше коржиков возьмем? Тогда каждому по два достанется,— внесла рацпредложение Каринка.

Мы с Манькой поморщились:

— Коржики мы ежедневно в школе едим! А трубочки с кремом редко когда! И вообще, они же с кремом!

— Это дааа,— протянула Каринка,— ну ладно, берем трубочки. Я завтра по дороге домой зайду в булочную и куплю три штуки.

— Понадкусываешь наши — убьем,— сунули мы ей под нос свои кулаки.

На следующий день, сразу после занятий в школе, Манюня прибежала к нам. Времени было в обрез — нужно было привести себя в порядок, не идти же на встречу с кумирами в чем попало! Мы вскипятили термобигуди и завили мне волосы, почему-то локонами наружу. Получилась прическа как у папы Карло, но было уже поздно что-либо переделывать.

— Шикиблеск! — не дала мне расстроиться Маня.— Выглядишь как Констанция Бонасье.

Далее мы надели свои самые красивые платья, сбрызнулись мамиными французскими духами. Повертелись перед зеркалом. Красота! От нашего дома до кинотеатра при резвом галопе можно было домчаться за пятнадцать минут. Мы покрыли это расстояние минут за семь. Летели, как на крыльях любви.

Возле кинотеатра толпилась такая очередь, что нам сразу стало ясно — просто так к окошку кассы не пробиться.

Я тут же попыталась пуститься во вселенский плач, но Каринка предостерегающе подняла руку.

— Погоди,— сказала,— оставим это на потом. Стойте здесь, никуда не уходите.

И пошла вдоль очереди к окошку кассы. Очередь нервно вздрогнула, ощерилась локтями и коленками и всячески собралась дать достойный отпор чужеродному телу. Но Каринке было все нипочем, она шла вдоль очереди, словно и не в кино пришла, а так, на народ поглазеть.

— Побьют ее,— зашептала Манька.

— Побьют,— пригорюнилась я.

И тут Каринка сделала попытку нырнуть в очередь с головой. Очередь не дрогнула, поглотила ее, изжевала и выплюнула обратно. Каринка невозмутимо пригладила всклокоченные волосы, прошла чуть вперед и проделала по новой тот же маневр. За что была снова отшвырнута назад. На этот раз из очереди вынырнула монументальная в своих размерах пучеглазая тетка с огромной халой на голове и, сверкая на солнце булатными коронками, разразилась грозной речью.

— Бессовестная девочка,— вещала тетка,— совсем стыд и совесть потеряла, иди в конец очереди!

— Но тогда мы не попадем на сеанс, а в семь часов вечера нам уже поздно идти в кино,— развела руками сестра,— тетенька, можно вы мне тоже билеты возьмете?

Тетенька открыла рот, чтобы ответить Каринке, но вдруг всплеснула руками и выпучилась. Очередь повернулась в сторону, куда выпучилась тетенька, и заволновалась — к кинотеатру, ведя за собой на веревке тощую козу, шла древняя, страшная как смертный грех и практически бородатая старушка. Во́лос на лице у старушки был кучеряв и воинственно топорщился во все четыре стороны.

Очередь вздрогнула и сложилась в единый монолит. Старушка, не обращая внимания на фурор, который произвела своим видом и эскортом в виде козы, поправила на голове платок и пригладила скрюченными пальцами волосы на подбородке.

— Это сюда надо вставать, чтобы в кино попасть? — продребезжала она.

Очередь попыталась возмутиться, но монументальная тетка опередила всех. Она тряхнула халой, победно игогокнула и пошла штурмом на старушку.

— Мать! — сверкнула булатными зубами тетка.— Ты куда пришла? В кино или в хлев? И что это за чучело тебя сопровождает?

— Я-то в кино пришла, а откуда ты пришла, я не знаю, может, и из хлева! — не испугалась старушка.— Сама ты чучело, понятно тебе? А это моя коза Маньяк, еще слово поперек скажешь — и я ее на тебя натравлю. Учти, она бодливая, да, Маньяк? — обернулась старушка к козе.

— Ме-е-е-е! — с готовностью отозвалась Маньяк.

Здесь нужно сделать маленькое отступление и объяснить уважаемым читателям, что Маньяк — это древнее армянское женское имя, и никакого отношения к серийным убийцам оно не имеет. Правда, сейчас редко кто рискует дать своей дочери такое имя, просто боясь представить себе выражение лица собеседника, которому он гордо рассказывает, что девочку свою нарек Маньяк. А сына, например, Сасун. Тоже, между прочим, древнее армянское имя, но сами понимаете, мои дорогие русскоговорящие друзья, какие нехорошие ассоциации может вызывать такое имя. Вот так в эпоху глобализации и уходят в прошлое исконно народные имена.

Что-то сегодня меня потянуло на ликбез, заткнет меня кто-нибудь или как?

Итак, обстановка возле кинотеатра накалялась, старушка с Маньяк оборонялись, очередь во главе с грозной теткой наступала.

Люди шумно втолковывали старушке, что с животными в кино приходить запрещено. Коза при виде большой гомонящей толпы всполошилась, стала отбрыкиваться и вонюче метить территорию вокруг. Народ взбеленился и попытался вытолкнуть козу и ее хозяйку из очереди.

Каринка, воспользовавшись всеобщим замешательством, юркнула к окошку кассы и вцепилась в оконную решетку. Мы вздохнули с облегчением — проблема с билетами была решена.

Тем временем тучи над старушкой с козой (хорошо, что не с косой) стремительно сгущались.

— Мать! — орал народ.— Привяжи козу хотя бы к столбу, а то она тут уже все изгадила! И вообще, как ты на фильм пойдешь, тебя же с животным в зал не пустят!

Старушка принялась всех уверять, что коза у нее смирная и тихо может переждать в уголочке зала весь сеанс, а если уж кого она и обкакала, то это исключительно от испуга, а не из-за вредности, как подумали некоторые.

— Войдите в положение,— ругалась старушка,— если я привяжу Маньяк к столбу, то ее мигом украдут! А мне страсть как хочется попасть на фильм! Я ведь здесь проездом, привезла козу к ветеринару, вечером уезжаю, и когда еще сподоблюсь приехать — неизвестно.

Народ демонстрировал поразительное бездушие, категорически отказывался входить в положение старушки и всячески отпихивался от нее локтями и коленями. Коза метко и вонюче отстреливалась, но перевес сил был на стороне очереди, поэтому старушка, проклиная всех до седьмого колена, ушла несолоно хлебавши на автостанцию ругаться с водителем, чтобы он пустил козу на рейсовый автобус.

— Чтобы вы осталась бездетными на всю вашу оставшуюся жизнь,— долетали до нас ее крики,— чтобы вы ослепли и оглохли, чтобы у вас в роду рождались одни только дебилы, а вы даже среди них были самыми тупыми!

Потом пришла Гармония, и народ повалил к окну за билетами.

— Займите очередь у входа,— успела нам крикнуть сестра до того, как ее поглотило цунами любителей индийского кино.

Мы с Манькой бросились к входу и встали прямо напротив стеклянных дверей. Минут через пять прискакала Каринка. Вид у нее был такой, словно она поучаствовала в гладиаторских боях,— юбка болталась задом наперед, гольфы были изрядно испачканы и сложились гармошками на щиколотках. Каринка победно трясла над головой билетами.

Первый круг испытания с честью был пройден.

Во время второго штурма очередь подхватила нас и размазала по стеклянным входным дверям. Слоеные трубочки со сливочным кремом превратились в безобразное месиво.

— Осторожно, тут же дети! — орал обезумевший подслеповатый контролер, но кто его слушал? Итого когда мы уже оказались в зале, то выглядели мы так, словно нами тщательно протирали пыль,— от укладки не осталось и следа, одежда была изрядно помята и испачкана, аромат французских духов «Клима» был перебит стойким запахом толпы, а Манино платье на спине разошлось по шву сантиметров на пять. Уцелели только кульки с семечками.

Аншлаг был полный. Яблоку в зале негде было упасть. Публика, затаив дыхание, следила за событиями, разворачивающимися на экране и, как это обычно водится у провинциального неискушенного зрителя, параллельно активно обсуждала фильм. По ходу действия там и сям раздавались выкрики типа: «Вот баба дура, не может понять, что это не ее падчерица», «Куда прешь, идиот, она же сейчас свалится с каната» или «Га-га-га, так ему и надо».

В момент, когда одна из сестер решила покончить жизнь самоубийством и бросилась в реку, женская часть аудитории взвизгнула и попыталась упасть в обморок. Во время драк мужская часть аудитории оживлялась, громко свистела и активно обсуждала приемы.

— Размик, ты бы одной левой всех положил, да? — выкрикивал кто-то.

— Да через минуту их бы всех просто похоронили! — лениво откликался Размик.

В общем, просмотр удался на славу. Когда мы вышли из кинозала, то увидели клубящуюся возле кассы очередь на второй сеанс. Стоящие в хвосте напирали, те, которые находились поближе к кассовому окошку, отпихивались локтями и хватали ртом воздух.

— Какие они счастливые,— вздохнула Манька,— им еще предстоит попасть на сеанс, а мы уже уходим!

И мы тут же начали решать, когда еще пойдем на фильм.

— Давайте в четверг,— предложила я,— в выходные попасть в кинотеатр практически невозможно.

— Угум,— согласились девочки.

Мы не догадывались, что Серго Михайлович обзвонил родителей учеников, которые сегодня не явились на занятие по хору, и потребовал объяснений. Знай мы это, то штурмом взяли бы кинокассу и попали и на второй сеанс. Чтобы надышаться перед смертью.

Но мы, конечно же, ничего этого не знали. Мы шли домой, радостно предвкушали новый поход в кино и ничего не замечали вокруг. Нас даже не насторожили облака пыли, которые поднимались в небо в районе Манькиного дома. А зря. Надо было припасть ухом к земле и прислушаться.

И тогда мы бы догадались, что пыль, которая клубится в небе и уже практически застилает закатное красное солнце, поднимается из-под туфель разъяренной Ба.

Ба мчалась нам навстречу истинным воплощением Судного дня. Она была в бешенстве от того, что мы посмели впервые в жизни, не поставив в известность родителей, да что там родителей — не поставив в известность Ба, прогулять занятия в музыкальной школе, чтобы сходить в кино.

— Поймаю, мало не покажется,— шипела Ба,— на одну ногу наступлю, за другую потяну — и разорву пополам.

Мы же, счастливые в своем неведении, шли навстречу неминуемой гибели, прокручивали в голове кадры из любимого фильма и шептали про себя, как волшебную мантру, имена наших кумиров. Дхармендра и Санджив Кумар. Дхармендра и Санджив Кумар.

Жить нам оставалось несколько минут....

ГЛАВА 18

Ба вышла на тропу войны, или Что означает выражение «Николаи боз»

Ба вела непримиримую и изнурительную войну со своей соседкой тетей Валей. Соседка тетя Валя была крайне сварливой и невероятно глазливой (как утверждали старожилы Манькиного квартала), злобной женщиной. У тети Вали были три великовозрастные, засидевшиеся в девках дочери. И не сказать, что они были страшненькими, поэтому никто из молодых людей не обращал на них внимания. Наоборот, Тетивалины дочки были очень даже хорошенькие, и особенно младшая Кристина — тоненькая, изящная шатенка с потрясающей красоты золотистыми глазами и изогнутыми в робкой полуулыбке губами.

Вся причина неудавшейся личной жизни девушек скрывалась в самой тете Вале — своим сварливым и несносным характером она разогнала всех потенциальных кавалеров своих дочерей. А те отчаянные влюбленные юноши, которых не испугала кандидатура тети Вали как будущей тещи, были отвергнуты ею под разными предлогами — нищ, глуп, ненадежен, посмотри, на кого похож! Дочки, навсегда задавленные авторитетом матери, выросли совершенно кроткими бессловесными созданиями, говорили только шепотом и не смели поднять на собеседника глаза.

Муж тети Вали много лет назад уехал на заработки в Казахстан и больше в семью не возвращался. На целине он нашел себе замечательную, тихую, а главное — уступчивую, русскую женщину, влюбился и впервые в жизни почувствовал себя человеком. Засим он отписался жене коротенькой телеграммой: «Не жди меня тчк я не дурак зпт чтобы возвращаться тчк твой Петрос».

И эта таинственная подпись «твой Петрос» навсегда выбила тетю Валю из колеи. Она так и прожила всю оставшуюся жизнь в ненависти к мужу и к женщине, которая их разлучила, но в глубине души не переставала тешить тайную надежду, что «твой Петрос» когда-нибудь образумится и вернется в семью. И в ожидании возвращения блудного Петроса она превратила в сущий ад жизнь своих дочерей, соседей, да и вообще всего живого в радиусе нескольких километров вокруг своего дома.

Злобность тети Вали передалась даже всей ее живности. Кот тети Вали с особой изощренностью и наслаждением тиранил в округе все существа, которые в холке уступали ему хотя бы на миллиметр. Кавказская овчарка Найда лаяла круглосуточно таким захлебывающимся и ожесточенным лаем, словно кто-то из-за угла постоянно кидал в нее камнями. Гуси тети Вали были очень драчливыми и страшно кусачими. Поэтому если мы с Маней выходили за калитку и видели стаю Тетивалиных гусей, то тут же убегали обратно во двор. У нас была уже в анамнезе бесславная попытка вступить с ними в бой. В итоге мы отделались парой синяков от гусиных щипков и никогда более не лезли на рожон.

Тетя Валя со страшной силой ненавидела людей. Люди отвечали ей взаимностью, но, помня о ее глазливости, старались не демонстрировать своей неприязни. Единственный человек, который не опасался тети Вали и вел с нею бесконечную войну Алой и Белой Розы, была, естественно, наша Роза Иосифовна.

По первости Ба ходила к сварливой соседке «поговорить за жизнь» и не оставляла надежды как-нибудь облегчить судьбу ее забитых дочерей. Но тетя Валя мигом раскусила маневр Ба и в грубой форме попросила не вмешиваться в ее личную жизнь. Я не знаю, в каких именно выражениях тетя Валя «попросила Ба», но к моменту моего знакомства с Маней открытый конфликт между соседками перевалил за добрый десяток лет.

Война была совершенно беспощадной и велась с переменным успехом для обеих сторон. Да, я должна с горечью признать, что Ба иногда могла стушеваться перед натиском тети Вали. Но в защиту Ба я могу сказать, что, во-первых, такие досадные поражения случались крайне редко, а во-вторых, подстегнутая ими, Ба в следующий раз реваншировала с таким отрывом, что тетя Валя отступала, зализывая разрывные и колото-резаные раны, и потом какое-то время при виде своей заклятой соседки переходила на другую сторону улицы.

— Пф! — пренебрежительно фиксировала факты позорного отступления соперницы Ба.

Самое страшное рубилово между Ба и тетей Валей случилось в очереди за кухонными полотенцами.

Дело было так. У Ба вышли белые нитки, и она заскочила за ними в галантерею. И случайно застала счастливый момент, когда на прилавок выкинули кухонные полотенца. Сразу образовалась большая очередь, которую, как назло, замыкала тетя Валя. А у Ба с собой было очень мало денег. И она почему-то решила, что в экстренных ситуациях можно рассчитывать на закон джунглей, когда к водопою допускаются все животные, независимо от их кубатуры, хищности или травоядности.

— Валя, ты не скажешь, что я за тобой? — обратилась Ба к своей заклятой соседке.— Я домой за деньгами сбегаю.

Вот как бы вы поступили в такой ситуации? Даже несмотря на то, что буквально дня три назад перелаивались через забор так, что если бы не вовремя подоспевший дядя Миша, то все бы закончилось большой кровью? Я почему-то думаю, что вы бы ссудили Ба какое-то количество денег или постерегли ее место в очереди.

Но тетя Валя не искала легких путей.

— Нет,— отрезала она,— зачем тебе полотенца, если ты посуду оконными шторами протираешь? Аж за километр видно, какие они у тебя засаленные!

Это был мерзкий удар под дых. Очередь вздрогнула и затрепетала. Все понимали, что двинутая на чистоте Ба не спустит тете Вале такой гнусной клеветы. И Ба, конечно, не разочаровала публику. Она моментально вспыхнула и, ничтоже сумняшеся, вцепилась тете Вале в волосы.

К счастью, в подсобном помещении магазина оказались два крепких грузчика. Они не побоялись встать этаким водоразделом между взбешенной Ба и тетей Валей, чем и спасли магазин, посетителей и продавцов от незавидной участи быть распыленными в молекулы. Не знаю, как повел себя в этой ситуации директор магазина, но я бы на его месте выписала отчаянным молодым людям премии и отправила в какой-нибудь санаторий поправлять пошатнувшееся здоровье.

Любая, даже самая бесчеловечная война когда-нибудь обязательно заканчивается. Подписываются мирные соглашения, выплачивается контрибуция победившей стороне, восстанавливаются разрушенные города и села...

Я хочу рассказать вам о внезапной развязке этой кровопролитной истории. О том, как в одночасье Ба и тетя Валя превратились в добрых соседок.

А для целости повествования здесь обязательно нужно ввести еще одного персонажа — мою бабулю, мамину маму Анастасию Ивановну Медникову-Агаджанову, ибо долгожданное перемирие между заклятыми соседками случилось при непосредственном ее участии.

Бабуля жила в Кировабаде. И иногда, когда позволяло здоровье, она приезжала погостить к нам.

Каждый ее приезд превращался в невероятные душевные и даже физические страдания не только для моего отца, но и для самой бабули.

Во-первых, причина этих треволнений крылась в одной давней ИСТОРИИ, которую, как водится, все делали вид, что забыли, но на самом деле помнили до мельчайших подробностей.

Дело было так. На заре своего брака мама с папой за неимением своей отдельной квартиры жили с папиными родителями.

И как-то бабуля приехала на несколько дней погостить у дочери и зятя. Ее приняли с распростертыми объятиями, но так как других свободных комнат в доме не было, то бабуле постелили в спальне моих родителей. Мама с папой уступили ей свою кровать, а сами легли на диван. Вот. А папе ночью приспичило попить водички. Он прошлепал в кухню, вернулся, забрался спросонья в кровать, под одеяло к своей жене и привычно сгреб ее в объятия.

— Ой! Ай! — заверещала моя бабуля пожарной сиреной.— Юра! Это не я! Это не Надя! Это не туда!

Папа пережил такое чудовищное потрясение, что какое-то время после этого чуть ли не светил маме в лицо фонариком, перед тем как ночью забраться к ней под одеяло.

Если до этого случая бабуля с папой просто робели друг перед другом, то после папиного посягательства на бабулину честь их отношения превратились в сплошную обоюдную муку. Любовь, которая витала между зятем и тещей, приобрела воистину вселенский по своему размаху, но катастрофичный по форме изъявления характер.

Когда папа приезжал с работы на обед, бабуля, дабы не мешать зятю трапезничать, выскальзывала на балкон и сидела там до тех пор, пока папа не уезжал обратно на работу.

— Мой зять золото,— периодически выкрикивала она в балконную дверь.

Папа тоже не унимался. Во-первых, он все не мог отойти от той злополучной ИСТОРИИ, а во-вторых, находился в постоянном духовном поиске — никак не мог для себя решить, как называть свою тещу. Обращаться к ней по имени он считал фамильярностью, по имени-отчеству — проявлением холодности, а называть ее мамой не позволял махровый мужской гонор.

В результате бесконечных раздумий он нашел свой метод общения с тещей. Он обращался к ней опосредованно, через жену или дочерей.

— Твоя мама уже поела? — спрашивал он жену в присутствии тещи.

— Ой, Юрик-жан,— отважно брала штурмом армянский «джан» моя русская бабуля,— я уже поела, ты не волнуйся.

— Хорошо,— соглашался папа с ней.

— Ты своей бабушке чаю налила? — грозно сверлил он меня взглядом.

— Ой, Юрик-жан, спасибо, я уже попила чаю,— рапортовала бабуля и поспешно добавляла, предупреждая новый мозговой штурм папы: — Чаю больше не хочу. И кофе тоже не хочу.

— Хорошо,— соглашался папа.

— Мой зять золото,— всплескивала руками бабуля.

— Ммммые,— любовно мычал в ответ папа.

Если не сильно придираться, то это папино «ммммые» можно было спокойно трактовать как производное от «мамы». В результате все оставались довольны — и бабуля, которая считала, что папа обращается к ней как к родному человеку, и папа, который не пятнал свою репутацию настоящего мужчины тем, что называл тещу мамой.

— Твоя мама точно поела? — грозно наскакивал он на жену, садясь за стол пообедать.

— Поела-поела,— успокаивала его мама,— все уже поели, только ты остался.

— Мой зять золото,— доносились с балкона позывные.

— Ммммые! — покрывался в ответ благоговейной испариной папа.

Чтобы хотя бы иногда прерывать эту бесконечную и изнурительную в своем накале поэму любви, бабулечка к отцовскому перерыву уходила посидеть у Ба. Идти до Маниного дома было недалеко, поэтому ближе к часу дня бабуля напудривала носик из картонной, расписанной лилиями, пудреницы, душилась капелькой своих неизменных цветочных духов: «Надо же запах валерьянки перебить»,— приговаривала, повязывала белую кружевную косыночку, накидывала тонкое летнее светлое пальто и шла к Ба чаевничать. Я всегда с превеликим удовольствием сопровождала бабулю. Во-первых, это был лишний повод встретиться с Маней, а во-вторых, мы очень любили, раскрыв рты, слушать истории, которые рассказывали за чаем Ба с моей бабулей.

Первое знакомство моей бабулечки с Ба осталось притчей во языцех.

— Анастасия Ивановна,— шаркнула ножкой моя бабуля,— ветеран Отечественной войны, медсестра. Вдова.

— Роза Иосифовна,— вытянулась Ба,— ветеран неудавшейся личной жизни, потомственная домохозяйка с миллионерами-предками в анамнезе. Тоже вдова.

Дядя Миша называл их кумушками.

— Кумушки,— смеялся он,— как вы умудряетесь понимать друг друга? Говорите в унисон и совершенно на разные темы!

— Дорасти до наших мощей, а там обзывайся,— огрызалась Ба.

И вот как-то у отца выдался очень непростой день — с утра он провел две сложнейшие операции. Дабы не заставлять его напрягаться еще и в обеденный перерыв, бабулечка решила навестить Ба.

— Позвони Мане и спроси, удобно ли зайти на чай,— попросила меня бабуля.

Я кинулась набирать номер.

— Алло, с вами говорит авт... ахт... ахтаватвечик! — отрапортовала в трубку Маня.— Оставьте, пожалуйста, что хотели сказать после гудка, бип!

Я хмыкнула. Манино странное поведение легко объяснялось — мы недавно посмотрели по телевизору какой-то фильм и буквально влюбились в таинственный телефонный аппарат, по которому заграничный злобный миллионер получал сообщения. И периодически забавлялись тем, что отвечали на телефонные звонки механическим голосом автоответчика.

— Мань, это я, зря стараешься,— фыркнула я.

— Фу ты,— рассердилась Маня,— не могла сразу предупредить, что ли?

— Мы с бабулей скоро к вам придем, спроси у Ба, ей удобно?

— Сейчас,— Манька бросила трубку и шумно побежала куда-то вверх по лестнице,— Ба-а-а-аааа, Нарка звонит, говорит, что они с Настьиванной хотят прийти на чай, мооожно?

— Можно, конечно,— отозвалась Ба.

Маня шумно ссыпалась вниз по лестнице:

— Можно,— выдохнула она в трубку,— а что вы нам принесете?

— Мария! — протрубила сверху Ба.— Уши откручу!

— Мама испекла торт «Мишку»,— зачастила я,— обязательно возьмем с собой к чаю.

— Ура,— выдохнула Маня,— я выйду к вам навстречу!

Мы не успели одеться, а Маня уже трезвонила в нашу дверь.

— Сколько можно вас ждать! — крикнула она с порога.— Там Ба уже чай заваривает, а вас все нет!

— Идем-идем,— всплеснула руками бабулечка,— уже выходим.

— Торт не забудьте,— забеспокоилась Манюня.

Мама со смехом вручила пакет Маньке.

— Донесешь? — спросила.

— Тетьнадь, он с орехами?

— С орехами, конечно,— успокоила ее мама.

— Ура,— запрыгала Манька,— мой любимый. Спасибо, Тетьнадь,— она потянулась, чмокнула маму в щечку и нырнула носом в пакет.— Ух ты, а пахнет-то как!

Через минуту мы вышли из дома и торжественной процессией двинулись в сторону Манькиного квартала. И сильно всполошились, потому что буквально сразу до нас долетел несусветный гам — лаяли собаки, кричали петухи, гоготали гуси. Мы прибавили шагу. Еще через минуту нам стало ясно — Ба с тетей Валей сцепились в плановой схватке. И по очереди визгливо солируют на фоне гусиного гогота и собачьего лая.

— На себя посмотри! — орала что есть мочи тетя Валя.— Строишь из себя святошу, а сама чуть ли не каждый шаг сына контролируешь!

— Да кто ты такая, чтобы мне замечания делать?! — захлебывалась в ответ Ба.— Свихнулась вконец, дочерей из дома не выпускаешь! У самой личная жизнь не заладилась, так ты решила на этих несчастных отыграться?

Мы вошли в калитку и застали знакомую картину — Ба в позе Наполеона Бонапарта возвышалась посреди двора и ругалась в сторону Тетивалиного дома. Большие домашние тапочки с помпонами сильно диссонировали с общим воинствующим видом Ба, но кто на такие мелочи обращал внимание!

Тетивалины выпученные глаза грозно торчали в ответ по ту сторону деревянного забора. Потому что если Ба была достаточно высокой и видела тетю Валю как на ладони, то маленькой тете Вале приходилось унизительно вытягивать шею и вставать на цыпочки, чтобы смотреть своему ярому оппоненту в глаза.

— Здравствуй, Настя, погляди, что эта ненормальная вытворяет,— обернулась к нам Ба,— совсем с ума сошла, на порядочных людей кидается!

— Девочки, ну что вы как маленькие,— попыталась образумить двух непримиримых врагов моя бабуля,— какой стыд, все соседи слышат, как вы тут переругиваетесь!

— Анастасия Ивановна,— подала голос с той стороны забора тетя Валя,— вы интеллигентная женщина, у вас зять врач...

— Мой зять золото,— встрепенулась бабуля.

— Да-да, золото,— не стала спорить тетя Валя,— скажите мне, пожалуйста, как вы можете дружить с этой лицемерной женщиной, которая постоянно лезет учить меня, как я должна своих дочек воспитывать, а сама сделала все возможное, чтобы сына с невесткой поссорить?

— Ах ты... — задохнулась Ба.— Ах ты... да как ты смеешь?.. Да что ты знаешь?..

— Дура! — проорала с той стороны забора тетя Валя.

— Николаи боз! — не осталась в долгу Ба.

— Гхмптху,— подавилась криком тетя Валя.

Позволю себе маленькое отступление. «Николаи боз» в дословном переводе — «шлюха Николая», достаточно распространенное ругательство в северо-восточных районах Армении. Под Николаем подразумевается последний российский император Николай II. Никакого отношения к Николаю шлюха, конечно же, не имеет. Николаи боз — это женщина, которая занимается своим незавидным ремеслом с давних пор, чуть ли не со времен Николая II. Скажем так, шлюха с большим стажем. Очень часто в народе можно услышать выражения типа: «Это очень старая история, чуть ли не со времен Николая» или «Они еще с Николаевских времен живут у нас». Почему люди связывают давность событий с последним императором России (не будем сейчас об отречении), я не знаю. Могу предположить, что пиетет к царю-батюшке в народе был настолько велик, что не выветрился даже после долгих лет советского правления.

А теперь вернемся к нашим, так сказать, баранам.

— Николаи боз! — выкрикнула Ба.

Мы с Манькой от неожиданности присели. Мы и представить не могли, что Ба может позволить себе такое страшное ругательство.

— Ой-ой,— моя бабулечка перекрестила Ба,— Роза, что ты такое говоришь?!

— Э-их,— увернулась от бабулиной христианской щепоти Ба,— Настя, оставь эти православные штучки для выкрестов! Нечего трясти надо мной своей праведной дланью!

— Сама ты Николаи боз, поняла, старая карга? — наконец обрела дар речи тетя Валя.

— Я вас умоляю,— встала между ними моя бабуля,— я вас очень прошу, не умеете общаться — просто игнорируйте друг друга.

Ба открыла рот, чтобы ответить бабуле, но не стала ничего говорить, потому что увидела, как в нашу сторону бежит младшая Тетивалина дочка Кристина. Она подошла к матери и тихонечко шепнула ей что-то на ухо.

Тетя Валя всплеснула руками, замычала и вдруг горько и зло расплакалась. И побежала к дому.

— Что случилось, Кристина? — подошла к забору Ба.

— Ох, тетя Роза,— заплакала Кристина,— теперь мы опозоримся на весь город!

— Подожди,— остановила ее Ба и обернулась к нам: — Дети, идите в дом, мы тоже скоро будем.

Мы беспрекословно повиновались. На пороге обернулись и увидели, как Ба с моей бабулечкой влетают во двор Тетивалиного дома.

— Неужели убивать пошла? — испугалась Маня.

— Пойдем позвоним твоему папе,— всполошилась я.

Мы побежали к телефону.

— Алле,— проорала Маня в трубку, когда дядя Миша ответил на том конце провода,— пап, приезжай скорее домой, а то Ба пошла убивать тетю Валю!

— Там моя бабуля,— добавила я масла в огонь,— вы поспешите, Дядьмиш, она ведь уже старенькая, долго удерживать Ба не сможет!

— Может, еще 02 набрать? — выхватила у меня трубку Маня.

— Не надо 02 набирать,— гаркнул дядя Миша,— сидите дома и ничего больше не предпринимайте ради бога! Я скоро буду.

И бросил трубку. В ожидании скорого Дядимишиного приезда мы с Маней замерли скорбной скульптурной композицией на веранде дома.

Через какое-то время с громким воем к Тетивалиному двору подъехала машина скорой помощи.

— Убила! — всполошились мы и побежали к забору.

— Баааааааааааа,— плакала Маня.

— Бабуууууууууууля,— орала я,— кто кого убиииииил?

— Вы с ума сошли? — Вышла на порог Тетивалиного дома бабуля. Рукава ее почему-то были закатаны, и вдобавок она обвязалась большим полотенцем, как фартуком.— Идите в дом, сколько можно вам одно и то же повторять?

— Ба живая? — крикнула, размазывая сопли по лицу, Маня.

— Живая, конечно,— рассердилась бабуля,— что за глупости ты говоришь?

Мы поплелись обратно в дом. Горю нашему не было предела.

— Значит, Ба убила тетю Валю,— выдвигали мы сквозь плач версии.

— Ее ведь посадяяяят,— рыдала Маня.

— Посаааааадят,— соглашалась я.

— А куда же мы с папой денемся? — зашлась в плаче Маня.

— К нам переедетееееееее,— погладила я ее по голове,— бедные мои сиротинушкииииии.

— Хоть бы торта успела поееееесть! — сокрушались мы в унисон.

Пока мы, обнявшись, безутешно рыдали на кушетке в Маниной комнате, в городе творились совершенно другие дела. Страшная новость с неимоверной скоростью разбегалась волнами от Тетивалиного дома на все четыре стороны.

Люди качали головами и даже злорадствовали: «Вот до чего доводит скверный характер»,— говорили они.

К приезду скорой помощи весь город уже знал — у старшей дочери тети Вали Мариам отошли воды. Хорошо, что рядом оказалась моя бабуля. Она сделала все возможное, чтобы до приезда врачей с роженицей и ребенком не случилось ничего плохого.

— Нагуляла,— качали головами люди,— главное, когда успела? С работы домой и обратно на работу, коллектив сплошь женский, никуда больше не ходит, глаза всегда в пол! Вот, оказывается, какие черти водятся в тихом омуте!

Мариам родила мальчика, как две капли похожего на деда.

Его, естественно, назвали Петросом.

Тетю Валю словно подменили — она получила в собственное безвозмездное пользование хоть и маленького, но Петроса и навсегда распрощалась со своим сварливым характером.

Она помирилась с Ба и периодически хвасталась ей достижениями внука.

— Мы сегодня круто покакали,— кричала она через забор.

Ба вздрагивала.

— Валя, ты бы потише, люди тебя не так поймут,— увещевала она.

— Ай, Роза,— отмахивалась тетя Валя,— у нас такое счастье, а ты про людей!

В течение следующего года две младшие дочери тети Вали одна за другой вышли замуж. И только Мариам осталась одинокой. И так и не открыла никому, кто был отцом Петроса.

— Значит, от женатого мужика залетела,— вздыхали люди.

Но это уже не имело никакого значения. В доме тети Вали наконец-то воцарился мир. Иногда, оказывается, чтобы закончилась война, достаточно просто родить маленького Петроса.

ГЛАВА 19

Манюня ест курицу, или Как можно заставить чертыхаться Бога

Было темно и очень холодно. Кругом стоял высокий, непролазный лес. Я шла по узкой тропиночке, леденящий страх проникал в душу и сковывал движения, в спину завывал колючий ветер — у-у-у, у-у-у!!!

— Наринэээ,— кто-то звал меня вдалеке, захлебываясь криком,— Наринэээ!!!!

И я шла на этот голос, спотыкаясь о каждую кочку, отшатывалась от голых веток, норовящих зацепить меня за плечо, и шептала: «Только не оборачивайся, только не оборачивайся!»

— НАРИНЭ! — крик раздался где-то совсем близко. Я подняла глаза и в ужасе отпрянула — прямо надо мной развевался большой кочан капусты с торчащей кривой кочерыжкой.

Мне стало плохо. «Вот как выглядит леший»,— моментально догадалась я.

— Только не ешьте меня,— промямлила еле слышно из последних сил.

— Нарка, ты совсем с ума сошла? — Манькиным голосом рассердился леший.— Мало того что постоянно стонешь и пинаешься, так еще просишь, чтобы я тебя не ела?

Я моментально проснулась и села в постели. Кочан капусты оказался Манькиной головой, а кочерыжка — боевым чубчиком. Меня охватило чувство безграничного счастья — это был всего-навсего кошмарный сон!

— Манька, это ты,— с облегчением зашептала я,— ты не представляешь, какой мне приснился ужас!

— Представляю,— проворчала Манька,— ты пиналась как ненормальная. А главное — стонешь и приговариваешь загробным голосом: «Только не оборачивайся, только не оборачивайся»! Напугала меня до смерти!

— Хи-хи-хи,— тоненько засмеялась я,— а я, главное, иду по лесу...

— Вы заткнетесь или как? — раздался грозный окрик моей сестры Каринки.— Совсем с катушек съехали, на дворе ночь, а они тут разговоры затеяли!

Мы притихли. Сестра заворочалась в постели, посмотрела на часы:

— Три часа ночи! — прошипела она.— Если еще хоть раз пикнете, то потом сильно пожалеете, понятно?

— Ты сама храпишь, как наш Вася, когда взбирается на подъем,— пошла в бой Манька.

— Я тебя предупредила, и ты меня услышала! — отрезала Каринка и повернулась на другой бок.

В детской воцарилась тишина. Только слышно было, как тикают часы.

Моя семья жила в большой четырехкомнатной кооперативной квартире. Кроме гостиной и кухни, в квартире имелись две спальни — родительская и детская. Самую маленькую, пятнадцатиметровую, комнату моя сметливая мама превратила в кабинет, где располагалась наша домашняя библиотека. Там вдоль стен стояли стеллажи с книгами, под торшером с пузатеньким бежевым абажуром вальяжно раскинулось мамино любимое широкое кресло с клетчатым пледом на подлокотнике, а напротив немым укором моей совести возвышалось горячо ненавистное пианино «Weinbach».

Когда делали ремонт в детской, мама настояла на том, чтобы стены покрасили в нежно-салатовый цвет. «Тогда обстановка будет умиротворяющей»,— сказала она. Не знаю, умиротворяет ли детей нежно-салатовый колер, но если учесть, что порой от смертоубийства нас отделял всего один шаг, то даже страшно представить, что мы могли учинить друг с другом, если бы стены покрасили в бордовый или какой другой возбуждающий центральную нервную систему цвет.

Мы спали на двух кроватях, стоящих впритык друг к другу. Сонечка была еще очень маленькой, и ее кроватка находилась в спальне родителей. А остальные три девочки — я, Каринэ и Гаянэ — ночевали в детской. Мы с Каринкой спали по бокам, «великодушно» уступив шестилетней Гаянэ стык между кроватями.

— Мне тут неудобно,— жаловалась она,— давайте на этом стыке по очереди спать.

— Ты чего? — округляли мы с Каринкой глаза.— А если во сне ты случайно повернешься и упадешь с высоты?

Наивная Гаянэ с благодарностью смотрела на нас своими большими золотистыми глазами.

— Надо же,— приговаривала она,— как вы обо мне беспокоитесь!

Мы с Каринкой переглядывались поверх ее головы и пожимали плечами — святая простота!

Если Манька оставалась ночевать у нас, то мы ложились валетом: Каринка с Гаянэ на одной кровати, а я с Манькой — на другой.

Здоровый и относительно безопасный сон детей в нашей семье зависел от неукоснительного выполнения одного очень важного условия — нужно было умудриться заснуть до того, как захрапела Каринка. Потому что если сестра завела свою бензопилу, то о сне можно было прямо сразу забыть. Каринка храпела так, что стены ходили ходуном, а напольные массивные часы норовили упасть и разлететься на тысячу осколков. Каринка храпела так, что пограничники с двух сторон армянско-турецкой границы брали друг друга на мушку и стояли так всю ночь в ожидании провокаций с другой стороны. Каринка храпела так, что телескопы обсерваторий планет, вращающихся вокруг ближайшей к нам звезды Проксима Центавра, автоматически поворачивались в сторону Земли, пытаясь вычислить источник такого могучего космического шума.

Но это еще было не все. Несмотря на свой чудовищный храп, моя сестра спала невероятно чутким сном и могла проснуться от малейшего шороха.

Вот представьте себе картину — Каринка спит. То есть как спит — храпит с закрытыми глазами. От ее могучего храпа извергаются вулканы, образуются новые материки, луна, не выдержав такой пытки, собирает свои манатки и уходит за линию горизонта лечить мигрень.

А Каринка храпит и в ус не дует.

И вдруг над Каринкой пролетает малюсенький комарик.

«З-з-з-з-з!» пищит тщедушный комарик, теребя в руках маленький фонарик. Это первый вылет боевого комарика в поисках пропитания.

Но мечты поруганы, премьерный вылет мигом превращается в прощальный, потому что сестра, прервав свой могучий храп, в гигантском прыжке настигает источник постороннего шума, рвет его на микрочастицы и снова ложится спать.

— Рхрррррррррррррррррр,— как ни в чем не бывало продолжает она свой храп с прерванного места.

И все продолжается по накатанной — на островах Океании сворачивается молоко у рожениц, на Солнце начинается новая магнитная буря, Бог, заткнув уши комьями, которые он наспех выдрал из проплывающего мимо облака, ворочается в своей божественной постели с бока на бок и ругается на чем свет стоит:

— Чтобы я еще раз, черт меня подери, чтобы я еще раз решился на эксперимент с такой девочкой!

Поэтому, когда сестра шикнула на нас с Манькой, мы тут же замолчали. И честно попытались заснуть до того, как она захрапит. Но тщетно. Каринка поворчала еще чуть-чуть и снова принялась выводить рулады. Да с такой силой, что у нас моментально выветрились остатки сна.

Я какое-то время пялилась в потолок, потом мне это надоело, и я решила считать овечек.

— Авось поможет,— шепнула я себе, крепко зажмурила глаза, представила стадо овечек и начала считать: — Один, два, три...

— Буль-буль-буль,— забулькала Каринка. Овечки мигом разбежались. Я рассердилась и пнула Каринку в бок.

— Мня-мня-хрррррррррр,— отозвалась она.

— Захрмар,— зашипела я,— сто тысяч захрмаров тебе, вот!

Манька заворочалась, повернулась на бок и сунула свою пятку мне под нос. Я подумала и потянула ее за большой палец ноги. Она тут же нашла мою ступню и потянула за мой палец.

Контакт был налажен. Мы принялись терзать друг другу пальцы на ногах. Потом Манька тихонечко нырнула под одеяло и вынырнула с моей стороны.

— Я хотела тебя защекотать под ногой, но потом подумала, что ты рассмеешься, проснется Каринка и убьет нас,— зашептала она мне в ухо.

— Убила бы в момент,— шепнула я ей в ответ, и мы тихонечко захихикали.

— Хрррр! — угрожающе возвысила над нами голос Каринка.

Мы снова замолчали.

Манька завозилась, обняла меня и положила голову мне на плечо.

— Давай поиграем в мечту,— предложила она.

— Давай! — согласилась я.

«Поиграть в мечту» было нашей излюбленной забавой. Суть игры заключалась в том, что мы по очереди называли вещи, о которых мечтали, но которые, по разным причинам, были нам недоступны.

Подозреваю, что так развлекались все измученные дефицитом советские дети!

— Жвачка с малиновым вкусом. Розовая. Пачку. Нет, лучше коробку,— шепнула Манька.

— Которая выдувается большим пузырем? — уточнила я.

— Естественно,— обиделась Маня,— выдувается и громко лопается! Теперь ты давай.

— Платье как у Золушки из фильма «Три орешка для Золушки»,— зашептала я.

— С диадемой и туфельками? — уточнила Манька.

— Естественно,— обиделась я,— не в сандалиях же такое платье носить.

— И с красной шапкой с помпоном, которую мне Ба связала,— тихонечко захихикала Маня.

Я прыснула.

— Так, ладно, продолжим. Я хочууууууууу, ммм, цветик-семицветик, вот! — шепнула Манька.

— Тогда сразу проси волшебную палочку,— подняла голову с подушки я,— а то цветик-семицветик — это всего-навсего семь желаний.

— Хрррррррррррррррррррррррр! — заворочалась в постели моя сестра.

Мы замолчали.

— Лааадно, это не считается, давай я лучше другое загадаю,— протянула через минуту Манька,— помнишь, в отделе игрушек мы видели немецкую куклу с сеточкой на волосах и с сумочкой через плечо? Вот такую хочу.

— Которая стоит двадцать пять рублей?! — ужаснулась я.

— Да,— вздохнула Манька,— которая стоит двадцать пять рублей и восемьдесят копеек.

Мы пригорюнились. Одно дело мечтать о несбыточных вещах, таких как коробка жвачки с малиновым вкусом или волшебная палочка, а другое дело — о совершенно реальной немецкой кукле с сеточкой на волосах и с сумочкой через плечо в отделе игрушек. Которую, если не видит продавец, можно взять с полки и даже немного подержать в руках. Можно даже, затаив дыхание, погладить пальчиком шелковистую сеточку на волосах и полюбоваться розовой блестящей пряжкой на сумочке через плечо. Но двадцать пять рублей восемьдесят копеек — это очень большие деньги, и наши родители не могут позволить себе купить такую дорогую игрушку!

— Вот бы мне такую куклу,— пригорюнилась я.

— И мнеееее,— вздохнула Манюня.

Мы притихли. Полежали еще какое-то время с закрытыми глазами. Сон все не шел. Еще бы — сестра выводила какие-то совершенно новые, изуверские рулады. Казалось, что если она еще чуть поднажмет, то наше пятиэтажное здание сложится как карточный домик.

— Нарка, я проголодалась,— шепнула мне на ухо Манька.

— Там в холодильнике жареная курица,— прервала свой храп Каринка.

Была у моей сестры еще одна особенность, которую никак иначе как чудом назвать было нельзя. Если кто-нибудь из нашей семьи не то что говорил, а даже думал о еде, моя сестра тут же оказывалась рядом.

— Пора бы перекусить, да? — спрашивала она опешившего члена семьи и, взяв его за руку, тащила к холодильнику.— Пойдем посмотрим, что можно пожевать.

Мы с Манькой подняли головы с подушки и уважительно посмотрели на сестру.

— Ну ты даешь! — только и смогли выговорить мы.

— Так мы идем есть курицу или как? — села Каринка в кровати.

— Идем, конечно,— заволновались мы.

— Только по кусочку,— грозным шепотом предупредила Манька,— помните, что Тетьнадя сказала?

— Помним-помним, не волнуйся,— зашипели мы ей в ответ.

— Не зря я так долго стояла в очереди,— радовалась вечером мама.— Мне достались две венгерские курочки! Это же не наши советские синюшные цыплята. Из этих двух курочек можно много чего приготовить, о-го-го как много! Можно их запечь со сметаной и грибами, можно отварить рис до полуготовности, добавить туда орехи и специи, а потом начинить этой смесью курочку, и... — Мама осеклась, окинула взглядом своих многочисленных дочерей и прибившуюся к их стайке Маньку, посмотрела на мужа, воззрившегося на курочек голодными очами, поймала свое отражение в зеркале, произвела в уме кой-какие нехитрые расчеты и тяжело вздохнула.

— Ладно,— сказала она,— сейчас мы этих курочек пожарим, одну съедим сразу, а из второй я завтра сделаю чахохбили.

— Ура! — дружно закричали мы.

Итого на ужин каждый получил по куску хрустящей жареной курочки с гарниром из воздушного картофельного пюре и дефицитного зеленого горошка. Остатки курицы под вожделеющими взглядами плотоядных членов семьи были убраны мамой в холодильник.

— Чтобы и завтра вы могли поесть курочки,— воззвала к нашему гражданскому долгу она.

— Лааадно,— вздохнули мы и встали из-за стола.

И вот теперь эта несчастная жареная курица манила нас как магнитом. Мы тихонечко поднялись, чтобы не будить мирно посапывающую Гаянэ, нашарили в темноте тапки и вышли из спальни. Впереди гончим псом шла Каринка. Мы с Маней доверчиво следовали за ней — никто не сомневался в способности сестры найти холодильник в темной квартире с закрытыми глазами.

— Осторожно, тут дверь,— шикала на нас периодически сестра,— здесь стул, не зацепите, а тут угловой диванчик!

— Свет в кухне включать? — спросила я.

— Включим маленький,— предложила Манька,— а то большой свет разбудит твоих родителей.

Мы вытащили из холодильника сковороду с жареной курицей и поставили ее на стол.

— Давайте возьмем по самому маленькому кусочку,— предложила я,— тогда никто не заметит, что мы ели курицу.

— Может, крылышки? — предложила сестра.

— Ага, крылышки! — встала руки в боки Манька.— Во-первых, крылышек два, а нас трое, а во-вторых, где это ты видела курицу без крыльев?

— А может, это вообще не курица! Может, это утка, а мама этого не заметила?— решила блеснуть интеллектом я.

— А что, утки бывают бескрылыми? — покрутила пальцем у виска сестра.— Ты бы лучше молчала, Нарка, тоже мне, ума палата.

Итого мы вытащили из сковороды кусочки куриной грудки и буквально сожрали их, преступно сутулясь и урча от удовольствия.

— Мало,— облизала пальцы Каринка,— может, еще по кусочку?

— По последнему! — угрожающе выпучилась я.

Мы выудили еще по кусочку курицы. Манюня закрыла сковороду крышкой и убрала ее в холодильник от греха подальше.

— Чтобы не дразнила аппетит,— сказала она и села за стол,— что же мы едим стоя, как лошади в стойле, давайте присядем.

Мы с Каринкой присоединились к ней.

— У-у, какая вкуснятина,— урчала Каринка,— всю жизнь бы ела только жареную курицу.

— И жареную картошку,— сказала я.

— Вот, это уже другое дело,— похвалила меня сестра,— чуток поела, и уже мозги стали на место. А то все курица не утка, курица не утка,— передразнила она меня.

— Сама дура,— огрызнулась беззлобно я.

— От дуры слышу,— захрустела куриной косточкой сестра.

— Шшшш, тише вы! — встрепенулась Манька, но было уже поздно.

Дверь кухни распахнулась, и на пороге нарисовался сонный папа. Папа выглядел просто бесподобно — волосы были всклокочены, большие семейные трусы нежного василькового колера воинственно топорщились вокруг тощих бедер, лямка майки съехала с плеча и кокетливо оголила часть волосатой груди. При виде нас он кинул вниз, в область своего многострадального таза, молниеносный взгляд, дабы удостовериться, что семейники на нем сидят как надо, и поправил лямку на плече. Потом открыл дверцу шкафчика с кухонной посудой, спрятался за ней и через минуту вынырнул в мамином фартуке в кокетливый розовый волан по подолу. Мы проследили за всеми его маневрами в гробовой тишине, с курицей в зубах.

— Что вы тут делаете? — Папа на всякий случай еще и втянул живот.

— Ой, Дядьюра, у вас такие же семейники, как у моего папы,— умилилась Маня.

— Так мы вместе их и покупали,— ответил отец,— а вот вы все-таки что тут делаете?

— Проголодались,— проблеяли мы дружно в ответ,— курицу едим.

— Курицу? — испугался папа.— А что маме завтра скажем? — Он прошел мимо нас, вытащил из холодильника сковороду и поставил на стол.

— Мы по маленькому кусочку взяли!

— По маааленькомуууу,— протянул папа и достал хлеб из хлебницы,— кто-то будет остатки пюре?

— Будет! — обрадовались мы.

Если бы какой-нибудь отчаянный акробат на ходулях в четыре часа утра прошел мимо окон нашей квартиры на третьем этаже, то застал бы дивную картину: за большим круглым столом, во главе с мужчиной в васильковых семейных трусах и фартуке в розовый волан, сидела группа преступных девочек девяти тире одиннадцати лет и, трусливо озираясь на кухонную дверь, доедала остатки курицы прямо со сковороды.

— А что мы маме скажем? — периодически взвывал кто-нибудь, вонзая зубы в очередной хрустящий кусок курицы.

— Что-нибудь завтра придумаем,— хором успокаивали остальные.

Мы, конечно же, отложили порцию маме и спящей без задних ног Гаянэ. Сковороду натерли до блеска кусочками хлеба, кастрюлю с остатками пюре вылизали вдоль и поперек и даже чуть-чуть снаружи.

— Шикарный у нас получился поздний ужин,— тихонечко хихикали мы.

— Да уж,— хмыкнул папа,— поздний ужин плавно перетек в ранний завтрак.

Итого, когда мы ложились в постель, горизонт уже подернулся ранним летним рассветом, а в кварталах с частными домами победно перекликались драчливые петухи.

— Пять минут я еще продержаться смогу,— честно предупредила нас Каринка,— но потом я засну, и тогда уже пеняйте на себя.

— Мы быстренько,— обещали мы с Манькой и закрыли глаза.

В спальне воцарилась тишина.

— Вспомнила, чем отличаются семейники вашего папы от семейников моего,— сквозь сон прошептала Манька.

— Чем? — промычали мы.

— А тем, что у вашего папы трусы в горошек, а у моего — в мелкую звездочку,— сладко зевнула Манька, уткнулась носом мне в плечо и мирно засопела.

— Зато фартук сидел на папе просто бесподобно,— решила постоять за своего отца я.

— Хррррррррррррррр,— отозвалась Каринка. Но никто уже ее не слышал — все благополучно провалились в глубокий сон.

ГЛАВА 20

Манюня учится быть настоящей женщиной, или Как дядя Миша с папой вино из погреба доставали

Дядя Миша, как истинный сын своей матери, периодически выкидывал фортели, пытаясь отстоять себе кусочек независимости. Ба, как истинная Ба, одной левой гасила все попытки сына вырваться из-под ее тотального контроля. «В этом доме я господин»,— любила повторять она.

В целом борьба дяди Миши с Ба напоминала противостояние между центром и мятежной провинцией. Провинция периодически поднимала плохо организованные и зачастую бестолковые восстания, а центр с особым удовольствием топил эти восстания в крови.

Любая Конвенция по правам человека прекращала действовать прямо на пороге дома Ба. Ибо только Ба устанавливала те рамки, в пределах которых члены ее семьи строили свою счастливую жизнь.

— Ба была тираном? — спросите вы.

— Конечно, нет,— смалодушничаю я.

Но Дядимишина неуемная душа не прекращала алкать свободы. И он, отстаивая свое право на личную жизнь, мстительно заводил связи «на стороне», а в особо критические для своей непокорной натуры дни имел наглость не приходить домой ночевать. Скандал, который неминуемо закатывала Ба, мощью энергетического выброса легко мог заменить распад уранового ядра.

— Вот этими руками,— кричала Ба,— вот этими руками, сына, я тебя родила! Вот этими многострадальными руками я ежеминутно подмывала твою попу, а какал и писал ты, скажу я тебе, как проклятый! Да и ел как прорва! Вот этими руками с утра и до ночи, не разгибая спины, я стирала твои пеленки-распашонки. Под каким девизом прошла вся моя жизнь, спрашиваю я тебя? Под девизом «накорми-обстирай-выучи сына»! А чем ты мне за это платишь? Черной неблагодарностью, вот чем!

В один из таких злосчастных дней мы с Маней как раз играли у нее во дворе. Буквально накануне нам подарили большой набор игрушечной посуды, и сейчас мы были заняты тем, что готовили из подручных средств обед на большое кукольное семейство. Маня увлеченно шинковала огромный лист лопуха, а я крошила в труху полено.

— Ты пойми,— объяснила мне Манька,— чем мельче покрошить полено, тем больше труха будет напоминать муку.

— А что мы потом с этой трух... мукой будем делать?

— Ты измельчай, а мы там придумаем, что с нею делать,— воинственно шмыгнула Манька и вдруг предостерегающе подняла вверх указательный палец: — Ш-ш-ш-ш.

Я навострила уши. «Внннн, кха-кха»,— донеслось издали знакомое кряхтение Васи. Мы с Маней горестно вздохнули — дядя Миша возвращался с очередного места восстания на свою верную погибель.

— Авось сегодня пронесет? — пискнула я, впрочем, без особой надежды.

— Не пронесет! Знаешь, какое с утра было выражение лица у Ба?

— Какое?

— А вот какое,— Маня насупила брови, собрала губы в куриную жопку, прищурила один глаз и встала руки в боки.

Я прыснула — уж очень смешно моя подруга передразнила Ба.

Когда Вася въехал на задний двор, мы почему-то спрятались за большим тутовым деревом. Видеть, как дядя Миша понуро идет к дому, было выше наших сил. Вылезли мы из-за ствола дерева только тогда, когда хлопнула входная дверь.

Скоро скандал в доме стал набирать обороты. Сначала до нас долетали отдельные фразы, а потом Ба подключила тяжелую артиллерию.

— А потом ты небось пришел и поцеловал Маню, фу! — кричала она.

— Мам, я тебя умоляю! При чем здесь это?

— При том! — захлебывалась Ба.— Сначала этими губами ты не пойми кого целовал, а потом полез к своему ребенку! Тьфу на тебя!

— Ну что ты такое говоришь!

— Говорю как есть,— топала ногами Ба,— и не родился еще на планете Земля человек, который бы мог убедить меня в обратном!

— Да легче удавиться, чем переубедить тебя! — крикнул дядя Миша и выскочил на веранду.

Мы с Маней дружно обернулись в его сторону. На дядю Мишу жалко было смотреть — выражение лица растерянное, между бровями пролегла глубокая морщинка.

Он поймал наши с Маней сочувствующие взгляды и натужно улыбнулся.

— Здрасьти, Дядьмиш,— пискнула я.

— Здрасьти, пап,— отложила лист лопуха Манька.— Ну что, получил свое?

Дядя Миша открыл рот, чтобы выговорить Маньке, но потом передумал и махнул рукой.

— Пойду, поковыряюсь в Васе,— сказал.

Преданный Вася терпеливо дожидался своего хозяина на заднем дворе. И уже издали, при виде его понурого силуэта, заботливо взбил подушку на сиденье водителя.

— Одни беды от этих баб,— вздыхал про себя Вася, скрипя шарнирами и карданными валами,— зачем они хозяину? Да и что с них взять — волос длинный, ум короткий.

— Женщины, что с них взять,— буркнул себе под нос дядя Миша, открывая капот Васи.

— А ведь мысли мои читает,— заликовал Вася и на радостях выпустил маленький фонтанчик машинного масла.

— Тебя не завели, а ты уже фортели выкидываешь, Васидис? — удивился дядя Миша.

— Ого, снова в объятиях своего сердечного друга? Ты поплачься ему в капот, он ведь обязательно тебя поймет! А главное — слова поперек не скажет,— Ба никак не унималась, она высунулась в окно своей спальни и жаждала продолжения банкета.

— И поплачу,— огрызнулся дядя Миша,— все вы, бабы, одинаковые.

— Да ну,— хмыкнула Ба,— ты еще скажи, что дуры.

— И скажу! — с вызовом повернулся к ней дядя Миша.

— Про волос длинный, ум короткий не забудь добавить,— не унималась Ба.

— Это уж само собой!

Ба высунулась в окно по пояс, старательно сложила пальцы обеих рук в дули и победно потрясла ими над собой:

— Во! Видел?

Дядя Миша какое-то время молча смотрел на свою всклокоченную мать, потом тяжко вздохнул и повернулся к Васе.

«Лучше промолчать»,— подумал он про себя.

— Дура! — удовлетворенно констатировал Вася.

Ба демонстративно громко захлопнула окно.

«Весь в своего отца,— думала она, глядя с любовью на понурое темечко сына,— даже стоит как он — косолапит и чуть сутулится. Сделаю ему на обед его любимые котлеты. Картошечки пожарю, с лучком и грибочками. А то осунулся весь, кровиночка моя, одни кости торчат».

Она с шумом распахнула окно.

— В следующий раз можешь вообще не возвращаться, понял? — крикнула торжествующе.

Дядя Миша вздрогнул спиной, но не обернулся. И оттаял лицом, только когда из кухни потянуло божественным ароматом сочных котлет.

— О, Вася,— сказал он своему четырехколесному другу,— будут сегодня нам любимые котлеты, а к вечеру — изжога.

Вася понимающе молчал. Вася с младых ногтей знал, что такое изжога. И запор. И несварение желудка. И язва. Потому что постоянные болячки были планидой всех отпрысков советского автопрома.

Поэтому при слове «изжога» Вася суеверно поплевал через левую дверцу и тяжело вздохнул.

Так сошлись звезды, что именно в этот день, когда дядя Миша поругался с Ба, папа умудрился поскандалить с мамой. Вообще-то ссоры между моими родителями случались крайне редко, но уж если они случались, то по силе своей не уступали среднестатистической буре на планете Нептун. А в воронке такой бури, чтобы вам было известно, может легко уместиться вся наша планета. Будучи оба людьми взрывного темперамента, мои родители из любого пустяка могли раздуть такой пожар, что потом место их скандала напоминало выжженное поле. И только два горных орла кружили высоко над эпицентром этой вселенской катастрофы.

— Видишь хоть кого живооогооооо? — кричал один орел с этого конца горизонта.

— Неееeет! — отзывался второй с другого конца горизонта.

— Женщина,— грохотал папа, когда крыть ему оказывалось практически нечем,— если говорит мужчина, ты должна молчать!

— А кто это тебе такое сказал? — возмущалась мама.— Оставь свои домостроевские замашки для других. Меня этим не проймешь!

— Кировабадци! — орал папа в ответ. Когда папа называл маму «кировабадци», то всем становилось ясно — у папы закончились аргументы.

Кировабад — это город, где жила семья моей мамы. В народе шла молва, что девушки из Кировабада славятся капризным, неуступчивым характером. Что они сильно избалованы и не видят ничего дальше своего носа. И что каши с ними не сваришь.

Поэтому, когда у папы заканчивались аргументы, он прибегал к жалкой попытке заткнуть маму.

— Кировабадци! — грохотал он.

— Упрямый бердский осел,— крыла в ответ мама. Тот же народ нарек жителей нашего города ослами за жуткую неуступчивость.

Ради справедливости надо отметить, что если мама — кировабадци в том смысле, который вкладывал в это слово папа, то тогда он сам единолично является основоположником, архитектором, строителем и почетным жителем города Кировабад. Это чтобы вам было ясно, какой у моего отца был и, слава богу, есть характер.

Когда у отца закончились все аргументы, а дым над пепелищем стоял такой, что дневного света было не видать, он вытащил из домашнего бара бутылку коньяка и засобирался к дяде Мише запивать горе алкоголем.

— Не жди меня! — крикнул он маме с порога.

— Хлеба купи на обратном пути,— не осталась в долгу мама.

— Никогда! — крикнула папа и хлопнул дверью.

— И кофе! — крикнула мстительно мама.

— Агрхххх,— раздалось за дверью, и мама удовлетворенно хмыкнула — последнее слово осталось за ней.

Мы с Маней как раз колдовали над вторым блюдом из мелко наструганного сорняка, когда папа ворвался во двор. Достаточно было одного взгляда на выпученные папины глаза, чтобы мне сразу стало ясно — они с мамой схлестнулись.

— Пап, вы что, поссорились? — спросила я.

— С чего ты это взяла? — дыхнул на меня огнем папа.

— Ну, это видно по сумасшедшему выражению твоего лица,— дипломатично ответила я.

— Не придумывай глупостей, Наринэ,— отрезал папа.

Потом он какое-то время под заинтригованные наши взгляды рыскал вдоль веранды дома туда и обратно и что-то бубнил себе под нос.

— Дядьюра, вы забыли, где входная дверь? — спросила Маня.

— Ничего я не забыл,— сказал папа и поднялся вверх по ступенькам,— я просто думал!

Как только он вошел в дом, мы с Манькой прокрались под окно кухни и застали самое начало разговора двух обиженных мужчин.

— Да всю плешь мне проела,— ругался папа.

— Бабы, что с них взять! — вторил ему дядя Миша.

— Да какая баба! Это же бензопила «Дружба»!

— Юра, посмотри на меня! Ты же знаешь, какая у меня мать, а я живу с нею с самого рождения, и ничего!

— Так то мать, а то жена,— отмахнулся папа,— что у тебя есть к коньяку?

— Котлеты и картошечка с грибами. Роза Иосифовна приготовила мне поесть и демонстративно ушла к соседке.

— Нет, кушать не хочу, сыт по горло,— отказался отец.

Дядя Миша зашуршал по полкам.

— Пряники есть, лимон, еще какие-то на вид засохшие какашки в пакете (шуршание усилилось), что бы это такое могло быть?

— Один хрен, неси что есть,— вздохнул папа.

Нам с Маней стало скучно слушать их разговор, и мы вернулись к готовке.

— Сейчас они буду рассказывать друг другу, какие женщины ужасные существа,— фыркнула я.

— Ну да,— захихикала Манька.

Через какое-то время нам захотелось попить. Когда мы вошли в кухню, то застали моего отца с дядей Мишей в весьма живописной позе — дядя Миша нагнулся буквой Г, а папа лежал у него на спине, уткнувшись носом ему в затылок.

— Вот,— кряхтел дядя Миша,— если еще в этой позе тебя хорошенечко тряхнуть, то можно полностью вылечить болячку.

— И самому свалиться с ответным радикулитом, да? — хмыкнул отец.

— А что это вы делаете? — поинтересовались мы.

Папы мигом выпрямились и сильно сконфузились.

— Кхм. Радикулит Юре лечим,— сказал дядя Миша,— а вы чего пришли?

— Попить пришли.

— Кстати, Маня, где ключ от нижнего погреба?

— От какого нижнего?

— Ну, от маленького, где стоит бочонок с вином.

— Так Ба с ним не расстается. Сбегать к ней? — предложила Манька.

— Нет,— испугался папа,— не надо, мы сами как-нибудь.

— Ничего, у меня где-то была еще подарочная большая бутылка коньяка,— протянул дядя Миша.

Мы с Маней попили воды и вернулись во двор. Готовить нам надоело, поэтому мы принялись копать клад под тутовым деревом. И успели уже вырыть между корнями приличную яму, когда на веранду вышли наши изнуренные женской половиной человечества отцы. По целому букету характерных первичных и вторичных признаков было ясно, что они уже не совсем, мягко говоря, трезвы. В каждой руке они держали по одной полулитровой банке.

— До-оченьки наши,— загремели они банками,— а что это вы т-тут делаете?

— Клад ищем,— отрапортовали мы.

— К-какие они у нас ум-мные,— умилились наши отцы.

— А что это вы напились? — пошли мы в атаку.

Папы одинаково нахмурились.

— Кто нап-пился? М-мы? Ничего подобного!

— Пойдем, друг, нас там д-дела ждут! — похлопал банкой по папиному плечу дядя Миша.

— Где? — встрепенулись мы.

— Там,— неопределенно махнул в сторону заднего двора папа.

— А зачем вам банки? — насторожились мы.

— Просто так. А вы копайте, если будете усерднее копать, то часа через два обязательно выкопаете клад,— сказали нам наши отцы и пошли в сторону заднего двора. По одинаково невинному выражению их спин сразу было ясно — задумали они что-то такое, что точно не понравится Ба.

Как только они скрылись за углом дома, мы тут же кинулись следом. И застали их возле маленького погреба. В маленьком погребе Ба хранила скоропортящиеся продукты, потому что он был практически подземным, и круглый год там стоял ледяной холод. Узкое окошко погреба было зарешечено частой металлической решеткой, дверь запиралась на замок с защелкой.

Наши бравые мужчины какое-то время молча изучали решетку на окне.

— Давай я,— сказала дядя Миша,— я тебя физически сильнее.

— Давай,— хмыкнул папа и отобрал у дяди Миши две его банки,— заодно посмотрим, кто тут сильнее.

— Пааап, а что это вы собираетесь делать? — подбежали мы к ним.

— Дети, не мешайте,— отодвинул нас банками мой отец,— и вообще, зарубите себе на носу — когда мужчина действует, женщина должна молчать. И трепетать. Ясно?

— Друг, не будем о грустном,— сказал дядя Миша и вцепился руками в оконную решетку.

— Раздватри! — вдохнул он и на выдохе попытался выдернуть оконную решетку. Та обиженно заскрипела, но не поддалась.

— Смотри, как хорошо ее приварили, э? — обернулся к отцу дядя Миша.

— Ты мне зубы не заговаривай, ты решетку отрывай,— не дрогнул отец.

— Раздватри! — вдохнул дядя Миша и по новой вцепился в решетку.

— Как ты думаешь, зачем они отрывают решетку? — шепнула я Маньке.

— Ничего не говори, а то погонят нас, и мы не увидим, что они тут творят,— зашептала она мне в ответ.

Тем временем дяде Мише удалось раскачать решетку, но она все равно отказывалась отрываться.

— Раздватри! — угрожал ей дядя Миша.

— Иииииии! — отмахивалась от него решетка.

— Дай я,— сказал папа, засучил рукава и пошел штурмом на неуступчивую решетку.

Он вцепился в нее руками, уперся ногой в стену и с нечеловеческим «ЫХТЬ» выдрал-таки решетку. С кусочком стены.

— Брат,— только и смог вымолвить дядя Миша.

— Не за тем я в институте учился зубы мудрости выдирать, чтобы перед оконной решеткой пасовать,— хмыкнул папа.

— Полезешь ты,— сказала дядя Миша,— у тебя зад тощий!

— Зато голова большая,— не согласился папа.

— Давай сравним твою голову с моим задом,— внес рацпредложение дядя Миша.

— Не надо! — испугался папа.— Я так полезу.

Дядя Миша, не выпуская из рук банок, встал под окошком погреба и подставил спину отцу. Тот взобрался ему на спину и пролез в раздербаненное окно погреба.

Мы с Маней, затаив дыхание, следили за телодвижениями наших пап. Нам очень хотелось понять логику вещей, которые сейчас творили два самых главных мужчины нашей жизни.

Какое-то время папины ноги торчали из окна, потом он с глухим стуком свалился внутрь погреба. Мы испугались. Но через секунду в окно высунулись папины целые и невредимые руки.

— Банки! — скомандовал он голосом, которым командует на операции — «скальпель»!

Дядя Миша передал ему банки по одной. Папа наполнил их вином из бочонка и передал обратно дяде Мише.

— Вот у нас и есть вино,— возликовал дядя Миша,— а главное, не надо ни к кому на поклон за ключом идти, это во-первых, а во-вторых, пусть знают, кто в доме хозяин!

— Миша,— позвал из погреба отец.

— А то пилят и пилят! — распалялся дядя Миша, не обращая внимания на отца.— Сколько можно пилить? Женщины, хохохо!!! Волос длинный, ум короткий!

— МИША!

— Да, мой брат!

— А как я отсюда выберусь? — промычал отец.— Встать не на что. Можно на бочонок, но я его не приволоку, он тяжелый. Пытаюсь подтянуться на руках, но с трудом дается. Опереться хотя бы на что!

Дядя Миша сразу протрезвел.

— Сейчас принесу табуретку,— ринулся он к дому.

— Складную? — крикнул ему вслед отец.

— Нет! Складных у нас нет!

— Так не пролезет,— взвыл отец.

Далее мы с Маней в гробовом молчании наблюдали, как дядя Миша лихорадочно придумывает способы, чтобы вытащить отца из погреба.

— Пошарь руками кругом, авось что массивное оторвешь, раз отрывать у тебя так хорошо получается!

— Нету!

— Пойду искать веревку!

— Зачем???

— Кину тебе в окно, обвяжешься ею, а я тебя вытащу!

— Брат! (Вопль отчаяния.)

— Хорошо, не буду!

— Дядьмиш! — подала все-таки голос я.

— Подожди, Наринэ, не мешай,— отмахнулся дядя Миша.

— Сейчас приволоку сюда Манин письменный стол! — хлопнул себя по лбу дядя Миша.

— Зачем? — протрубил из погреба отец.

— Взберусь на стол, пролезу по пояс в окно, ты схватишься за меня, и я тебя вытащу.

— Тогда притащи просто стул!

— Он в окно не пролезет!

— Зачем в окно! Встанешь на стул и пролезешь по пояс в окно. Какая разница, на чем стоять?

— Брат, ты умнее, чем я думал! — просиял утренним солнышком дядя Миша.— Сейчас принесу!

— Пап! — не выдержала Маня.

— Подожди, Маня, не мешай,— рассердился дядя Миша.

Мы с Маней переглянулись и продолжили дальше играть в настоящих женщин.

Всего каких-то полчаса, и сильная половина человечества в лице наших доблестных отцов явила миру всю мощь своего аналитического, а местами и пытливого ума. Ради того, чтобы вытащить из погреба два литра домашнего вина, была снесена одна оконная решетка, порушена часть стены и ободрана обивка на практически новом стуле. У отца все руки были в ссадинах, а у дяди Миши на спине по шву треснула сорочка.

Зато от победного сияния их лиц таяли арктические ледники, а перелетные птицы поворачивали вспять свои стаи.

— Видели? — гаркнули они нам.

— Аха! — радостно улыбнулись мы.

— Во-во! — хмыкнули они и пошли домой продолжать прерванный банкет.

Когда наши папы скрылись за углом, мы с Манькой подняли с земли маленький деревянный прутик, поддели им язычок замка и с легкостью открыли дверь погреба.

Постояли какое-то время перед открытой дверью. Зашли в погреб, захлопнули дверь. Повернули специальную пимпочку, замок щелкнул, и дверь открылась.

Мы вышли и уставились на Васю.

Вася понуро стоял под открытым небом и прятал от нас свои глаза.

Это был день, когда зерно сомнения во всесилии мужчин дало первый крохотный росток в наших неокрепших душах.

«Бедненькие»,— подумали мы и пошли дальше копать клад. Деньги при таком раскладе ведь кому-то надо было зарабатывать.

ГЛАВА 21

Манюня и тушеные овощи, или Как мсье Карапет нас к красоте приучал

— Ба, а можно мы пойдем к мсье Карапету?

Ба только что накормила нас тушеными овощами и маялась совестью. Потому что она как никто другой знала — не существует на свете более ненавистного для нас блюда, чем тушеные овощи.

Ба нарезала кубиками картофель, болгарский перец и баклажаны, кружочками — помидоры и репчатый лук и тушила все это добро под крышкой на маленьком огне. Называлось ненавистное блюдо «аджапсандали на скорую руку». Подавалось оно обильно посыпанным свежей зеленью и красным сладким перцем, с кусочком подтаявшего сливочного масла.

— Или вы покушаете овощей, или не встанете из-за стола, ясно? — подбадривала Ба, со стуком ставя перед нами тарелки с псевдоаджапсандали. Мы принюхивались и закатывали глаза.

— Баааaa, ну сколько можно готовить этот ужасный обеееед!

— Сколько нужно, столько и можно, понятно? — отрезала Ба и садилась напротив.— А теперь вы быстренько покушаете, а потом еще протрете до блеска тарелки.

— Аааааа,— торговались мы,— поедим немного и всеоooo! Пять ложек! Ладно, семь!

— Чтобы тарелки сияли чистотой,— не поддавалась Ба,— иначе если оставите их грязными, то что случится?

— Наши мужья будут некрасивыыыыымииии,— выли мы.

— Ага,— поддакивала Ба,— и каждый раз, просыпаясь с утра и глядя на безобразное, волосатое и клыкастое лицо своего мужа, что вы будете думать?

— Что он такой некрасивый потому, что мы в свое время не доедали тушеныыые овощииии!

— Вот! — победно хмыкала Ба.

Она умудрилась внушить нам, что если оставлять за собой на тарелке еду, то будущий муж лицом будет напоминать объедки. И мы в это свято верили!

Самосовершенствование — процесс необратимый. А в условиях, приближенных к боевым,— еще и неизбежный. Поэтому мы с Маней находились в постоянном поиске каких-нибудь обходных путей, чтобы облегчить наше горькое существование. Бесконечно эволюционировали, если можно так выразиться.

Сначала мы просто ныли и прикидывались больными. Но Ба не дрогнула перед нашими мелкими инсинуациями и пригрозила добавкой. Тогда мы попытались, не вдаваясь в подробности, заглатывать овощи целиком. Но Маня подавилась кусочком картофеля и, если бы не вовремя подоспевшая Ба, то она таки добилась бы своего. Но Ба не дала Мане спокойно протянуть ноги, она могучим ударом в спину вернула ее к жизни, усадила обратно за стол и пододвинула тарелку.

— Прожевывай тщательнее,— велела.

Наконец я придумала новый метод безболезненного поедания тушеных овощей.

— У тебя на нёбе есть такая точка, которую если мысленно отключить, то можно не чувствовать вкуса,— втолковывала я Мане.

— Покажи, где? — полезла она мне в рот.

— Ну вот смотри, где-то там есть такая точка, которую если отключить...

— А где твои гланды? — перебила меня Маня.

— Тебе гланды или точку? — рассердилась я.

— Точку! И гланды!

— Гланды удалили, когда мне было три года. А точку... Ну вот же она,— ткнула я пальцем куда-то себе глубоко в глотку, и меня чуть не вывернуло: — Буэ!

— Буэ,— с готовность откликнулась Манька.

— Эттто еще что такое! — зашла в кухню Ба.— На минуту отвлеклась, а вы уже устроили марафон, чей муж будет уродливее?

— Ба, а у Нарки гланды удалили в три года,— заюлила Маня.

— Не поешь овощей, и тебе удалим, ясно? И не забудь протереть до блеска свою тарелку!

— А я не собираюсь жениться! — заныла Маня.— Поэтому мне можно не есть овощи.

Ба глянула на внучку поверх очков.

— Мария, если даже ты когда-нибудь решишь все-таки жениться, а не выходить замуж, то и это не спасет тебя от участи поесть сейчас тушеных овощей!

— Покажи еще раз, где там у тебя точка? — снова полезла мне в рот Маня.

— Если вы в течение пяти минут не съедите аджапсандали, то я вам обещаю, что кругом у вас будут одни только болезненные точки! — рявкнула Ба.

Мы молча взялись за ложки.

Как вам объяснить, чем отдают тушеные овощи? Возьмите школьный фартук, разрежьте его на полоски, заправьте мелом и скрипичным ключом. Добавьте двойки по алгебре и геометрии. Томите сутки в молоке с пенкой. Вот так уныло пахнут и выглядят тушеные овощи.

Но любому испытанию приходит конец. Минут пятнадцать мучений, нытья и закатывания глаз — и дело сделано, ненавистное блюдо плещется у нас в желудках.

— Ба, посмотри, какой у меня будет муж,— сунула Маня под нос Ба протертую до блеска тарелку,— скажи красавчик?

— Красавчик-красавчик,— хмыкнула Ба,— все извилины ему стерла!

— Какие извилины? — опешила Маня.

— Да шучу я,— отмахнулась Ба,— посмотрим теперь, какой у Нарки будет муж!

У Нарки муж получался не таким красивым, как у Мани. Нарка с раннего детства не дружила с тушеным луком, поэтому ее муж грозился ходить всю жизнь с полукольцами лука на лице.

— Эх ты,— постучала костяшками пальцев по моей голове Ба,— ладно, так и быть, выручу тебя.

Она взяла кусочек хлебной корочки, протерла им тарелку и запихнула остатки тушеного лука в мой распахнутый от удивления рот.

— Ммыыыые,— замычала я.

Ба ловко зажала пальцами мои ноздри. Мне ничего не оставалось, как наспех прожевать и проглотить остатки обеда.

— Потом мне спасибо скажешь,— буркнула Ба и убрала тарелки со стола.

— Ба, а можно мы пойдем к мсье Карапету? — выползли мы из-за стола.

Ба маялась совестью, и поэтому минут пять была особенно уязвимой.

— Можно,— со скрипом согласилась она,— только ненадолго, на полчасика всего, ясно?

— Ясно! — припустили к выходу мы. Нужно было успеть выскочить из дома до того, как Ба перестанет маяться совестью.

Мсье Карапет жил в большом, утопающем во фруктовых деревьях доме из белого камня. Второй этаж своего дома он превратил в просторную мастерскую, где писал удивительные по красоте картины. Мы с Маней любили, затаив дыхание, наблюдать за тем, как он работает. Мсье Карапет не возражал против нашего присутствия, наоборот, вел с нами долгие беседы «за жизнь» и поил горячим шоколадом из чашек тонкой ручной работы.

— А можно нам простые чашки? — попросила Маня в первый раз, когда мсье Карапет поставил перед нами поднос с горячим шоколадом и печеньем «Курабье».

— Почему? — удивился мсье Карапет.

— Мы обе косорукие и можем легко разбить такую красоту,— потупилась Манька. По тому, как уныло завалился набок Манин боевой чубчик, можно было догадаться, как сильно она волнуется.

— На то они и чашки, чтобы их бить,— улыбнулся мсье Карапет и этим завоевал наши девичьи сердца безоговорочно и навсегда.

Мсье Карапет был сыном чудом спасшихся от резни эрзрумских армян, которых корабль под французским флагом вывез в Нант. Среди нехитрого скарба, который в спешке успели забрать из своего огромного имения родители мсье Карапета, был тяжелый, старинный пояс деда.

Первая волна эмиграции — потерянное племя. Родители мсье Карапета разделили горькую участь многих беженцев — они брались за любую работу, чтобы выбраться из беспросветной нищеты. Спустя десять лет, вместе с семьей русских переселенцев, они открыли кондитерскую «Toutoundjian et Morozъ». Со временем кондитерская стала приносить неплохой доход.

Мсье Карапет родился и вырос во Франции, выучился на художника в парижской Национальной высшей школе изящных искусств, женился на француженке мадемуазель Жюли. В день свадьбы тикин Ануш, мама мсье Карапета, подарила своей невестке потемневший от времени старинный пояс.

— Это единственная память о деде Карапета, храни его как зеницу ока, дочка,— сказала она.

Молоденькая Жюли повертела в руках кожаный, инкрустированный металлическими григорианскими крестами пояс, подивилась странному, обтрепанному подарку и задвинула его в дальний угол антресолей.

— Надо будет потом выкинуть это старье,— дернула она плечом. И благополучно забыла о подарке.

Мсье Карапет и мадам Жюли прожили душа в душу восемь счастливых лет. Она родила ему девочку Ани и мальчика Тарона. Как-то раз, во время уборки, мадам Жюли полезла в дальний угол антресолей и нашла свернувшийся змейкой старинный пояс.

Она вытащила его за металлическую пряжку, повертела в руках. «Тяжелый какой»,— удивилась. Взяла маникюрные ножницы и поддела шов на кожаном брюхе пояса. Прогнившие нитки разошлись, и на пол посыпались золотые соверены с оттиском профиля английского короля Георга V и царские червонцы с профилем Николая II.

— Как они похожи,— изумилась мадам Жюли, сравнивая царственные профили на монетах.

— Каро! — поспешила она к мужу.— Каро!!!

Мадам Жюли была беременна третьим ребенком и шла очень осторожно — ступала боком и придерживала большой живот рукой. Но, видимо, радость от находки была столь велика, что в какой-то момент она прибавила шагу, запуталась в длинном подоле юбки и рухнула с высокой лестницы вниз. Там ее и нашел муж — она лежала на спине, раскинув в стороны руки, с внезапно окаменевшим, ставшим колом животом, с распахнутыми глазами, а вокруг нее искрились россыпью золотые монеты.

Обезумевший от горя мсье Карапет бросил все свое имущество, оставил кондитерскую сыновьям Мороз, взял детей в охапку и с первой волной репатриации вернулся в Армению.

Он стремился туда, где, по рассказам родителей, находилась земля обетованная, он возвращался, чтобы пережить немилосердное, разом убившее в нем волю к жизни, горе.

— Карапет,— говорила тикин Ануш, ласково проводя по его щеке своей огрубевшей от постоянной тяжелой работы рукой,— ты не умеешь рисовать Арарат, потому что ты его никогда не видел...

— Карапет,— говорил ему отец,— когда-нибудь мы обязательно съездим домой, и ты поешь настоящих абрикосов...

— Вот я и дома,— мысленно обратился к давно умершим родителям мсье Карапет, спускаясь по трапу самолета в ереванском аэропорту,— я вернулся.

Он возвращался домой, а оказался в Советской Армении.

Сначала его долго подвергали идейной обработке сотрудники какого-то важного учреждения. «Кагебешники»,— решил про себя мсье Карапет и брезгливо скривил губы. Потом, когда с бумажной волокитой было покончено, он наконец-то получил возможность поездить по городам теперь уже своей страны. Зрелище, открывшееся глазам мсье Карапета, ввергло его в ужас. Это была совершенно другая, отличная от рассказов его родителей, страна. Здесь школьники ходили в красных галстуках, на всех площадях возвышались статуи вождя революции, а в магазинах не хватало самых необходимых продуктов.

Он продал нумизматам несколько английских соверенов, которые вывез из Франции в поясе своего деда, и купил дом в затерянном высоко в холмах городке Берд.

— Чем дальше от центра, тем меньше кагэбэшников,— справедливо решил он.

Мсье Карапет дружил с моим дедом, таким же, как он, беженцем из Западной Армении. Только если родителей мсье Карапета корабль под французским флагом вывез в Европу, то моего деда спасли отступающие русские солдаты. Они вытащили его из-под груды зарубленных трупов — испуганного, вымазанного в чужой крови пятилетнего мальчика.

— Один из солдат завернул меня в свой тулуп, разжал зубы и влил туда немного вина,— рассказывал дед,— и приговаривал: «Голубчик, голубчик». А я ни слова на русском не понимал, только помнил, как мама говорила: русские — они хорошие, они обязательно нас спасут. И я вцепился руками ему в шею, этому русскому солдату, «рус, рус»,— говорю я ему, а он мне в ответ — «голубчик, голубчик», и я почему-то решил, что его так зовут, и всю дорогу я его упорно называл Голубчиком. А в Эчмиадзине он меня сдал в наспех организованный при церкви сиротский приют, оставил мне все свои припасы, перекрестил и пошел дальше. И я никогда больше его не видел.

Уже потом, будучи при достаточно большой должности, дед пытался разыскать своего спасителя, но так и не смог его найти.

Мы с Маней очень любили ходить в гости к мсье Карапету. Он давно уже жил один. Ани и Тарон выросли, уехали в Ереван, получили высшее образование и осели жить в столице. Они звали отца к себе, но тот отказывался уезжать из Берда.

— Здесь так мало этого чудовищного советского вранья! — кричал он в телефонную трубку. Операторы междугородной связи каждый раз, наверное, падали в обморок, когда слышали антисоветчину, которую выкрикивал мсье Карапет.— Живите среди этих товарищей кагэбэшников и не трогайте меня!

— Папа,— всхлипывала Ани,— ты там совершенно один, и мы не можем к тебе часто приезжать...

— Я не один, дочка. Со мной мои картины,— успокаивал ее мсье Карапет.

* * *

Идти до дома мсье Карапета было минут пять неспешным шагом.

— После этих отвратительных тушеных овощей так и хочется какао,— мечтательно протянула Маня.

— Не какао, а горячего шоколада,— поправила ее я,— ты же помнишь, как правильно нужно называть этот напиток?

— Помню! Это я при тебе говорю какао, а при мсье Карапете буду называть его горячим шоколадом,— заверила меня Маня.

Скоро мы уже были на месте. Я хотела толкнуть калитку, но Маня схватила меня за руку.

— Подожди!

— Чего тебе?

— А парижская осанка?

— Ах да! — хлопнула я себя по лбу.— Парижская осанка!

Мы плотненько прижались спиной и пятками к забору, задрали к ушам плечи, завели их назад и плавно опустили. Постояли какое-то время, привыкая к «парижской осанке», и наконец отколупались от забора.

— Ну, как я выгляжу? — скосилась я на Маню.

— Шикиблеск! — шепнула уголком рта моя подруга. Она вышагивала так, словно аршин проглотила, и выглядела как истинная француженка.

Мы толкнула калитку и вошли во двор.

Шли рядышком, гордо задрав головы и отклячив назад попы. Шеи были вытянуты сильно вверх, ключицы воинственно торчали вперед, ноги мотались где-то далеко внизу и даже чуточку, кажется, позади. Обе от напряжения косолапили и дышали с большим напрягом.

— Я так долго не выдержу,— пожаловалась я Мане.

— Главное — до стульев добраться, а там можно и расслабиться,— подбодрила она меня.

Когда мсье Карапет открыл нам дверь, мы уже практически были на последнем издыхании.

— Здравствуйте, мадемуазели,— расплылся в улыбке мсье Карапет.

— Здравствуйте,— каркнули мы и шаркнули ножкой.

Мсье Карапет любезно посторонился, пропуская нас в дом. Мы прошли мимо него и прямиком направились на кухню.

— Хотите посмотреть мои картины? — поинтересовался нам вслед мсье Карапет.

— Нет! — выдохнули мы.— Нам бы чуточку за столом посидеть.

— Ну и ладно,— рассмеялся мсье Карапет,— тогда сделаю вам горячего шоколада.

— Хорошо,— милостиво согласились мы, сели за стол и наконец расслабили мучительную французскую осанку,— фух!

— Как у вас дела? Какие новости? — галантно поинтересовался мсье Карапет.

— Мы поели сегодня тушеных овощей!

— Какой ужас,— всплеснул руками мсье Карапет,— вы же их ели на той неделе!

— Так и мы о том же говорили Ба, но она не стала нас слушать! Нет чтобы картошечки пожарить,— пригорюнились мы.

Мсье Карапет сочувственно покачал головой. Потом он открыл холодильник и долго вглядывался в его содержимое, пытаясь вспомнить, что ему там надо было взять.

— Что-то в горле пересохло,— не вытерпела Маня.

— Ах да, молоко! — воскликнул мсье Карапет и вытащил из холодильника бежевый молочник. Он налил в эмалированный ковшик молока и поставил его на маленький огонь. Когда молоко разогрелось, он добавил туда плитку горького шоколада и две чайные ложки какао. Выставил на поднос вазочку с вафлями и сахарницу. Мы, затаив дыхание, следили за его движениями.

— Наринэ, вчера вечером я имел долгий разговор с твоим дедом,— нарушил молчание мсье Карапет.

Мы с Манькой переглянулись. Мой дед был партийным работником, идейным и кристально честным коммунистом, и всю жизнь верой и правдой служил стране, благодаря которой он, круглый сирота, беженец из Западной Армении, получил образование и смог устроиться в жизни.

— Если бы не русские, то нас бы уже давно не было,— любил повторять он.

— Ты не видел настоящей жизни,— мгновенно вскипал мсье Карапет,— и настоящих русских ты не видел!

— А ты видел! — вспыхивал в ответ мой дед.

— А я видел! Весь Париж был наводнен настоящими русскими! — бушевал мсье Карапет.— Настоящие русские уехали из этой страны после позорной революции, а здесь остались одни конформисты!

— И эти конформисты выиграли Вторую мировую войну! — восклицал дед.— Полетели в космос и придумали самолеты вертикального взлета!

Мы с Маней нередко присутствовали при этих перепалках и знали все аргументы противоборствующих сторон наизусть. Слово «конформисты» нас сильно пугало, и мы каждый раз втягивали головы в плечи, когда дед с мсье Карапетом начинали обзывать людей конформистами. Спросить, что это означает, нам не хватало смелости. «Убийцы, наверное»,— предполагали мы.

Вот и сейчас, когда мсье Карапет сказал нам, что вчера имел разговор с моим дедом, мы сильно напряглись.

— Снова поссорились,— шепнула мне Манька.

— Ага,— пригорюнилась я.

— Мы поговорили о Стендале,— продолжал мсье Карапет. «Красное и черное»,— мелькнуло в наших головах.

— О Гюго.

— Поругались, великий он писатель или шарлатан.

— О Бунине.

— Восторгались.

— О Маяковском.

Маня вцепилась мне в руку.

— Сейчас скажет про Маркса,— шепнула она одними губами.

— «Капитал» обсудили.

Все! Можно было собирать свои манатки и уходить. Ясно было одно — вчера мой дед с мсье Карапетом рассорились в пух и прах. Потому что мы отлично знали, что после «Капитала» они переходили на Ленина, и тут начиналось самое страшное.

— Самозванец и убийца! — грохотал мсье Карапет.

— Великий мыслитель и запутавшийся человек! — не соглашался мой дед.

— Разбазарил наши земли!

— Восточную Армению спас!

— Расстрелял царскую семью!

— Он хотя бы имел смелость признавать свои ошибки!

И т. д. и т. п.

Нужно было срочно отвлекать мсье Карапета от опасных воспоминаний, а то, того и гляди, он передумает поить нас горячим шоколадом.

— А вы потом покажете нам картину, которую сейчас рисуете? — заблеяла я.

— Покажу, конечно,— легко отвлекся мсье Карапет и поставил перед нами поднос с дымящимися чашечками.

Мы с Маней взяли по вафле и обмакнули в горячий шоколад. Мсье Карапет поморщился.

— Некрасиво макать вафли в шоколад,— сказал он.

— А сухари? — живо поинтересовалась Маня.

— И сухари некрасиво. Вообще некрасиво что-либо макать в напитки.

— А моя прабабушка в своем чае нагревает помидоры,— пошла ва-банк я.

Мсье Карапет чуть не поперхнулся.

— Как это помидоры?

— Ну, я сама видела. Она сделала себе чаю, потом взяла помидор, сказала, что он холодный, и бросила его в чашку с чаем. А когда я спросила, зачем она это сделала, она сказала, что помидор все равно чистый, и чаю ничего не будет. Она вообще старенькая и много чего делает такого, от чего потом волосы на голове шевелятся!

Мсье Карапет закрыл глаза и сделал такое выражение лица, словно у него резко разболелся зуб.

Пока он сидел с закрытыми глазами, Манька быстро допила свой шоколад, протерла коричневые усы ладонью и облизала ее. Я задохнулась от восторга — надо же, какая у меня подруга догадливая, вот как можно получить еще больше горячего шоколада! Но последовать ее примеру я не смогла, потому что мсье Карапет оправился от шока и открыл глаза. Пришлось допить шоколад по всем правилам этикета, и даже последний протяжный «фьюююють», которым я осушила чашку, не утешил меня — шоколадные усы пришлось вытереть салфеткой.

Потом мы встали из-за стола и поблагодарили мсье Карапета за угощение.

Он повел нас в свою мастерскую и показал картину, которую писал. Это был портрет очень красивой женщины. Она сидела в кресле, на коленях ее свернулся калачиком рыжий кот, она улыбалась одними уголками губ и смотрела куда-то нам за спину. Взгляд ее был таким живым и проницательным, что мы обернулись посмотреть, чего она такого интересного увидела за нашими спинами.

— Шикиблеск! — выдохнула Манюня.

— Ага,— с трудом кивнула я. Мы снова вытянулись во «французскую осанку» и дико страдали от этого.

— Спасибо,— улыбнулся мсье Карапет и вытащил с полки большой альбом,— сегодня мы будем знакомиться с Модильяни.

В каждый наш визит мсье Карапет рассказывал нам о художниках, показывал их работы и объяснял технику рисования. Мы мало чего понимали в том, что он нам объяснял, и уроки эти воспринимали как данность, считая их неизменным приложением к горячему шоколаду.

— Вот покупаешь в магазине мясо, а тебе еще сверху костей накидают,— объясняла я Маньке,— такая же история и с мсье Карапетом. Попили горячего шоколада — пожалуйте послушать про Пик... Пикассу!

— Не Пикассу, а Пикасса,— поправляла меня Манька,— страшный человек, все на кубики раздробил.

— А эта странная тетка? Как ее там, «Любительница асбеста»?

— Не говори! Какой нормальный человек станет есть асбест? — разводила руками Манька.

Модильяни нас поразил до глубины души. Сначала мсье Карапет напугал нас словом «экспрессионизм».

— Икс... чего? — шепнула мне Манька.

— Пырсонизм какой-то.

— С ума сойти!

Потом мсье Карапет показал нам голых женщин. Они лежали на кушетках и выставили на всеобщее обозрение пышные груди и треугольнички волос на срамных местах.

— Ню,— втолковывал нам мсье Карапет,— Модильяни — первый певец обнаженного женского тела.

Мы с Маней усиленно отводили глаза.

— Вот что такое ню! — сконфуженно протянула я.

— Тьфу, срамотища,— рассердилась Манька.

А потом мсье Карапет показал нам портреты жены художника. Она нам очень понравилась — у нее были светлые, чуть раскосые глаза, рыжие волосы и длинная-предлинная шея.

— Он сильно любил ее, поэтому оставил так много ее портретов,— сказал нам мсье Карапет.

Внезапная догадка пронзила наши сердца. Мы подняли головы от альбома и окинули взглядом мастерскую. Почти со всех полотен мсье Карапета на нас смотрела одна и та же женщина. У нее были каштановые вьющиеся волосы, она улыбалась одними уголками губ и смотрела чуть рассеянно нам за спину.

— Вы тоже очень любили свою жену, да? — спросила Маня.

Мсье Карапет обернулся к своим картинам, вздохнул.

— Я до сих пор ее люблю,— глухо вымолвил он. Он тяжело встал и подошел к окну, и мы вдруг сразу осознали, какой он старенький и одинокий.

— Ты его расстроила,— шепнула я Маньке.

— Я не хотела!

Манька встала, пригладила ладошкой боевой чубчик, подошла к мсье Карапету и, как в дверь, постучалась ему в спину согнутым пальцем.

— Вы извините меня, я не хотела вас расстраивать,— сказала она.

— Ну что ты, детка,— обернулся к ней мсье Карапет,— ты меня ничуть не расстроила.

— А я бы на вашем месте все-таки расстроилась,— глянула на него укоризненно снизу вверх Манька,— и долго потом бы горько плакала.

Я вскочила с места.

— Нам пора! — Нужно было уводить Маню до того, как она доведет до слез мсье Карапета.

— Приходите еще,— улыбнулся нам мсье Карапет.

— Обязательно придем,— заверила его Манька,— у вас такой вкусный горячий шоколад!

— Хахахааааа,— затрясся в смехе мсье Карапет,— вот она, детская непосредственность!

— И картины у вас замечательные,— поспешно добавила я.

Мы сбежали вниз по лестнице и вышли на улицу.

— Мань, ну ты даешь! Зачем ты ему про горячий шоколад сказала? Теперь он подумает, что мы только за этим к нему и приходим!

— А за чем еще? — спросила Манька.

Мы крепко задумались.

— За икспырсонизмом, что ли? — неуверенно спросила я.

Манька вздохнула. Заправила мои волосы за уши и, склонив голову набок, долго разглядывала меня.

— Ты чем-то даже похожа на жену Мудульяно,— протянула она задумчиво.

— Чем?

— Глаза такие же. Светлые и смотрят в разные стороны,— заключила Манька.

— Спасибо,— растрогалась я.

Что может быть желаннее хорошего комплимента от любимой подруги? Практически ничего. Если только еще одна чашечка горячего шоколада!

ГЛАВА 22

Манюня чистит помидоры, или Как папа дядю Игоря от депрессии лечил

С началом осени в нашем городке наступали беспокойные времена — в бакалее заканчивался сахар, огромные очереди к овощным прилавкам ввергали в ступор редкого иноземного туриста, чудом забредшего в наши края. Берд напоминал большой муравейник: люди озабоченно куда-то спешили, а к вечеру тащили домой большие коробки и мешки, набитые до отказа продуктами.

Объяснялось это светопреставление очень просто — измученный дефицитом советский люд делал запасы на зиму. Мужчины договаривались со знакомыми председателями колхозов и везли с полей добытые трофеи — мешки с картофелем, капустой, морковью и другим полезным подножным кормом. Женщины закатывали на зиму банки с баклажанной икрой, лечо и аджикой, варили разнообразные повидла, джемы и компоты. Из соседнего Красносельского района выдвигались молоканские гонцы — принимать заказы на соленья. Недельки через три они привозили шинкованную, припорошенную алыми ягодами брусники капусту, моченые яблоки, острые маринованные перчики и всякую другую вкуснотень.

Рослые, немногословные молокане, все как один в домотканых рубахах, в заправленных в высокие голенища сапог брюках, споро продавали привезенные соленья, принимали новые заказы и уже к вечеру уезжали обратно в Красносельск.

Осень свирепствовала изо всех сил — фруктовые сады и огороды плодоносили с таким остервенением, что у людей ум за разум заходил в постоянных раздумьях, на что бы еще пустить щедрые дары природы.

В темных, холодных погребах, в специальных дубовых бочонках бродило золотистое домашнее вино. Молодое и игристое, оно имело одну коварную особенность — не обладало ярко выраженным спиртовым вкусом. Неискушенный дегустатор мог опрометчиво выпить бокалов пять такого вина, сохраняя при этом полную ясность ума. Но потом резко наступало опьянение — ножки отказывались идти по дорожке, а язык заплетался так, что даже мычание давалось с неимоверным трудом.

Во дворах, под открытым небом, в специальных аппаратах гналась знаменитая на всю республику семидесятиградусная кизиловая водка.

Специальный аппарат — это, конечно, громко сказано. Ничего общего со знакомым нам из карикатур самогонным аппаратом сей ветхозаветный монстр не имел. Это был большой металлический конструктор, состоящий из нескольких, казалось, совершенно несовместимых частей. Собирался он, как это ни удивительно, достаточно легко, размерами напоминал сошедший со шпал локомотив, круглые сутки доходил на маленьком открытом огне и по капле сцеживал прозрачную, зубодробительную водку. Почему зубодробительную — потому что редкому иноземному гостю удавалось обойтись без реанимационных мероприятий после того, как он выпивал бутылочку такой кизиловки.

Так как водку гнали в строго определенный период времени, а город наш находился в низине и со всех сторон был окружен невысокими холмами, то дух над домами стоял такой, что птицы пьянели на лету, а солнце отказывалось уходить за линию горизонта.

После «водочной страды» наступала пора вялить ветчину. Для домашней ветчины у знакомого мясника покупалась специальная, подернутая тонкими прожилками жира свинина. Чаще всего на эти цели пускался окорок. Мясо обрабатывали специями, обильно солили, начиняли чесноком и оставляли под гнетом на день-второй. А потом его вялили в специальных печках на ветках можжевельника, и аромат над городком витал такой, что у жителей с утра до ночи текли слюнки.

В принципе, по одному только запаху, витающему над Бердом, можно было легко определить сезон года. Весна пахла пасхальным столом — молодой зеленью, отварной рыбой и крашеными яйцами, лето — клубничным, абрикосовым и ореховым вареньем, а осень... ммм... осень пахла счастливым сном Гаргантюа. Потому что после ветчинного аромата наступал корично-ванильный — хозяйки фаршировали сухофрукты смесью из разных сортов жареных орехов, посыпали корицей и ванилью и убирали куда-нибудь подальше от детских глаз. Иначе такие сладости грозились не дожить до новогодних праздничных столов. На больших подносах исходили умопомрачительным ароматом карамелизированные в сахарном сиропе груши и персики. В прохладных, хорошо проветриваемых помещениях «доходили до кондиции» длинные сосульки чурчхелы.

Приезжали гонцы из Грузии — привозили прославленные грузинские специи и соусы. Специи покупались впрок и хранились в стеклянных банках. Ароматными соусами до отказа забивались холодильники. Потому что, скажите на милость, как можно есть запеченную до хрустящей корочки утку, если она подается без норшараба? Или севанский ишхан, если его не полили кисленьким ткемали? И может ли считаться «правильной» новогодняя толма, если ее фарш не облагородили щепотью-другой хмели-сунели?

Ну что же, пора переходить к нашей истории. А то я что-то совсем разговорилась, вспоминая нашу осень...

Однажды, в такую благословенную закаточно-заготовочную пору, отец получил письмо от своего бывшего однокурсника и замечательного друга дяди Игоря.

— Что еще могло случиться? — напрягся он.

Дело в том, что дядя Игорь развелся с женой и крайне тяжело переживал разрыв. Периодически, когда боль становилась совсем невыносимой, он писал моему отцу длинные душещипательные письма. Отец потом полдня ходил мрачнее тучи и придумывал другу бодрый ответ. Вот и сегодня, получив письмо от дяди Игоря, он посуровел лицом, взял сигареты, налил себе кофе и ушел на балкон читать.

«Жизнь для меня потеряла смысл,— писал дядя Игорь,— и я не знаю, когда смогу еще раз полюбить».

— Хех,— крякнул отец.

«Завел интрижку с медсестрой из хирургии. Не помогло».

— Однако!

«Подобрал во дворе трехцветного кота. Назвали Лжедмитрием, коротко — Лужей. Жрет, как прорва, гадит исключительно мне в носки. Не поддается дрессировке».

— Эхма,— почесал в затылке папа.

«Попал в аварию, погнул крыло „Запорожца"».

— Уффф...

«А теперь еще новая напасть — мало того что Оля ушла, так еще не дает с дочерью общаться».

— Твою мать! — отец как ошпаренный выскочил из дому.

— Что случилось? — крикнула ему вдогонку мама.

— Все беды от вас! — проорал в замочную скважину отец.

— Ты куда? — высунулась в кухонное окно мама.

Папа ничего не ответил. Он мчался с таким остервенелым выражением на лице, словно где-то за углом немилосердно строчил вражеский пулемет, и ему срочно надо было заткнуть его дуло своей грудью.

Мама обескураженно обернулась к нам.

— Что случилось?

— Мы здесь ни при чем,— на всякий случай открестились мы.

Тем временем папа, сверкая очами, диктовал на почте молнию.

«Приезжай зпт мы тебя вылечим тчк ждем вскл знк».

Ответ не заставил себя долго ждать.

«Сообщи размеры брюк зпт возьму тебе кримпленовые тчк что нужно девочкам впрс знк».

— Нарке пальто, у Каринки сапоги зимние прохудились,— кинулась перечислять обрадованная мама,— пусть Игорь еще детского питания привезет, а то «Малыш» в магазинах только гречневый, а Сонечка его не любит.

— Агрррх,— дыхнул огнем папа и умчался на работу.

Мама кинулась к телефону.

— Тетя Роза, Игорь должен приехать, вам из Москвы ничего не надо?

— Как не надо, Надя, неси ручку, сейчас список составим. Мы же не бесплатно, мы же все деньги вернем!

Итого к тому моменту, когда папа пришел с работы на обеденный перерыв, список разросся до угрожающих размеров.

Чего только там не было! И шерстяной костюм для дяди Миши, и мохеровая пряжа 20 мотков, и новый смычок для Маниной скрипки, и комплекты постельного белья (пять шт. односпальные, две шт. двуспальные), и специальные компрессионные противоварикозные гольфы для Ба (лучше сразу несколько пар).

— Юра, а как ты думаешь, удастся Игорю достать разъемную форму для выпечки? — ходила со списком в руках за папой мама.— И можно попросить у него какие-нибудь красивые елочные украшения?

Папа молча забрал у нее список и спрятал в карман.

— Хорошо,— подозрительно миролюбиво буркнул он.

После работы зашел на почту и отбарабанил другу телеграмму:

«Ничего не надо зпт приезжай зпт ждем нетерпением тчк».

В ожидании убитого горем гостя мама развернула кипучую деятельность.

— Не стану же я при Игоре возиться с заготовками да сутки напролет стерилизовать банки,— резонно заметила она,— нужно успеть все сделать до его приезда.

И дома начался ад. На нас с Каринкой была возложена куча обязанностей, которые мы беспрекословно должны были выполнять. Например, по первому маминому зову мы притаскивали из подвала стеклянные банки, в которые потом закатывался очередной кулинарный шедевр.

— Мне нужны четыре двухлитровые и три трехлитровые банки,— втолковывала нам мама.

— Мам, двухлитровых такие, а трехлитровых такие? — показывали мы руками приблизительную высоту банок.

— Да, и не перепутайте!

Легко сказать — не перепутайте. Пока доберешься до подвала — в голове уже все благополучно перепуталось. Итого мы с сестрой, пошарив по всем полкам, приволакивали домой совсем другие банки.

— Я вам какие банки сказала принести? — ругалась мама.

— Такие и такие,— показывали мы руками.

— А вы что принесли?

Мы, грохоча банками, плелись обратно в подвал.

В наши обязанности также входило мытье в семи водах овощей и фруктов. А далее все за нас решал фатум. Если в этот день мироздание поворачивалось к нам передом, то мама с благословенными словами: «Дальше я сама справлюсь»,— отпускала нас поиграть во двор, а если нет, то сажала за работу.

Помогали мы ей с большой неохотой.

— Маааам,— ныли мы,— нормальные дети играют во дворе, а ты нас заставляешь заниматься такой ерундой!

Но мама оставалась глухой к нашему нытью.

— Нужно успеть до приезда Игоря! — как заклинание, повторяла она.

Каждые пятнадцать минут в нашей квартире раздавался телефонный звонок.

— Але-о,— вздыхала в трубке Манька,— ну что вы там делаете?

— Чистим печеные баклажаны, а ты?

— Ба ошпарила помидоры и заставляет сдирааааать с них шкуру!

— Много?

— Очень много. Стомильон кило, наверное.

— А выйти поиграть успеешь?

— Мария! — рвал в клочья наши барабанные перепонки грозовой рокот Ба.— Выпорю, если сейчас же не возьмешься за дело.

— Я пошла,— шептала в трубку Манька,— потом еще позвоню!

Самым большим испытанием для нас была не возня на кухне, а покупка овощей. Так как Сонечка была очень маленькой и мама боялась оставлять ее одну, то очередь в магазине выстаивали мы.

Поход в овощной был для нас сущим наказанием, и мы всячески пытались игнорировать эту нашу обязанность. Впрочем, безуспешно. Потому что мама придумала свой коварный метод, как заставить нас безропотно идти в магазин. Сначала она отпускала нас поиграть во двор. Усыпляла таким образом нашу бдительность. Через какое-то время наступал час расплаты.

— Дети! — подзывала нас сладкоголосой птицей мама.— Подойдите к балкону.

— Мам, мы в магазин не пойдем.

— Подойдите, сказано вам! — В мамином голосе проскальзывал металл. Делать было нечего, мы плелись к балкону. Опыт совместно прожитых с мамой лет свидетельствовал — лучше ей не перечить. Потому что рука у мамы тяжеленная, да и скорость у нее, как у заправского эфиопского бегуна. От такой далеко не убежишь! — В овощной привезли баклажаны. Вот вам три рубля, возьмите мешок.— Она вероломно кидала нам под ноги деньги и спешно ретировалась в квартиру.

— Аааааааа,— бесновались мы,— мамааааааа, какие баклажаны, какой мешок! Никуда мы не пойдеоооом!

Стук захлопнувшейся балконной двери возвещал нам, что разговор окончен. Мы подбирали деньги и под гогот наших друзей со двора плелись в овощной.

— За что нам наказание такое?! — ругалась Каринка.— Все дети как дети, по дворам бегают, а нам целый час в очереди торчать, а потом еще домой баклажаны волочь! А если кто-нибудь нас с авоськами увидит?

— Ааааа, оооо,— выла я.

Час-полтора пребывания в очереди не шли ни в какое сравнение с тем позором, который приходилось переживать, когда мы волокли покупки домой. Потому что по закону подлости навстречу обязательно попадался какой-нибудь нежелательный одноклассник, который при виде сетчатых авосек с торчащими оттуда баклажанными хвостиками или кочанами капусты кривил рот, плелся следом и хихикал всю дорогу нам в спину.

— Поймаю — убью,— шипела ему Каринка.

— Ты сначала поймай,— корчил рожицы зловредный мальчик,— зачем вам столько капусты, кроликов завели?

— Тебя спросить забыли,— топала ногами Каринка,— уйди, говорят тебе, пришибу!

— Гыгыгы, шикарно смотритесь,— не унимался молодой любитель острых ощущений.

Каринка бросала авоськи посреди дороги и кидалась на обидчика с кулаками. Я терпеливо ждала, пока она скрутит и покалечит его.

Потом она возвращалась, и мы плелись дальше. Так как тяжести мама нам запрещала таскать, то мы оставляли овощи за прилавком у продавщицы и переносили их в несколько приемов. Опасность встретить зловредного одноклассника в этом случае возрастала в разы!

Вот и в этот день судьба не пощадила нас — позвонила Ба и сказала, что в овощном продают красный болгарский перец.

— Сделаю аджику,— обрадовалась мама и полезла за кошельком.

— Нееет,— заныли мы.

— Да! — сказала мама, всучила нам деньги, снабдила трудовыми авоськами и вытолкнула за дверь.— Манюня уже там, Ба и ее отправила в магазин.

Возле овощного змеилась длинная крикливая очередь.

— Девочкииии, я тут,— помахала нам Манька.

Мы с невероятным трудом протиснулись к ней.

— Привет,— шмыгнула носом Манюня,— здорово, да? Смотрите, что с моими руками.

Она выставила ладошки и показала скукоженные подушечки пальцев.

— Видали?

— Ого! — выдохнули мы.— Такого даже после долгого лежания в горячей ванне не бывает.

— Это я так помидоры чистила,— похвасталась она,— целое ведро начистила!

Я хотела показать ей свои руки, но Каринка дернула меня за капюшон куртки:

— Смотрите, смотрите!

— Чего? — вытянули мы шеи.

Вдоль очереди шла Маринка из тридцать восьмой квартиры. Маринка как Маринка, мы ее не первый день знали и даже дружили с нею. Девочка она была хорошая, компанейская, не раз делилась с нами своими жвачками — давала каждой пожевать чуть-чуть. Мы даже как-то с нею придумали пустить на эти цели парафиновую свечу. Отпилили по кусочку и стали вдумчиво ее жевать. Свеча обладала отвратительным привкусом, но быстро размякла во рту и отдаленно напоминала жеваную-пережеваную жвачку. Ба потом за это содрала с нас три шкуры, и мы больше не решались ставить над собой такие эксперименты. Но общее преступное прошлое сблизило нас еще больше.

Маринка шла вдоль очереди, не обращая ни на кого внимания, и держала в вытянутой руке какую-то восхитительно прекрасную штуковину. Мы еще не знали, что это за штуковина, но моментально захотели себе такую же.

— Марии-ин,— позвали мы,— а что это у тебя?

— КОНФЕТА НА ПАЛОЧКЕ СО ВКУСОМ КЛУБНИКИ,— сказала Маринка.

— Чивой? — не поверили мы своим ушам.

— Грю: кон-фе-та! Со вкусом клубники! На палочке! — Маринка развернула прозрачную, хрусткую обертку, лизнула конфету и завернула ее обратно.

Мы потеряли дар речи. Стояли какое-то время в остолбенении, дружно испепеляя розовое клубничное чудо алчным взором.

— Вкусная? — пришла в себя Каринка.

— Угум,— Маринка демонстративно еще раз лизнула конфету,— мне ее тетя привезла. Конфета-то импортная, чешская!

— Из Чешии? — решила блеснуть эрудицией Манька.

— Ну да, из Чехол... Чехосол... из Чешии, ага.

— И сделали ее чéши, да? — не унималась моя подруга.

— Ну конечно чéши, кто же еще,— пожала плечами Маринка.

Никогда в жизни мы не видели столь прекрасной конфеты — она была кругленькая, большая, блестящая, на тоненькой желтой палочке.

— Марии-ин,— заблеяли мы,— дай попробовать!

— А что мне за это будет? — не растерялась Маринка.

— Могу отдать свой блокнотик с ромашкой на обложке,— предложила я.

— Пф, он почти весь исписан!

— Ободок с божьей коровкой,— предложила Манька.

— Нееее, у меня от ободков голова болит.

— Я знаю! — осенило меня.— Скоро к нам в гости приедет дядя Игорь, он обязательно привезет вкусных московских конфет. Я тебе дам целых три штуки!

— Пять,— не дрогнула Маринка.

— Шесть, и каждая из нас лизнет конфету по два раза!

— Идет!

Она развернула конфету и отдала ее мне. Я осторожненько лизнула ее и передала сестре. Маринка строго следила, чтобы никто не лизнул ее конфету лишний раз.

— Мммм,— замычали мы,— вкусно-то как!

Потом мы убедили Маринку постоять с нами за компанию в очереди. Она убрала от греха подальше в карман конфету и стала развлекать нас рассказами о своем старшем брате.

— Когда он делает уроки, то постоянно ковыряется в носу и ест свои козявки!

— Фууууу!

— И спит всегда в носках, даже в летнюю жару их не снимает. Придет домой в грязных носках и ляжет спать.

— Фууууу!

— А еще он как-то мылся в ванной и забыл закрыть дверь на защелку. А я туда вошла!

— И чего? Ты видела его писюн?

— Нет, он повернулся ко мне спиной. Но я видела его попу! Она у него в прыщах! И спина тоже!!!

— Фууууу! Бедненькая!!! Какой ужас!

В знак благодарности за сочувствие Маринка позволила нам лизнуть конфету еще по разочку.

Потом мы купили перцы и разошлись по домам. По дороге нам повстречались два моих одноклассника. Одного Каринка поколотила, а второго не смогла догнать — он занимался легкой атлетикой и бегал даже лучше, чем наша мама.

А через две недели приехал дядя Игорь. И привез нам в подарок «Брауншвейгской» колбасы, печенья «Юбилейное» и шоколадных конфет «Красная шапочка». Мы честно отдали Маринке обещанные шоколадки, и она пошла домой дразнить брата своим богатством. А брат скрутил ее, отнял все конфеты и съел. И Маринка пришла к нам вся зареванная и предложила поменять палочку и обертку от чешской конфеты еще на одну шоколадку. Мы потом содрали с обертки золотистую этикетку и чуть не покалечили друг друга, потому что каждая хотела забрать ее себе. Победила, конечно же, Каринка и полгода потом важно ходила с этикеткой «Сделано в Чехословакии» на школьном ранце.

А дядю Игоря папа вылечил. Ну как вылечил — позвонил дяде Мише и сказал:

— Игорь приехал.

Вот.

Дядя Миша тут же примчался. С трехлитровой бутылью кизиловки наперевес. Мужчины быстренько нарезали себе бутербродов и засобирались на рыбалку под девизом: «Чтобы ни одной бабы в радиусе километра не было». Дяде Игорю хотели взять «Пшеничной», но он обиделся, мол, что вы домашнюю водку пьете, а мне государственную подсовываете.

— Игорь, что армянину хорошо, то русскому смерть,— честно предупредил его папа.

— Ничего не знаю,— уперся дядя Игорь.

— Ты понюхай сначала, а потом проси,— откупорил бутылку дядя Миша.

— Бррр,— ткнулся носом в бутыль дядя Игорь, но не сдался.

— Игорь! — сделал последнюю попытку вразумить друга папа.

— Юра? — не согласился дядя Игорь.

— Ну как хочешь.

Потом папа с дядей Мишей загрузили в Васю удочки, припасы и убитого горем московского гостя и поехали на озеро запивать рыбалку водкой.

Вернулись поздно ночью. Долго спорили на пороге, имеет ли значение, как вносить дядю Игоря домой — вперед ногами или вперед головой. Итого втащили его боком, уложили на кровать и всю ночь выхаживали. К утру они его реанимировали, но еще дня два дядя Игорь был очень слабеньким и питался исключительно гречневым «Малышом» и куриным бульоном.

Мама кормила его с ложечки и сильно жалела.

— Игорь, ну зачем ты послушался этих ненормальных и выпил кизиловки? — качала головой она.

— Я ж не знал,— заикался дядя Игорь,— я и предположить не мог, ЧТО это такое! Это же ужас какой-то! Второй день от собственной отрыжки обратно пьянею!

Он улетел через неделю.

— Вернусь в Москву, возьму еще одну недельку за свой счет, съезжу в санаторий поправлять печень,— пообещал на прощание.

— Приезжай к нам еще,— обнял друга папа.

— Спасибо,— растрогался дядя Игорь,— обязательно приеду. Дайте только мне время от этой поездки отойти.

Через месяц папа получил письмо.

«Приучил Лужу какать в унитаз»,— хвастался дядя Игорь.

— Ну! — крякнул отец.

«Продал „Запорожец". Чуть поднакоплю — куплю „копейку"».

— Вот это разговор,— одобрил папа.

«Завел интрижку с медсестрой из массажного кабинета. Вылечил радикулит».

— Хех! — потер поясницу отец.

«Дочка в выходные ночевала у меня. Пожарила картошки, спалила проводку. Ты знаешь, Юра, я счастлив!»

У папы на глаза навернулись слезы.

«Вылечил-таки»,— с гордостью подумал он.

Потом профилактически нахмурился и обернулся к маме:

— Жена, или ты каждый вечер делаешь мне массаж спины, или пеняй на себя.

— Тебе даже массаж извилин не поможет,— не осталась в долгу мама.

ГЛАВА 23

Манюня читает польский журнал мод, или Откуда у дяди Миши растут руки

Все началось с того, что Манюня сломала отцовскую электробритву. Бритва была импортная, очень красивая и называлась «Браун». Дядя Миша давно о такой мечтал и, махнув рукой на экономию, купил у фарцовщика Тевоса за большие деньги.

— Ничего не «Браун»,— фыркнула Манька, заглянув в футляр,— какая-то непонятная штуковина. Железная. С проводом. Тоже мне «Браун». Папа, а что такое «Браун»?

— Это название фирмы,— объяснил дядя Миша,— такие бритвы долго служат. Всю жизнь. И главное — они совершенно безопасные.

— То есть ты уже по утрам не будешь ходить с кусочками туалетной бумаги на лице? — обрадовалась Манюня.

— Не буду.

— Сына, это не аргумент. У тебя руки растут из того места, где у других, хм, заканчивается кишечник. Тебе «Брауном» пораниться — раз плюнуть,— фыркнула Ба.

Дядя Миша молча захлопнул футляр электробритвы и унес к себе в комнату. Крыть ему было нечем. Потому что на днях он снова отличился — сорвал со стены навесной кухонный шкафчик и буквально обрушился с ним на пол. А всего-то надо было затянуть шурупы на разболтавшейся дверце.

Ба потом извлекала своего горемычного сына из-под всевозможных обломков и ругала страшными словами. А дядя Миша отплевывался осколками чешского сервиза и бурчал, что табуретка убежала из-под ног, и ему пришлось повиснуть на шкафчике, чтобы не упасть.

Теперь на месте порушенного шкафчика красовалась репродукция васнецовской «Аленушки», и Ба, всякий раз цепляя ее взглядом, начинала кипятиться.

— Нечего мне больше делать, как любоваться твоей унылой рожей! — отчитывала она Аленушку.— И это потому, что кое у кого руки не тем концом к телу приделаны!

Если честно, я перепутала хронологию. Все началось не с электробритвы «Браун» и даже не с порушенного шкафчика. А с того, что Маринке из тридцать восьмой квартиры подарили журнал мод. Польский. С красивыми белокурыми девушками на каждой странице. Девушки демонстрировали изысканные наряды, улыбались накрашенными губами и казались сказочными принцессами. Маринка показывала нам журнал издали, не позволяя прикасаться к нему руками. «А то мало ли,— приговаривала,— может, у вас руки грязные и вы испачкаете страницы. Или помнете»,— не дрогнула она, когда мы продемонстрировали ей чистые руки.

Мы ахали и охали, разглядывая с безопасного расстояния журнал, и мечтали превратиться в польских красавиц. И глядеть томно, чуть отставив в сторону ногу, так, чтобы коленка выглядывала в разрезе платья.

— Шикиблеск,— вздыхала Манька.

— Ага,— трепетали мы.

Только Каринка сказала, что мы дурочки и ничего не понимаем в женской красоте.

— Разве это красавицы? Вот Изольда Саакян — красавица, а в этих девицах ничего такого, кожа да кости!

Мы молча переглянулись. Изольда Саакян была чемпионкой нашего города по борьбе и легко побеждала всех соперников, которые попадались на ее спортивном пути. Причем во всех весовых категориях. И даже своего тренера Валерия Станиславовича она умудрилась на одном из занятий покалечить. Тренер потом месяц лежал в гипсе, а после ездил в санаторий, поправлять здоровье. Изольда все это время ходила понурая и бубнила, что это она нечаянно, просто «Валерий Станиславыч сам полез на рожон».

Поэтому спорить о красоте Изольды мы благоразумно не стали — никому из нас не хотелось целый месяц лежать в гипсе.

— Она тоже очень красивая,— дипломатично заявила Маринка и принялась пересказывать содержание одной статьи из польского журнала. Статью Маринке перевела ее тетя, которая была очень умной и владела семью иностранными языками.

— Ни одна уважающая себя девушка не потерпит на себе лишних волос, так здесь написано,— рассказывала Маринка.

— А чего они делают? Бреются, что ли?

— Вот этого я не знаю, но сама видела, как мама бреет ноги. Папиной бритвой. А папа потом орал, что это негиг... негегек... ни... гигично, а мама говорила, что она свои ноги моет чаще, чем папа лицо. Так что это еще вопрос, кому что ни... гигично.

— А что такое ни... гигично?

— Не знаю. Может, зараза какая-то? — вздохнула Маринка и почесала ногу.— Может, и я уже болею?

Мы испуганно переглянулись, но отодвигаться от нее не стали. Потому что если бы мы отодвинулись еще дальше, то журнал пришлось бы в бинокль рассматривать.

— Ну, моя мама тоже бреет ноги, и тети тоже,— пожала я плечом.— Но над верхней губой у тети Жанны, например, растет пушок. Вот тут,— я потыкала пальцем у себя под носом,— и чего, его тоже надо брить?

— Не показывай на себе, а то сама станешь усатой,— хлопнула меня по руке Манька.

— Конечно, надо брить,— Маринка убрала журнал в мятый целлофановый пакет,— подумайте сами — это ведь очень стыдно, когда ты девушка, а у тебя кругом волосы торчат!

— А моя Ба не бреет ноги,— вздохнула Манька,— волос на ногах у нее совсем мало, но иногда попадаются такие длинные! Даже у папы на груди нет таких длинных волос! Я как-то пыталась выдрать один, но Ба дала мне по шее и сказала, чтобы я так больше не делала. Это потому, что ей было очень больно.

— Скажешь тоже,— фыркнула Маринка,— во-первых, твоя Ба не девушка. Так? Так. А во-вторых, ноги-то внизу, и их особо не видно. Вот у моей бабушки такие усы, что папа ее за глаза Чапаевым называет. Так и говорит маме — звонил Чапаев. Или Васильиваныч. А мама говорит, что тогда его мама вообще Карламакс.

— Кто-кто?

— Карламакс. Старик с бородой, мне брат его портрет показывал. Волосатый — жуть!

И мы торжественно поклялись на польском журнале никогда не становиться такими волосатыми, как Карламакс.

Вот.

А потом уже дядя Миша своротил шкафчик на кухне. И Ба долго не могла его простить и ежечасно перечисляла свои потери:

— Сервиз кофейный, чешский. Который я из Новороссийска привезла. Фая Жмайлик сутки простояла в очереди, чтобы раздобыть два таких сервиза! А ты его за одну секунду угрохал, дундук ты непролазный! Опять же керамические статуэтки из серии «Народы Советского Союза». Разбил узбечку с косичками, киргизского чабана с овцой и молдаванку с кувшином на плече! А главное,— здесь Ба переходила на ультразвук,— молочник белый загубил! А это была единственная память о твоей бабушке!!!

Дядя Миша виновато шевелил бровями и проводил свой досуг под капотом Васи. Домой он заходил только по крайней необходимости — поесть там или поспать. Опять же воровато смотрел спортивный выпуск программы «Время», опустив звук до минимума и придвинувшись впритык к экрану. И прятал от греха подальше свой «Браун» в самых непредсказуемых местах. Например, в коробке из-под Маниных зимних сапог. Чтобы Ба в порыве гнева не выкинула его в окно. Зато теперь он брился с невероятным наслаждением и очень хвалил свою электробритву. Делал губами О или У, выдвигал то в одну, то в другую сторону челюсть и водил по лицу жужжащим станком. Манька стояла рядом, любовалась отцом и машинально повторяла его гримасы.

А потом Манька отравилась. То есть совсем. До рвоты и температуры. Травиться, правда, она не собиралась, просто переела маринованной свеклы. И от непривычной еды у нее взбунтовался желудок.

Произошло это вот как.

Недавно у соседки Ба, тети Вали, родился внук Петрос, и тетю Валю словно подменили. Если раньше она постоянно со всеми конфликтовала и слыла очень злобной и глазливой женщиной, то теперь она превратилась в добрую бабушку. Она души не чаяла во внуке, с удовольствием возилась с ним и на радостях помирилась со всеми своими заклятыми врагами. В том числе и с врагом номер один — Ба. Если раньше и недели не проходило без взаимных оскорблений и склок, то сейчас между ними воцарился мир.

— Роза, посмотри сюда, я тебя умоляю! Кажется, в наших какашках завелась слизь. Ах-ах, мы заболели! — трубила тетя Валя со своего двора.

Ба каждый раз вздрагивала от ее крика.

— Валя, ты чего орешь? — грохотала она.— Люди ведь не так тебя поймут! Показывай свои какашки. Какая это слизь? Нормальные какашки и пахнут нормально. Нечего нагнетать.

Так как наши дамы разговаривать тихо категорически не умели, то жители близлежащих кварталов всегда были в курсе, как сегодня покакал маленький, но бравый Петрос.

Вообще Петрос оказался очень серьезным и обстоятельным молодым человеком — он за считаные недели обзавелся круглыми толстыми щеками и не позволял себе лишних сантиментов. Плакал крайне редко, а если что-то его не устраивало, то обиженно кряхтел.

— Мужиком растет,— радовалась тетя Валя.

Мы с Манькой часто прибегали полюбоваться малышом. Он был невероятно хорошенький и очень смешной, когда его туго пеленали. Потому что тогда из пеленок воинственно торчали его большие щеки.

Вот и в тот злополучный день, увидев, что тетя Валя важно вышагивает с коляской по двору, мы пошли здороваться.

— Сладенький,— заглянули мы в коляску,— ты помнишь нас или нет?

Петрос крепко задумался щеками и свел глаза к переносице.

— Тетя Валя, он совсем косой, а вы говорили, что это пройдет,— расстроилась я.

— Пройдет, не переживай,— успокоила меня тетя Валя,— у маленьких детей не сразу получается смотреть в одну точку. Иногда глазки разбегаются в разные стороны.

— Может, это от неправильной еды? — не унималась я.— Чем вы его кормите?

— Грудью.

— Своей? — вылупились мы с Манькой.

— Нет, конечно,— рассмеялась тетя Валя и удивленно развела руками,— ну что вы за дети такие? Что ни день, так новый рекорд!

— Ба нас дегенератками называет,— радостно запрыгали мы вокруг коляски,— с нами точно не соскучишься, да-да!

— Не мельтешите так, ребенка напугаете,— остановила нас тетя Валя.

Мы снова заглянули в коляску. Петрос лежал на спине, важно причмокивал губами и пытался разобрать по местам съехавшиеся в кучу глаза.

— А он уже покакал сегодня? — продолжили мы светский разговор.

— Конечно,— у тети Вали от гордости за внука заблестели глаза,— ест и какает, ест и какает, весь в мать!

— Мам, ну что ты такое говоришь,— вышла из дома тетя Мариам,— что девочки обо мне подумают?

— Здрасьти, тетя Мариам, мы уже не маленькие и понимаем, что какаете вы от силы один раз в день. Ну, если, конечно, у вас не понос.— Манька сунула нос в миску, которую мама Петроса держала в руках.— А зачем вам пустая миска?

— Пойдем со мной в погреб, поможете свеклу достать,— обрадовалась возможности сменить тему разговора тетя Мариам. Она вручила мне миску, и Манька тут же надулась.

— Я тоже хочу помогать!

— Вот тебе крышка от миски,— протянула я ей крышку.

— Ура, Нарка, ты не жадная и вообще моя самая любимая подруга,— чмокнула Манька меня в щечку. Я так обрадовалась, что вручила ей еще и миску, о чем сразу же, если честно, пожалела. Так и шла к погребу в растрепанных чувствах. С одной стороны, мне было приятно, что я лучшая подруга Маньки, но с другой — было обидно, что ей все, а мне ничего.

Тетивалин погреб оказался большим и темным и выглядел, как пещера Али-Бабы. Освещался он старой масляной лампой, а по углам стояли пузатые глиняные карасы. Я не удержалась и потянулась потереть лампу — вдруг оттуда вылетит джинн!

— Осторожно, стекло горячее,— предупредила тетя Мариам.

Манька важно обошла погреб вдоль и поперек, а потом с видом знатока постучала согнутым пальцем по одному из карасов:

— Вы тут золото и драгоценности храните?

— Ага,— хмыкнула тетя Мариам,— сейчас я как раз немного золота отсыплю.

И она стала доставать из самого маленького караса что-то темное, пахнущее специями и чесноком.

— Ой какой запах! А что это такое?

— Это маринованная свекла. Мы ее приготовили по старинному молоканскому рецепту. Любите свеклу?

— Любим,— соврали мы.

— Это очень хорошо,— тетя Мариам наклонила карас,— Манюня, подставь миску, зальем туда немного рассола, чтобы свекла не засохла.

— Шикиблеск,— принюхалась Манька к ядреному запаху маринада,— теперь я даже не знаю, что лучше пахнет — маринованная свекла или детское мыло с ароматом клубники.

Потом мы пошли в дом. Я вышагивала впереди, важно несла миску и думала, что никогда не надо быть жадной. «Вот, не зря в сказках говорят — делай добро, бросай в воду,— шепнула я Маньке,— сначала я тебе дала понести миску, а теперь ты — мне».

— Это потому, что я сказочная,— не растерялась она.

Тетя Мариам накрыла на стол и стала угощать нас маринованной свеклой.

Мне свекла не понравилась, и я поела хлеба с сыром, а Манька была в восторге. Она ела и ела и не могла остановиться.

— Манечка, ты бы положила себе отварной картошки,— забеспокоилась тетя Мариам,— нельзя так много маринованного есть!

Но Манька и ухом не повела.

— Ах как вкусно,— хрустела она свеклой,— ничего вкуснее я не ела!

В считаные минуты моя подруга опустошила всю миску, съела даже дольки чеснока и зелень, которыми обильно приправили маринад. На радостях хотела еще лавровый лист сжевать, но тетя Мариам решительно отобрала его. Зато Манька не растерялась и выхлебала весь рассол. Вместе с горошинами черного перца.

И тете Мариам ничего не оставалось, как идти снова в погреб за очередной порцией свеклы. Манюня, наверное, и эту порцию бы съела, но тут Ба окликнула нас, и мы побежали домой.

А спустя какое-то время Маньке стало плохо. Так плохо, что у нее поднялась температура. Ба рвала и метала. Она позвонила тете Вале — узнать, чего такого ела Манька, и бедная тетя Мариам прибежала к нам вся в слезах.

— Я ей говорила, что не надо так много маринованного есть, а она меня не послушалась!

Ба мигом поставила Маньке клизму, сначала с кипяченой водой, потом с настоем ромашки. Манька бегала в туалет и винила во всем меня:

— Если бы ты тоже поела свеклы, то мне бы меньше досталось! И я бы тогда фиг отравилась!

Потом Ба сделала слабенький раствор марганцовки и заставила Маньку его выпить.

— Буэ,— ругалась Манька,— привкус противный.

— Зато марганцовка свекольного цвета,— хмыкнула Ба.

Она и меня заставила выпить стакан раствора.

— А мне зачем? — отбивалась я.

— На всякий случай!

После угощения марганцовкой я побоялась, что Ба мне тоже на всякий случай поставит клизму, и засобиралась домой. Но Манька желала страдать в моем присутствии.

— Прочти мне «Убийство на улице Морг»,— зловредничала Манюня. Она знала, что я очень боюсь этой новеллы и стараюсь обходить ее стороной.

— Давай я тебе лучше спою!

— Не хочу. Хочу «Убийство на улице Морг». Доставай с полки книгу, я сейчас вернусь, только в туалет сбегаю,— велела она. Я вздохнула и потянулась за новеллами Эдгара По. «Вот чем думал человек, когда сочинял такие ужасные истории? — недоумевала я.— Небось спал и постоянно видел, как орангутанг забирается через трубу и откручивает ему голову». Мне стало так страшно от собственных мыслей, что я побежала в туалет узнавать, как у моей подруги дела.

Манюня сидела на унитазе и рыдала в три ручья.

— Ты чего? — испугалась я.

— Нар-каааа, смотри, у меня на руках волосики появились!

— Где?

— Вот тут и вот тут,— протянула мне руки Манька,— видишь?

Я пригляделась. Действительно, Манины ручки покрылись редким золотистым пушком.

— Ой-ой-ой,— причитала моя подруга,— вот я волосатая!!!

— Да ничего ты не волосатая, смотри, у меня на руках такой же пушок, видишь? — сунула я ей под нос свою руку.

Но Маньку так просто не остановить. Если Манька начала плакать, то она выплачет себе все глаза. Вот и сейчас она гудела так, что слезы лились водопадом.

— Не верююю тебе, ты вреоооошь!

— Клянусь! Вот тебе крест,— неумело потыкала себя вокруг живота я.

Манька для порядка поплакала еще чуть-чуть, потом утерла слезы и вцепилась в мою руку.

— Ну да, и у тебя есть волосики,— вздохнула она,— надо что-то придумать, так нельзя.

— А чего придумать?

— Сейчас побреем руки.

— Чем? — испугалась я.

— Старой папиной бритвой.

Она натянула трусы, пустила воду и со скорбным видом намылила руки. На попе у Манечки розовел след от ободка унитаза. Я потыкала в него пальцем.

— Чего это ты? — обернулась она.

— У тебя на попе след остался. Не болит?

— Неа,— повертелась вокруг своей попы Манька,— чешется. Жалко, у меня сзади нет глаз, а то я бы тоже увидела, чивой там у меня.

— Девочки, а что это вы тут делаете? — заглянула в ванную Ба.

— Манька на унитазе сидела, а я рядом стояла,— отрапортовала я.

Ба пощупала Манин лоб.

— Ты плакала, Мария?

— Нет, мне просто мыло в глаза попало, когда я умывалась,— мигом нашлась Манька.

Я вздохнула с облегчением. Если Манька снова виртуозно врет, значит, она уже поправилась.

— Ладно, марш в спальню, не бегай по дому в нижнем белье. А я попозже принесу тебе пустого чаю с сушками. Ничего больше ты сегодня есть не будешь!

— Можно я пойду домой? — спросила я. Пустого чаю с сушками мне категорически не хотелось.

— Не уходи, ну пожалуйста,— захныкала Манька,— Ба, скажи ей, я больнаааая, а она хочет меня бросить! Чтобы я одна страдаааалааааа! Вот предательницаааа!!!

— Нарка, у нас на ужин блинчики с мясом. Останешься? — хитро прищурилась Ба.

— А как же чай с сушками?

— Чай с сушками Мане, ей ничего есть нельзя. А тебе я блинчиков нажарю. Ну как?

— Ура! — запрыгала я.

— Вот и хорошо,— хмыкнула Ба. Она отконвоировала нас в спальню, уложила Маню в постель, подоткнула со всех сторон одеяло, а мне вручила томик братьев Гримм.

— Прочти ей эту сказку,— ткнула наугад в содержание.

— Хорошо.

— И смотрите у меня,— рыкнула грозно.

— А мы чего, а мы ничего,— заблеяла я.

Как только Ба ушла на кухню жарить блины, мы с подругой снова выползли из спальни. Прокрались по стеночке в ванную, бесшумно заперлись на задвижку и вытащили стаканчик со старыми бритвенными принадлежностями, который за ненадобностью убрали на дальнюю полку. Намочили помазок, потыкали им в мыло и намылили руки. Потом аккуратно побрили друг друга. И ни разу не поранились.

— И чего это папа так плохо брился? — удивлялась Маня.— То тут лицо порежет, то там. А мы раз — и справились.

— Усы брить будем?

— Конечно, будем. И усы, и бороду. Лучше брить сейчас, чтобы потом не быть как этот, как его, ну дядька с бородой!

— Ленин?

— Ну да. Только Маринка его как-то по-другому называла. Закрой глаза, чтобы мыло случайно не попало,— строго сказала Манька и принялась наносить пену мне на лицо.

— А лоб брить будешь? — промычала я, стараясь не разжимать губ.

— Конечно, буду, ты только не дергайся.

— Брови не трогай.

— Сама знаю!

И она за считаные секунды побрила мне лицо.

— Умывайся, теперь ты меня будешь брить.

Итого минут за двадцать мы привели себя в подобающий для будущих польских красавиц вид и вздохнули с облегчением.

Бриться нам очень понравилось. Это было совсем не больно и даже весело. Поэтому мы на радостях решили еще Манькиного плюшевого зайца побрить. Хотелось знать, как вообще выглядят голые зайцы.

Но зайчик, в отличие от нас, не поддавался бритве. Как мы ни старались его побрить, шерсть держалась на нем как приклеенная.

Тогда Манька сбегала за Дядимишиным «Брауном».

— Это импортная штука, она мигом его побреет,— заверила меня она,— ты только зайца крепко держи, чтобы он не вырывался.

Она включила электробритву и приступила к бритью. «Брауну» явно не нравилась заячья шерсть. Он недовольно гудел и почему-то сильно вибрировал. Маня держала его крепко, двумя руками, и водила по игрушке вдоль и поперек. В какой-то момент неприятно запахло гарью, электробритва несколько раз чихнула и заглохла.

— Сломалась, что ли? — опешила Манька. Она повертела в руках бритву, понажимала на кнопочки. «Браун» предательски молчал. У Мани вытянулось лицо.— Да не может этого быть, папа говорил, что «Браун» служит всю жизнь!

— Может, у него жизнь очень короткая? — предположила я.

Мы молча спрятали обезображенного зайчика под кровать, а бритву убрали в чехол. Настроение было хуже некуда, жить категорически не хотелось.

— Папа убьет нас,— вздыхала Манька,— Нарк, может, тебе действительно сейчас домой уйти? Ну, чтобы и тебе не досталось?

Я крепко задумалась. Получать по шее совсем не хотелось. Но и Маньку оставлять в одиночестве было бы предательством. «И потом,— думала я, размазывая по свежевыбритому лицу слезы и сопли,— как бы меня ни наказывали, но блинчиками с мясом все равно накормят!»

— Остаюсь,— вздохнула я.

— Спасибо, Нарка, ты настоящий друг,— обняла меня Манька.

И мы, в ожидании неминуемой порки, притаились в комнате.

Милые мои, вы надеетесь, что все обошлось? Ни в коем разе! Конечно же, нам влетело. Но не от дяди Миши, а от Ба. Потому что еще до приезда сына она зашла в ванную и по свежим следам вычислила преступников.

Сначала она приперла нас к стенке, и нам пришлось все ей рассказать — и про польских красавиц, и про бородатого дядьку, который Ленин, но зовут его совсем иначе, и про то, что у Маринки обе бабушки усатые, а ты, Ба, не усатая, только у тебя на ногах иногда попадаются длинные волосы, но их не видно, особенно когда совсем уже ночь!!!

Ба нас выпорола шнуром от сломанного «Брауна», а потом рассказывала маме по телефону, что, Надя, эти дегенератки снова отличились... чего?.. а что Каринка натворила?.. а откуда у нее рогатка?.. сама, говоришь, смастерила?.. а у Рубика глаза на месте?.. ну и радоваться надо, шишка на лбу, эка невидаль... швы наложили?.. а чем она в него пульнула?.. большим куском шифера?.. так это не рогатка получается, а катапульта!

Потом Ба положила трубку, выпила весь запас валерьянки и пришла нас пугать. Вот, говорила она, теперь у вас на руках и на лице вырастут длинные волосы, и быть вам как чудище из мультфильма «Аленький цветочек», помните, какое оно волосатое? Так вам и надо! Мы с Манькой безутешно рыдали, и было так тошно, что я даже от блинчиков с мясом отказалась.

И Ба тогда сжалилась над нами и сказала, что в старом бритвенном приборе просто не было лезвий, и мы водили по рукам и лицу просто так.

— Вот олухи царя небесного,— ругалась она.

А когда с работы вернулся дядя Миша, Ба ему сразу рассказала, что «Браун» приказал долго жить, и дядя Миша сначала плакал над истерзанным станком, а потом назвал нас наказанием на веки вечные.

На релейном заводе электробритву, как могли, починили. Но теперь она брила так себе и нещадно царапалась.

А нам с Манюней было очень стыдно за свое поведение, и мы поклялись никогда больше плохо себя не вести. Никогда-никогда. И даже не нарушали своей клятвы. Целых три дня.

Просто очень сложно вести себя примерно, когда у тебя такая сестра, как Каринка.

ГЛАВА 24

Манюня узнает, откуда берутся дети, или Как Ба чуть не сделала сиротиночкой Ритку из тридцать пятой

Каждая маленькая девочка мечтает о «принцессином платье».

Почему у вас такие удивленные лица? Вы не знаете, что такое «принцессино платье»? Значит, вы никогда не были маленькой девочкой! И не мечтали о пышных платьях, в которых щеголяли принцессы.

К таким платьям обязательно прилагались тонкие украшения и изящные туфельки на невысоком каблучке. И вся эта красота немилосердно переливалась на солнце множеством серебристых, ну или золотистых искр. И шлейф у платья был длинный-предлинный, пенно-кружевной, и несли его какие-нибудь ангельской внешности дети.

А теперь представьте себе такую картину. Идете вы, например, в музыкалку, на занятие по фортепиано, размахиваете убого-картонной папкой, перевязанной скучными серыми ленточками. На папке — грубым тиснением — скрипичный ключ. Внутри — этюды Черни, сонаты Гайдна и ненавистные гаммы. Зато на вас — переливающееся утренней зарей платье. До пят. И длинный-предлинный шлейф. Такой длинный, что вы уже завернули за угол на Абовяна, а он тянется за вами вдоль Маркса, через мост, вверх по щербатым ступенькам городского дома культуры, и наискосок, по большому двору, через дыру в заборе — на улицу Ленина, где вы живете. И шествуют по улице Ленина два ангельской внешности малыша, несут этот длинный, переливающийся шлейф, а он им указывает дорогу. Скажите, красота?

А дома вас дожидаются книжки, все в нарядных обложках, как в серии «Библиотека мировой литературы для детей»,— голубенькие, желтые, красные и салатово-зеленые. Произведений в них намного больше, чем написали авторы. По сто романов Марка Твена, Жюля Верна, Эно Рауда, Астрид Линдгрен... Много-много прекрасных, нечитаных книг.

Конечно, не все маленькие девочки мечтали о таком количестве книг, и не все они жили на улице Ленина. Но я даже не сомневаюсь, что ни одна из этих девочек не отказалась бы от платья с длинным шлейфом и изящных туфелек на небольшом каблучке.

Этот комплект мечты у нас назывался «принцессино платье». Разбуди любую из моих сестер глубокой ночью, и на вопрос: «Чего тебе хочется больше всего на свете?» — она бы ответила: «Принцессиного платья».

Все, кроме Каринки. Каринка, в отличие от остальных девочек, мечтала о мотоцикле, чтобы он громко делал «дрынннн-дрынннн-дрынннн», и о ружье как у Гойко Митича из фильма «Чингачгук — Большой Змей».

Мы, конечно, подозревали, что Каринка вообще неправильная девочка, но боялись об этом говорить вслух.

— Нарин, а Каринка самашедшая, да? — воровато озираясь по сторонам, спрашивала Гаянэ.

— Ш-ш-ш,— пугалась я,— что ты такое говоришь, Гагасичка?

— Ну, или ненормальная,— не сдавалась сестра.

Если остальные девочки после передачи «В гостях у сказки» принимались рисовать принцесс, чтобы отправить на совсем непонятный адрес: гмосква Шаболовка 37, тете Вале («Мам, а что такое Шаболовка?» — «Название улицы».— «Это понятно, что название улицы, но слово «Шаболовка» что означает? И что такое гмосква?»), то Каринка находила для себя занятие поинтереснее. Она внимательно изучала анатомический атлас человека, а потом ходила за нами по пятам, пребольно тыкала под ребра и говорила — вот тут у вас находится печень, ясно?

— Врачом будет,— радовалась мама.

— Или убийцей,— хмыкал папа.

— Юра, как можно такое о своей дочери говорить? — стучала мама по дереву.

— О дочери нельзя. А вот насчет Каринки я не совсем уверен. Может, и можно.

Поэтому если на дни рождения остальным девочкам перепадали платья и куклы, то Каринке дарили брючные костюмы из пуленепробиваемой ткани или игрушечные танки и грузовики. Сестра в два счета разбирала игрушки на мелкие винтики и, довольная собой, уходила на улицу — терроризировать мальчиков.

— Замуж ее надо во Владивосток выдавать,— качала головой Ба,— а то в наших широтах ни одна свекровь не согласится на такую невестку.

Однажды, ранним августовским утром, в нашей квартире раздался звонок. Я в это время чистила зубы, поэтому побежала к телефону с зубной щеткой во рту. Нужно было как можно скорее снять трубку, чтобы звонок не разбудил маленькую Сонечку.

— Ойе!

— Чего это ойе? — опешила Манька.

— Поои! — Я кинулась в ванную, прополоскала рот и вернулась обратно.— Это я зубы чистила.

— А что такое «поои»? — не унималась Манька.

— Подожди, неужели непонятно?

— Мария, ты поздоровалась? — прогрохотала Ба. Я инстинктивно втянула голову в плечи. То, что Ба находилась в двух кварталах от меня, ничего не означало. Громовые раскаты ее голоса ввергали в ступор любого ребенка в любом конце земного шара.

— Ой, Нарка, извини,— прошептала Манька и, прочистив горло, важно выговорила: — Здравствуйте!

— Здравствуйте, незнакомая Маня.

— Хихихиииии,— захихикала Манька,— скажешь тоже — незнакомая.

— Чего звонишь в такую рань?

— Нарка. У меня новость. Дочь Шаапуни выходит замуж. Ну ты помнишь, да?

Я, конечно, помнила. Дочь Шаапуни, Агнесса, была самой красивой девушкой нашего городка. Когда она шла по улице, то все оборачивались ей вслед. Еще бы, если у тебя густые смоляные волосы, изогнутые в полуулыбке губы и серые глаза, то редкий мужчина может пройти мимо не обернувшись. Агнесса недавно выучилась на педиатра и вернулась домой уже помолвленной девушкой.

Свадьбы в нашем городе традиционно игрались осенью, но жених Агнессы учился в Москве, и к началу сентября ему нужно было возвращаться в столицу. Поэтому торжество назначили на август. Иначе Агнессу без свидетельства из загса не поселят в общежитии с мужем.

— Нарк, а знаешь чего? — продолжила Манька.— Сегодня у Агнессы последняя примерка свадебного платья. Придет портниха и на ней будет подгонять этот, как его, ну... опять забыла... скелет, во!

— Какой скелет? — испугалась я.

— Корсет! — прогрохотала Ба.— Корсет, горе мое!

— То есть корсет,— быстренько исправилась Манька.

— А-а,— кивнула я,— ух ты, как здорово.

— Ну?

— Чего ну?

— А чего не спрашиваешь, что такое корсет?

— Да я лучше у мамы спрошу, а то Ба сейчас снова будет ругаться,— струсила я.

— Ничего она не будет ругаться, она уже вчера меня отругала за то, что я этого не знаю. Ну и с утра еще добавила. Так что запомнила я на всю жизнь. Корсет — это такая штука, которая будет крепко обтягивать талию и грудь Агнессы. Правильно я говорю, Ба? — заюлила хвостом Манька.

— Правильно!

— И чего? — поторопила я Манюню, потому что папа, грозно выпучившись, тыкал пальцем в свои часы, а потом в телефон. Ясно было, что ему куда-то надо срочно звонить.

— А того! Агнесса сказала, что я могу прийти на примерку. А я за тебя и Каринку попросила. Так что мы втроем идем на примерку Агнессиного платья!!!

— Когда? — подскочила я.

— К одиннадцати утра.

— Ура! — запрыгала я.— Манька, ты настоящий друг!

— А то я не знаю,— важно сказала Манька и отключилась.

— Ну наконец-то,— вырвал у меня трубку папа,— вроде еще маленькая, а уже так долго разговариваешь по телефону!

Я побежала на кухню, делиться радостной новостью с мамой и сестрой.

— Это замечательно, только сначала нужно позавтракать,— сказала мама.

— Мам, я не буду смотреть на голую Агнессу, я отвернусь, когда она будет переодеваться,— зачастила я, быстро-быстро намазывая на хлеб масло.

— Ну и дура,— покрутила пальцем у виска Каринка,— когда ты еще Агнессу голой увидишь?

Но мама сказала, что если Каринка будет смотреть на голую Агнессу, то она не отпустит ее на примерку.

— Ладно, не буду,— надулась сестра.

Перед выходом мама вручила нам коробку шоколадных конфет.

— Это Агнессе. Ведите себя хорошо, ладно? И сразу после примерки уходите, а то в доме полным ходом идет подготовка к свадьбе, людям не до вас.

— Хорошо,— кивнули мы.

Во дворе мы встретились с Маринкой из тридать восьмой квартиры. Маринка стояла над большой дождевой лужей и изучала в ней свое отражение.

— Если вот так вот покачаться,— повела она пузом вперед и назад,— то можно увидеть, какого цвета на мне трусы.

Но тут она заметила коробку конфет у меня в руках.

— Это Агнессе,— предостерегла я ее от дальнейших активных действий.

— А зачем?

— Она пригласила нас на примерку своего свадебного платья!

— Да ну! — У Маринки заблестели глаза.— А можно и мне с вами?

— Неудобно как-то. Тебя же не приглашали,— замялись мы.

— Ну возьмите меня с собой,— заканючила Маринка,— это нечестно, вы трое пойдете, а я не пойду. Я ведь вам никогда в просьбе не отказываю. И конфету чешскую давала полизать, и гудрон с вами жевала.

— Ш-ш-ш-ш,— зашипели мы,— чего ты про гудрон орешь?

— Я шепотом ору!

Про историю с гудроном мы старались не распространяться. Потому что было за что. Недели три назад на нашей улице меняли трубы. И рабочие, которые потом укладывали асфальт, привезли с собой какую-то большую, размером с бочонок, цилиндрической формы черную штуковину.

— А что это такое? — Наматывали мы круги вокруг рабочих.

— Это специальная черная смола, она как резина, ну или как жвачка. Ее используют при дорожных работах,— снисходительно объясняли они нам.

При слове «жвачка» у нас загорелись глаза. Как только все ушли на обеденный перерыв, мы прокрались за ограждение и оторвали большой кусок гудрона. И потом до поздней ночи жевали его. Гудрон пах бензином и оставлял во рту неприятный привкус.

— Если закрыть глаза, то можно представить, что это жвачка,— приговаривала Манька.

— Главное, чтобы мы потом не отравились,— беспокоилась я.

— А я знаю, чего с нами будет,— вдруг сказала Каринка.

— Чего?

— Мы станем неграми. Смола-то черная. Вот проснемся с утра и будем черные с ног до головы. И волосы буду кучерявые. Как у Африка Саймона с пластинки. Ну, который поет «афанафанфана шаралала».

Я не буду рассказывать вам в подробностях, как мы пережили ту ужасную ночь. Каждая из нас по восемь раз вскакивала с постели и при лунном свете проверяла цвет своей кожи. Пугало даже не то, что мы станем черными, а то, что придется рассказывать родителям про гудрон. К счастью, с утра мы проснулись такими же, какими были вчера. «Повезло»,— решили и от греха подальше никогда больше не жевали гудрон.

Мы с Каринкой переглянулись. Маринка, в общем-то, была права. Она мировая девочка и ни разу не подводила нас.

— Ладно, пойдем,— кивнули мы.

— А я вам по дороге расскажу про своего брата,— радостно запрыгала вокруг нас Маринка.

— Чего он еще отчебучил? — подскочили мы. Тринадцатилетний брат Маринки был «тот еще фрукт» и периодически выкидывал непонятные нашему девчачьему уму фортели.

— Он стащил у мамы запретную книгу и прочел ее от корки до корки,— округлила глаза Маринка.

— Какую такую запретную книгу?

— Какую-то бакачу. Там что-то страшное и не для детского чтения,— объяснила Маринка,— а Сурик эту книгу украдкой читал. И прятал у себя под матрасом. А мама полезла менять белье и нашла бакачу. И папа выдрал Сурику уши и сказал, что он балбес и об этом ему еще рано читать. А Сурик сказал: можно подумать, что там такого, а папа назвал его олухом царя небесного. А потом еще маму отругал за то, что она книги такие покупает. Вот.

— Надо же,— покачали мы головами,— какой непослушный мальчик!

— И еще мне Рита из тридцать пятой рассказала секрет, и я который день страдаю,— пригорюнилась Маринка.

— Секреты выдавать нельзя,— расстроились мы.

— Да я знаю, вот и страдаю.

Так мы дошли до дома Шаапуни. Манька ждала нас у ворот.

— А чего это вас так много? — испугалась она.

— Маринку мы по дороге встретили.

— Наверное, не пустят на примерку,— вздохнула Манька.

— Если не пустят, то я уйду,— заплакала Маринка,— я и так несколько дней страдаю, могу и из-за этого пострадать.

— А чего это ты страдаешь? — удивилась Манюня.

— Ей Рита из тридцать пятой доверила страшный секрет,— рассказали мы.

— Ой-ой, чужие секреты выдавать нельзя,— покачала головой Манька.

— Нельзя-нельзя,— вторили мы ей.

— Вот я и страдаю,— пуще прежнего разрыдалась Маринка.

Мы в растерянности топтались рядом. Каждую из нас подмывало спросить, что же такого страшного доверила ей Рита, но мы помнили, что секреты выдавать нельзя. Поэтому молча страдали вместе с Маринкой.

— Ладно, пойдем с нами,— вздохнула Манька, вытащила из кармана платок и протянула Маринке,— утри слезы.

— Спасибо тебе большое,— вздохнула Маринка, трубно высморкалась в платок, а потом протерла им лицо.

Агнесса, конечно, не возражала против присутствия Маринки. Она была очень радостная, постоянно смеялась и светилась счастьем. Приведи мы с собой еще с десяток девочек, Агнесса бы, наверное, и слова не сказала.

— А почему ты заплаканная? — спросила она Маринку.

— Страдает,— объяснили мы хором.

— Сейчас мы ее утешим,— сказала Агнесса и повела нас к себе в комнату. Там она усадила нас на диван и открыла коробку конфет, которую мы с собой принесли.

— Угощайтесь, сейчас вам еще лимонаду принесу.

— Вот повезло,— переглянулись мы и взяли каждая по конфете. Маринка взяла две, но мы на нее грозно цыкнули, и она виновато положила одну обратно.

— Это я от переживаний,— пробубнила она.

Потом пришла портниха, принесла платье Агнессы, и мы, затаив дыхание, ждали, пока она его достанет из большого пакета.

— Красота-то какаааая,— выдохнули мы, когда портниха развернула свадебный наряд. Это было платье нашей мечты. Белое, легкое, с вышитым бисером корсетом, прозрачными рукавами-бабочками и пышной, словно пенной, юбкой. Когда Агнесса его надела, мы разинули рты. Такой красивой мы ее еще никогда не видели.

— Доченька моя,— заплакала мама Агнессы, тетя Нина,— какая ты у меня красивая!

— И такая счастливая,— завертелась в платье Агнесса. Она встала на цыпочки и стала кружиться вокруг себя. Мы любовались ее изящными ножками и впервые в жизни стали смутно понимать, сколько силы таится в хрупкой женской красоте.

— А-а-а-а-ааааа,— вдруг разрыдалась Маринка,— не хочуууууу!!!!!!!

— Чего не хочешь? — всполошились все.— Ну что такое с тобой происходит?

Агнесса перестала вертеться, пощупала лоб Маринки и уложила ее на диван.

— Может, ребенку успокоительное дать? — повернулась она к матери.

— Не надо мне успокоительного,— вскочила Маринка,— пойдем отсюда, девочки.

Мы попрощались и вышли на улицу.

— Переволновалась, бедненькая,— долетел до нас шепот портнихи.

До Маниного дома было рукой подать, и мы направились прямиком туда. Маринка села на скамейку под тутовым деревом, обняла ноги руками, спрятала лицо в колени и через плач, заикаясь, зашептала:

— Девочки, сил моих нет больше молчать. Сейчас вам расскажу. Знаете, что будет с Агнессой, когда она замуж выйдет?

— Что будет? — наклонились мы к ней.

— Она ляжет в постель со своим мужем, и он... и он... и он...

— Чего и он?

— И он... по-пи-са-ет на нееоооо!!!!!!! — забилась в истерике Маринка.

— Чегоoooo????????? — вылупились мы.

— Ну, мне это Ритка по секрету сказала. Говорит — знаешь, откуда дети берутся? Я говорю — знаю, из живота мамы. А она говорит — знаешь, как они туда попадают? Я говорю — нет. А она говорит — для этого нужно, чтобы муж обнял жену и пописал на нее.

— Фууууууууууу,— закричали мы,— ужас какой, ужас какой! Фуууууууууу!!!!!

— Да врет эта твоя Ритка,— рассердилась Каринка,— врет она все, она же вруша!

— Я тоже так думала, поэтому пришла домой и спросила брата. А брат сначала посмеялся, а потом говорит — ну, в принципе, все пра-виль-нoooo!!!!!!!!!! А он же запретную книгу бакачи читал, он всеоооо знаееееет!

Мы с Манькой подумали и тоже заголосили.

— Дуры,— прокомментировала ситуацию Каринка.

— Что это за всемирный съезд плакальщиц? — раздался из кухонного окна голос Ба.

Мы обернулись. Маринка, как была вся зареванная, с задранными на скамеечку ногами и размазанными по лицу соплями, так и замерла. Потому что все дети нашего городка очень боялись Ба.

— Ну, у Мани, конечно, бабушка ваще грозная,— качали они головами, и при виде куда-то спешащей Ба быстренько переходили на другую сторону улицы. У всех в памяти еще жива была история, которая приключилась с мальчиком Рудиком. Рудик имел несчастье куда-то ехать на самокате, разогнался, отвлекся и врезался в Ба. Прямо в ту ее ногу, на которой были больные вены. Вот. А потом родители Рудика собирали по городу запчасти самоката, который разъяренная Ба мигом разобрала на щепки. Собрать самокат обратно они не смогли, но и к Ба идти с разборками побоялись. И остался Рудик без самоката на веки вечные.

Поэтому, когда Ба выглянула в кухонное окно, Маринка тут же попыталась превратиться в каменную статую. Любую другую бабушку, наверное, можно было провести таким приемом, но только не Ба. Ба высунулась в окно по самый пояс и сверлила нас своим фирменным взглядом из-под насупленных бровей. Мы вспотели. Рассказывать ей о том, что мы узнали у Маринки, было смерти подобно. С другой стороны, мы не были уверены, что она ничего не слышала. А врать Ба мы тоже не могли, потому что больнее всего нам попадало именно тогда, когда она ловила нас на лжи. Поэтому мы молчали, как воды в рот набрали, и только изредка осторожно выдыхали.

— Я долго буду ждать? — прогрохотала Ба.

— Это,— решилась Манька,— Ба, а ты знаешь Маринку?

— Ближе к делу, а то у меня там ореховое варенье на плите стоит,— отрезала Ба,— и если оно подгорит, то вам тогда точно несдобровать!

Маринка издала что-то вроде мемеканья и попыталась упасть в обморок.

И тогда Каринка решилась. Она была самой храброй девочкой в нашем коллективе и в безвыходных ситуациях ответственность всегда брала на себя.

Вот и сейчас сестра отважно шагнула вперед и прочистила горло:

— Ба, тут такое дело. Ритка из тридцать пятой сказала Маринке из тридцать восьмой, а ее брат сказал, что это так!

Мы скорбно закивали головами.

Казалось, Ба задумалась всеми своими выступающими из окна частями тела. Если кому-то когда-нибудь удавалось сбить ее с толку, то это был именно тот случай. Потом она хмыкнула и сказала:

— Стойте там, я сейчас отставлю варенье.

И исчезла в окне.

Маринка громко икнула.

— Пойдем отсюда.

— Ты с ума сошла,— зашипели мы,— сиди на месте, а то потом хуже будет.

Через минуту Ба вышла во двор. Мы расступились полумесяцем, Маринка сделала попытку подняться, но ноги подкосились, и она, нащупав попой скамейку, снова села.

— Еще раз и с самого начала,— потребовала Ба.

— Так я же уже все сказала,— развела руками Каринка.

— Значит, не все, раз я тут,— не дрогнула Ба.

И нам пришлось, набрав в легкие побольше воздуха, рассказать все про Ритку, бакачу, Маринку, ее брата и откуда берутся дети. Когда мы сказали про пописать, Ба сначала рассмеялась, потом рассердилась, потом собрала наши уши в кулак и повела через город на квартиру к Ритке — разбираться с ее родителями. Люди уважительно расступались перед нашей скорбной процессией. Мы безропотно следовали за Ба на полусогнутых, потому что понимали: шаг вправо или влево — и ты уже на веки вечные останешься без уха. Или без скальпа.

Потом Ба позвонила в дверь тридцать пятой квартиры, и когда к нам вышла Риткина мама, то по ее лицу было видно, что ей очень хочется прямо сразу стать невидимкой. Но Ба не дала ей это сделать. Сначала она продемонстрировала Риткиной маме наши деформированные зудящие уши, потом сказала: «Ждите меня здесь»,— вошла в дом и закрыла за собой дверь.

Потом на ругань Ба из соседнего подъезда прибежала моя мама и, увидев нас на пороге Риткиной квартиры, стала колотиться в дверь всем телом, чтобы как-то повлиять на дальнейшую судьбу без пяти минут сиротиночки Риты.

— Тетя Роза,— звала она в дверной глазок,— вы только откройте мне, я рядышком постою, ничего делать не буду и даже слова поперек не скажу.

А потом недели три Ритка не разговаривала с Маринкой и называла ее предательницей. А Маринка обижалась и говорила, что некоторые секреты нужно держать при себе, тем более если в них ни капли правды.

А через два дня мы гуляли на свадьбе Агнессы, бежали как ошпаренные перед свадебным кортежем, тормозили его красной шелковой лентой и требовали выкуп. И громче всех орали, когда Агнесса с ее мужем разбили вдребезги на пороге дома тарелки. На счастье.

Мы с Каринкой красовались в новеньких туфельках, которые нам привез из командировки папа. Туфельки были белые, с серебристой застежкой, на небольшом каблучке, и такие красивые, что даже Каринка отступила от своих принципов и одобрила такой «принцессин» аксессуар.

Папа и Манюне привез такие туфли. Но Манька их на свадьбу не надела. Просто она проспала в них всю предыдущую ночь. На радостях. Естественно, Манины ножки отекли, и туфельки категорически отказывались натягиваться на ступни.

Сначала Манька расстроилась, но потом нашла выход. Она надела свои истоптанные красные босоножки, а новые туфли положила в целлофановый пакет и взяла с собой на свадьбу. И не расставалась с ними ни на минуту. Бежала с пакетом впереди свадебного кортежа, сидела с ним в обнимку за столом. Если кто-то из гостей хвалил нашу обувь, Манька тут же доставала из пакета свою пару и пыталась надеть ее у опешившего гостя на глазах.

— Видите? — говорила она.— Не налезают. А почему? А потому что я в них всю ночь проспала!

ГЛАВА 25

Манюня собирается в Адлер, или Как нужно правильно замесить тесто, чтобы потом вызывать сантехника

Мама сидела на нашей кровати и с каменным лицом наблюдала, как мы складываем свою одежду. Невозмутимость мамы, скажу я вам, обманный маневр. Чем безразличнее мама, тем глубже надо втягивать голову в плечи. Потому что, чем больше она напоминает безучастную железобетонную конструкцию, тем выше шанс получить от нее нагоняй.

Раз в неделю мама открывала дверцы детского шкафа, выгребала оттуда наспех закинутую одежду, сваливала на кровать и заставляла нас приводить ее в порядок. Нужно было сложить кофты в аккуратные стопочки, а юбочки и брюки повесить на вешалки. Мы ненавидели этот еженедельный ритуал лютой ненавистью, но были не в силах его изменить. Попробуй изменить ход событий, когда у тебя такая мама, как наша. Легче покориться судьбе и убраться в шкафу, чем напроситься на ее фирменный подзатыльник!

— Кто, кто придумал эту уборку?! — ругалась Каринка.— Вырасту, никогда не буду убираться и детей своих не стану заставлять.

— Ну-ну! — хмыкнула мама.

— Мам, а можно мы завтра закончим, а то сегодня к двенадцати нам нужно к Маньке?

— Нет. Складывайте быстрее, и вы все успеете. А зачем вам к Мане?

— Ну сегодня же воскресенье!

— Ах да,— хлопнула себя по лбу мама,— сегодня ведь воскресенье. Как я могла об этом забыть!!!

По воскресеньям Ба пекла пирожки. Из нехитрого теста — литр мацуна, немного соды и соли, мука, три яйца. Начинка делалась трех видов — картофельная, мясная и яичная. Ба раскатывала из теста тонкие большие круги, щедро накладывала начинку и защипывала пирожки мелкой косичкой по брюху.

Потом она жарила их в растительном масле. Получались поджаристые, ароматные и очень вкусные пирожки.

Ради этих пирожков мы готовы были на любые, даже самые большие жертвы. Иногда, как сегодня, приходилось откладывать заботы чрезвычайной важности.

Дело в том, что недалеко от нашего дома велись строительные работы — возводилось новое здание аптеки. И рабочие нашли в земле кувшин с серебряными монетами XVIII века. Весть о новом Клондайке мигом разлетелась по нашему городку и прилегающим деревням, и теперь детвора со всей округи в выходные, когда стройка стояла, ковырялась в земле в надежде отыскать клад.

Мы, естественно, не отставали от других.

— Найду клад, куплю мотоцикл и уеду в Америку,— потирала руки Каринка.

— Зачем тебе мотоцикл? — любопытствовал папа.

— Чтобы все мне завидовали!

— А в Америку зачем?

— Чтобы империалистов убивать! — рапортовала сестра.

— Хэх,— радовался папа,— хорошо, что ты девочкой родилась. Родись ты мальчиком, я бы разорился алименты твоим многочисленным женам выплачивать да передачи тебе в тюрьму носить!

Когда все аккуратно было разложено по полочкам шкафа, мы вздохнули с облегчением.

— Все,— обернулись к маме.

— Вот и замечательно,— сказала мама и встала с кровати,— вам осталось протереть пыль с мебели и помыть пол.

— Ааааааа,— взвыли мы,— это нечестно! Что скажет Ба?

— Ба ничего не скажет, потому что сейчас ровно одиннадцать часов. За десять минут можно легко управиться с уборкой. Так что Каринка моет пол, а Нарка протирает пыль.

— Ну что за несправедливость такая! — запричитали мы.— То в шкафу уберись, то полы помой...

— Зато у меня для вас хорошая новость,— сжалилась над нами мама.

— Какая новость?

— Через две недели мы едем в Адлер.

— Ура,— запрыгали мы,— мы поедем в Адлер! Ура-ура! Мам, а что такое Адлер?

Мама рассмеялась.

— Вот как можно радоваться тому, чего вы не знаете?

— Мы на всякий случай. И потом «поедем» — это же хорошее слово!

— Конечно, хорошее. Адлер — город на Черном море. Мы поедем на море. А точнее, полетим. На самолете.

— Ура! — заорали мы.— Самолет! Море!!! Адлер!

— Ба! Дядя Миша! Манюня,— в тон нам продолжила мама.

Мы чуть не задохнулись от радости.

— Они тоже с нами поедут?

— Да!

— Ураааа!!!!

Это большая разница, какие мысли крутятся у тебя в голове, когда ты занимаешься уборкой. Потому что если, например, тебе надо сейчас полы протереть, а на обед сегодня тушеные овощи или, не дай бог, луковый суп — то это, конечно, большое и даже неподъемное горе. И совсем другое дело, когда ты знаешь, что через две недели тебе улетать! На самолете! В Адлер!!!

Подстегнутые радостной новостью, уборку мы закончили в рекордно короткий срок. Когда комната сияла чистотой, побежали докладывать маме, что все у нас уже прибрано. Мама ковырялась в домашней аптечке и составляла список медикаментов, которые надо будет взять с собой в дорогу.

— Активированный уголь,— задумчиво перечисляла она,— тетрациклин, йод, зеленка...

— Мам, мы уже все.

— Молодцы. Присыпка, бинты, бутадионовая мазь...

Мы тихо выскользнули за порог. Отвлекать маму, когда она составляет список в дорогу, очень опасное дело. Потому что она потом всю поездку будет вспоминать, чего забыла взять, и говорить, что виноваты те, кто отвлекали ее пустыми разговорами. И мы с папой будем украдкой переглядываться и бубнить себе под нос «этонемы».

Через десять минут мы уже влетели во двор к Манюне. Обычно она дожидалась нас на скамеечке под тутовым деревом, но сегодня ее там не было.

— Маня-а,— заорали мы,— Маня-а-а!

— Чего? — высунулась в окно своей спальни Манюня.

— Спускайся вниз,— потребовали мы.

— Нивйдйанакз.

— Чивой?

— Говорю — нивйдйанакз, чего непонятного? — рассердилась наша подруга.

Мы с Каринкой переглянулись.

— Заболела, что ли? — предположила я.

— Мань, ты заболела? — крикнула Каринка.

— Не выйдет она, потому что наказана,— вышла на веранду Ба.

— Здрасьти,— шаркнули мы ножкой,— а почему она наказана?

— Руки ей надо оборвать, чтобы не лезла куда не просят! Потому и наказана, что всюду сует свой любопытный нос.

— Ыааааааааааа,— зарыдала сверху Манька.

— Захрмар! Ты будешь еще крокодильи слезы лить!!! Никогда больше не выйдешь из своей комнаты, понятно?

— Ыааааааааааааа!!!!!!!!!!!!!!

— А как же Адлер? И самолет? — расстроились мы.

— Какой Адлер? — прервала свой вселенский плач Манька.

— Никакого Адлера для нее не будет! — протрубила Ба.— Все уедем, а она останется дома. Одна!!!

— Ыаааааааааа,— Манюнины горючие слезы полились сверху тропическим ливнем.

Каринка вдруг забеспокоилась.

— Ну а пирожки сегодня будут?

— Ыааааааааааа,— тропический ливень перешел во всемирный потоп.

— Не будут! — прогрохотала Ба.

— То есть как это не будут? — У Каринки от обиды задрожал подбородок.— Сегодня же воскресенье!

— А вот благодаря этому наказанию,— ткнула пальцем вверх Ба,— и не будут.

— Ыааааааааааааа! — мигом отозвалась Манька.

Представьте себе разочарование Каринки — ни тебе клада, ни пирожков!

— Почему? — взвыла она.

— Потому что кое-кто, пока я ходила в магазин, решил улучшить тесто и добавил туда воды. А потом, чтобы я этого не заметила, вбухал туда муки. А мука оказалась картофельным крахмалом. А потом кое-кто!..— Грозный взгляд вверх, проникновенное «ыааааааааа» в ответ.— ...Решил спрятать следы своего преступления, потащил тесто выливать в унитаз!!!!

— Ик,— отозвались мы с Каринкой.

— Заляпал коридор, заполнил унитаз тестом и спустил воду!

— Ик-ик!!!!!

— А так как тесто было очень густое, и вода его не смыла, кое-кто полез половником в унитаз, выгребать тесто.

...........................немое молчание...........................

— И затолкал его так далеко, что вытащить невозможно!

...........................потрясенное мычание..................

— И теперь ходить нам под кусты, пока не придет сантехник и не разберется, что там моя внучка, это сплошное недоразумение, эта тьма египетская сотворила.

..................всеобщее потрясение, «ыаааааа» сверху........

— Ну, Манька,— глянула уважительно вверх Каринка,— ты даже меня переплюнула!!!!

— Я не хотела,— утерла сопли шторой Манюня,— я подумала, что теста малооооо...

— Захрмар! — прогрохотала вверх Ба.— Вот и сиди безвылазно в своей комнате до скончания веков! Теста ей мало показалось!

— Ба, а что, теперь она вообще не выйдет из комнаты? — расстроилась я.

— Никогда!

— А можно тогда к ней подняться? Ну, посидеть с нею чуток? Утешить?

Ба погладила меня по голове.

— Можно, конечно. Но недолго. Потому что она сильно наказана.

Мы с Каринкой проскользнули в дом и поднялись на второй этаж. Манюня уже маячила в дверном проеме.

— Ну ты даешь! — зацокали мы языками.

— Я нечаянно,— вздохнула Манюня и посторонилась, чтобы пропустить нас к себе.

Мы зашли в комнату. Уселись рядом на кушетке. Пригорюнились.

— А половником зачем полезла? — не вытерпела я.

— Хотела быстрее тесто вычерпнуть.

— А чего не вычерпнула?

— Да половник там за что-то зацепился. Я стала его тянуть, чтобы вытащить, а он не вытаскивался. Тогда я попыталась втолкнуть его внутрь, чтобы он ушел в трубу.

— И чего?

— Втолкнула. И ручку погнула. Хотела сбегать за молотком, чтобы постучать по ручке, но вернулась Ба, и я не успела. Вот.

Я погладила Маньку по щечке.

— Не переживай, придет сантехник и все починит.

— Скорее бы,— вздохнула она,— а то меня на море не возьмут!

— Да не оставят они тебя! — махнула рукой Каринка.— Мало ли что ты можешь еще натворить, пока мы будем отдыхать на море? Ба побоится тебя одну оставлять.

— Да? — Манька с благодарностью посмотрела на Каринку.— Не врешь?

— Конечно, не вру. Если даже ничего не натворишь, то с голоду умрешь.

— Это да, это я могу,— согласилась Манька,— а еще я дом спалить могу. Или с горя, например, могу умереть.

— Ну, это и мы можем,— лавры Мани не давали нам покоя,— с горя любой дурак может умереть. А уж дом спалить вообще плевое дело!

— Спички зажег, и фьють!

— И в подвале стоит канистра с керосином. А керосин хорошо горит,— напомнила Каринка.

— Вот-вот,— закивали мы головой,— одна канистра керосина — и дома как не бывало.

Потом мы стали обсуждать, как будем отдыхать на море. Говорили шепотом, чтобы не напоминать о своем существовании Ба.

— Ура,— радовалась Манька,— будем загорать и строить замки из песка!

— А еще у нас есть красный надувной матрас! Мы на нем будем плавать по морю туда и обратно, от одного берега к другому,— захлопала в ладошки я.

— Да что там от одного берега к другому, если поднажать, то можно и вокруг света проплавать, пока взрослые на берегу прохлаждаются,— сказала Манька.— Мы вернемся — а они и не заметили нашего отсутствия.

— Аха,— радовались мы.

— А если акулы? — вдруг испугалась я.

— Одной левой! — лениво откликнулась Каринка.

— Только надо зонтики с собой прихватить,— спохватилась Манька.

— Зачем?

— Ну, я такое в одном мультике видела. Там девочка раскрыла зонтик, подставила его ветру, и лодочка поплыла быстрее.

— Это как это? — удивились мы.

— Сейчас покажу,— вскочила Манька, но тут же села обратно на кушетку.— Мне нельзя выходить!

— А чего тебе надо, скажи, мы принесем.

— Зонтик Ба. Он в ее комнате, прямо за дверью, висит на спинке стула.

Я пошла за зонтиком. Выглянула в коридор, прислушалась. Ба что-то немилосердно шинковала на кухне, так и слышно было — хрясь! хрясь! — и слушала радио.

— Передаем концерт по заявкам тружеников села,— объявил диктор.

— Мя-мя-мя, мя-мя, мя-мя,— передразнила его Ба.

Когда я тихонечко шла обратно, по радио передавали песню «Мы поедем, мы помчимся на оленях утром ранним».

— На оленях они помчатся! — бухтела Ба.— Утром ранним! Идиоты!

Я зашла к Мане и осторожно прикрыла дверь.

— Что там Ба делает? — спросила она.

— Песни поет.

— Ого,— удивилась Манька,— а чего это она песни поет? В жизни никогда почти не пела, а сейчас поет?

— Ну как поет, ругает певца.

— А, это другое дело, это она может,— кивнула Манька, забрала зонтик и осторожно его открыла,— тут главное тихонечко, потому что если Ба узнает, что мы взяли ее зонт, то нам мало не покажется!

Зонтик был большой, коричневый, в бежевые поперечные полосы.

— Ммм, словно шоколадный, так и хочется откусить кусочек,— закатила глаза Каринка.

Маня тем временем широко расставила ноги, наклонилась, оттопырила попу и вытянула вперед руки.

— Вот смотрите, если ветер мне будет дуть в спину, то он надует зонт, словно парус, и лодка, то есть матрас поплывет быстрее. Всего какие-то десять минут, и мы уже в Америке.

При упоминании Америки Каринка резко заволновалась. Она обошла Маньку со всех сторон, потрогала ее руки, потыкала пальцем в материю зонта, возвела очи к потолку и зашевелила бесшумно губами, производя в уме какие-то подсчеты.

— Не получится,— вынесла она вердикт.

— Почему не получится? — обиделась Манька.

— Зонтик порвется.

— Это почему же зонтик порвется?

— Материя тонкая, шторма не выдержит,— с видом знатока изрекла Каринка,— на матрас надо будет кроме нас еще и мотоцикл загрузить. Представляешь, какая тяжесть?

— Какой мотоцикл?

— Неважно какой,— отмахнулась Каринка,— но я в Америку без мотоцикла не поеду.

Манька закрыла зонтик, положила его на подоконник и скрестила руки на груди.

— Да с таким зонтом не страшен никакой ливень! С ним можно спрыгнуть с восьмого этажа, и ничего тебе не будет.

— Враки все это,— сказала я,— нам мама говорила, что с зонтиком прыгать нельзя, он не выдержит нашего веса.

— Может, с вашего третьего этажа и нельзя, а с нашего второго можно! — уперлась Манька.

— Ты еще скажи, что не раз с зонтом прыгала,— рассердилась Каринка.

— Сто раз на дню!

— Га-га-га,— рассмеялись мы,— Манька, ну ты даешь!

— А вот щас покажу! — Манька резво запрыгнула на подоконник и взяла в руки зонт.

— Стой! — кинулись мы к ней.

— А вот фигушки вам,— фыркнула Манька, вылезла в окно, подбежала к краю коротенького карниза веранды и спрыгнула во двор. С закрытым зонтом в руках.

— Ааааааааааааааааааа,— заорали мы и побежали вниз по лестнице,— Бааааааааааааааааааааааааа!!!!

— Чего там? — выскочила из кухни испуганная Ба.

— Маняяяяяя выпрыгнула в окноооооооооо!!!!!!!

— Как выпрыгнула? — заклокотала Ба и побежала за нами.

Выбежать во двор мы не успели, потому что распахнулась входная дверь, и в прихожую шагнула целая и невредимая Маня.

— Ыааааааааааааааааа,— рыдала она в голос.

— Мария,— запричитала Ба,— детонька, что у тебя болит?

— Ничегооооооооо,— рыдала Маня,— только ладошки поцарапала.— Она выставила вперед свои ладони.— Это я, когда приземлялась, подставила рукииии...

— Пошевели пальцами... пошевели ногами... пошевели руками... — диктовала Ба.— Голова не болит и не кружится?

— Нееееееееееееет,— плакала Маня.

— А ноги?

— Неееееееееееееееет!

— А спина?

— Нет!!!

— А чего же ты тогда плачешь? — не вытерпела Каринка.

— Зонтик сломалсяааа,— зашлась в истерике Манька.

Ба махнула рукой и побежала звонить дяде Мише.

— Приезжай скорее,— кричала она в трубку,— нужно Маню отвезти в больницу и сделать ей рентген костей.

Потом она обернулась к нам:

— Дети, где ваш папа?

— На дежурстве.

— Это хорошо.— Ба стала набирать номер отцовского рабочего телефона.— Але, Юра? Нужен рентгенолог. Я понимаю, что воскресенье. Маня в окно выпрыгнула. Скоро будем.

Пока дядя Миша ехал, Ба постелила прямо на полу в прихожей большой плед и заставила Манюню лечь на него.

— Не двигайся,— велела.

— Да у меня ничего не болит! — ныла Маня.

— Горе луковое! — ругалась Ба.

Мы с Каринкой сидели рядом и скорбно обмахивали пострадавшую журналом «Здоровье».

Потом примчался дядя Миша, и мы поехали в больницу. У ворот нас встретил папа с целым десантом медработников. Маньку торжественно загрузили на каталку и повезли делать снимки.

— Прощайте,— махала нам рукой Манька,— может, когда-нибудь и увидимся!

— Я пойду с вами,— ринулась Ба.

— Роза, я тебя очень прошу, оставайся здесь,— прикрыл грудью медперсонал папа,— не переживай, все будет в порядке. Под мою ответственность!

— Дядьюра, может, вы мне заодно и зубы запломбируете? — предложила Манька.

— Обязательно,— затрусил за каталкой папа,— сначала запломбирую, потом вырву все до единого!

— Ух ты,— обрадовалась Манюня.

Пока Маньке делали рентген, а потом проявляли снимки, мы сидели во дворике и наблюдали за больными, которые прохаживались вдоль лавочек.

— Будете себя плохо вести, вам вырежут аппендикс, и вы тоже будете по стеночке передвигаться,— внушала нам Ба.

— Мы будем себя хорошо вести!

— Мам, ну чего ты детей пугаешь? — встрял дядя Миша.

— Не мешай мне их воспитывать! — рассердилась Ба.

Минут через двадцать появился папа.

— Ну что? — подбежали мы к нему.

— Все в порядке, ни трещинки, ни растяжки.

— Уф, какое счастье,— вздохнула с облегчением Ба,— а где же Маня?

— Она сидит в моем кабинете и требует, чтобы я ей зуб запломбировал. Или вырвал на худой конец,— засмеялся папа.

— Убью,— выдохнула Ба и ринулась к проходу в больницу.

— Дома! — крикнул дядя Миша и припустил за Ба.

Потом мы заехали к нам домой, и мама накормила нас хашламой.

— Ай, Надя,— щедро посолила свой обед Ба,— я когда-нибудь протяну ноги из-за ее выходок.

— Тетя Роза, все будет в порядке,— отобрала у нее солонку мама.

— Да? — Ба взяла перечницу и обильно поперчила обед.— Она меня до могилы доведет, я тебе говорю!

— Надя, убери перечницу со стола,— сказал папа.

— Да-да-да,— попробовала Ба обед,— можно и соль убрать, Надя, ты пересолила и переперчила хашламу, ее есть невозможно!

Потом все Манино семейство сходило к нам в туалет, потому что сантехник дядя Володя обещал быть только вечером.

А вечером пришел дядя Володя.

— Роза, только ради тебя я вышел в свой выходной! — сказал он вместо приветствия.

— А я слышала, что ты с утра у Антонянов был,— встала руки в боки Ба.

— Был,— не стал отпираться дядя Володя,— только Антоняну я никак не мог отказать, он же мой непосредственный начальник! Ну и тебе не смог отказать. Побоялся.

Потом дядя Володя зашел в туалет и сказал:

— Я... маму вашего хозяина... что это такое вы тут накакали?

— Это не накакали, это тесто, неужели не видно? — рассердилась Ба.

— Роза, тебе больше негде было тесто замесить, пусть бог тебе даст удачу?

— Валод! — выбесилась Ба.— Проблема не в тесте, там в трубе поварешка застряла!

— Хэх,— крякнул дядя Володя и полез унитаз,— столько лет работаю сантехником, ни разу еще поварешку из туалета не доставал.

— Переживи как-нибудь молча свою премьеру,— пробухтела Ба.

Когда дядя Володя вытащил, наконец, поварешку и засобирался домой, Ба взяла его за локоть:

— Владимир Оганесович,— проникновенно зашептала она,— я надеюсь, вся эта история останется между нами?

— Обижаешь, Роза Иосифовна,— громко сглотнул дядя Володя.

— Иди,— смилостивилась Ба.

И сантехник ушел в темноту, унося с собой сумбур своих мыслей.

«Интересно, что они хранят в холодильнике, если в туалет ходят с половником»,— лихорадочно соображал он.

Мане, конечно, потом влетело. За все — и за тесто, и за поварешку, и за сломанный зонт, и за позор, который пришлось пережить Ба перед сантехником.

Ба выпросила в больнице рентгеновские снимки Мани и развесила их по стенам ее комнаты. Для устрашения.

— Баааааа,— ныла Манюня,— это что, мой череп? Не хочуууууу!!!!!!!!!

— Это твой *пустой* череп! — ругалась Ба.

Все две недели до поездки в Адлер снимки провисели в Маниной комнате. Сначала Маня пугалась, потом свыклась с ними и стала водить нас на экскурсию к себе.

— Это мой пустой череп,— гордо тыкала она в снимок пальцем.

— А это чивой?

— А это таз.

— Совсем не похож,— удивлялись мы,— таз он такой, круглый, с ручками. Бывает эмалированный.

— Хм. Не знаю,— приглядывалась к снимку Манюня,— может, и эмалированный. Но точно не круглый. Скорее...

— Скорее чего?

— Слово забыла. Скорее... скорее...

— Ну! — поторопили мы ее.

— Веснушчатый, во! — наконец вспомнила слово Маня.— Точно, у меня веснушчатый таз.

— С чего ты это взяла?

— А ни с чего. Просто слово мне нравится,— ответила Маня и любовно погладила снимок.

ГЛАВА 26

Манюня едет в Адлер, часть вторая из трех, или Салют над курортным городом

Мама крепко пожалела, что проболталась нам про поездку на море.

— Кто меня за язык тянул,— причитала она каждый раз, когда мы приходили к ней с очередной идеей, что еще нам жизненно необходимо взять с собой в Адлер.

Каринка отказывалась лететь на море без нового зимнего пальто.

— Отдыхать без пальто я не собираюсь! — упиралась она.

Новое пальто Каринки было предметом всеобщей зависти. Особенно не давали нам покоя простеганная затейливым узором атласная подкладка, серебристые круглые пуговицы и отороченный мехом капюшон. Пальто прислала мамина троюродная сестра тетя Варя. Она заметила его в универмаге, в груде зимней одежды, которую вот-вот собирались унести на склад.

— Кому-нибудь из Надиных девочек должно подойти,— рассудила тетя Варя и вцепилась в пальто мертвой хваткой. Но за секунду до нее в пальто вцепилась другая тетенька.

— Я первая заметила,— завизжала та на весь универмаг,— и не хватайте меня за руки, у меня маникюр!

— А у моей сестры четыре дочери,— перекричала ее тетя Варя и вырвала пальто. Вместе с маникюром тетеньки.

«Надюша, милая,— писала она в сопроводительном письме,— надеюсь, кому-нибудь из девочек обязательно подойдет этот воистину трофей».

Воистину трофей, к нашему горю, подошел Каринке. Она тут же его надела и ходила так по дому до позднего вечера. Никакие увещевания и уговоры его снять не возымели на Каринку ни малейшего действия.

— Мне не жарко, мне даже холодно,— приговаривала она.

Мы с Манькой ходили следом и тыкали пальцами в меховой капюшон.

— Мягонький! — захлебывались мы от восторга.

— Отстаньте,— ругалась Каринка,— вы мне пальто испортите!

— Просто потрогать,— ныли мы.

— Пять копеек стоит один раз потрогать,— рявкнула сестра.

— Ого, далеко пойдешь,— засмеялся папа.

— Ну, Америка же далеко,— не дрогнула Каринка.

Перед сном она с большим скандалом сняла с себя пальто, положила его в постель, накрыла одеялом и легла рядом так, чтобы заслонить его от нас спиной.

Стерегла долго, пока мы с Манькой не заснули.

— Фух, ну наконец-то,— с облегчением подумала Каринка и провалилась в сон. О шестилетней Гаянэ она почему-то не подумала. А подрастающее поколение, скажу я вам, ничем не уступало таким корифеям разрушительного дела, как мы, и только до поры до времени прикидывалось овечкой.

Гаянэ тихо лежала в постели и ждала, когда заснет Каринка. Как только стены нашей квартиры задрожали от храпа сестры, Гаянэ подтянула к себе пальто, надела его и застегнулась на все пуговицы. Пальто вкусно пахло нафталином, которым его щедро сдобрила тетя Варя, когда собирала в путь-дорогу из Норильска в Берд. Гаянэ натянула на голову капюшон, спрятала руки в карманы и полежала какое-то время в постели, любуясь, как под тусклым лунным светом переливаются серебристые пуговицы. Потом она тихонько сползла с кровати, взяла с полочки ножницы, аккуратно срезала одну пуговицу и проглотила ее. Посчитала пуговицы. Остались четыре штуки. Подумала, срезала еще одну. Попыталась засунуть ее сначала в ноздрю, потом в ухо. Но потерпела неудачу, потому что пуговица оказалась достаточно большой. Тогда Гаянэ, ничтоже сумняшеся, проглотила и ее.

«Остались три штуки, одна Наринке, одна Каринке и одна Маньке»,— решила она и, довольная собой, легла спать.

Наступившее утро стало недобрым для всей нашей семьи. Ибо вопль, который издала Каринка, не обнаружив пальто, силой децибелов мог сравниться только с ревом взлетающей баллистической ракеты.

Она вытряхнула мирно посапывающую Гаянэ из пальто, влезла в него и... недосчиталась двух пуговиц. Гаянэ не стала дожидаться мучительной смерти и припустила в родительскую спальню.

— Спасите меня,— кинулась она ласточкой между мамой и папой и зарылась под одеяло.

На дальнейшие расспросы, куда подевались пуговицы, Гаянэ молчала как партизан. И только к обеду призналась маме, что проглотила их.

— Я подумала, что это конфеты,— расплакалась она.

— А если бы ты подавилась? Пуговицы-то вон какие большие,— всплеснула руками мама.

Пришлось Гаянэ два дня ходить по-большому в детский горшок Сонечки.

— Есть чего? — спрашивали мы ее каждый раз, когда она выходила из туалета.

— Неть,— расстраивалась Гаянэ.

И только на третий день пуговицы, наконец, вылезли.

— Фу, какая гадость,— ругалась Каринка, пока мама пришивала их на место.

— Никакой гадости,— успокаивала ее мама,— я их хорошенечко помыла, так что не переживай.

С тех пор, наученная горьким опытом, Каринка отказывалась оставлять без присмотра свое пальто.

— Оно там будет в безопасности,— убеждала она маму.

— Наоборот, оно дома будет в безопасности, мало ли что может взбрести вам в голову на море?

— А если его украдут? — беспокоилась Каринка.

— Не украдут, не волнуйся.

— Ладно,— скрепя сердце согласилась сестра.

Потом Гаянэ решила, что без своего велосипеда никуда не поедет.

— Мам,— обрадовала она маму,— без лясипеда я никуда не поеду!!!

— С велосипедом тебя не пустят на борт самолета.

— Это почему не пустят,— вмешалась Каринка,— его вообще необязательно брать в салон, можно привязать велосипед к ноге самолета, и он долетит с нами до Адлера!

— Вот! — обрадовалась Гаянэ.— Без лясипеда не поеду!

— Где ты у самолета ногу видела? — полюбопытствовала я.

— Там же, где и у тебя,— огрызнулась она.

— Ума палата,— постучала я себя по лбу.

— От умыпалаты слышу,— полезла в драку сестра.

— Подеретесь — никуда не поедете,— предупредила мама.

Мы нехотя разошлись по разным углам комнаты.

— Без лясипеда не поеду,— напомнила Гаянэ.

— Кто, ну кто меня за язык тянул,— схватилась за голову мама.

Ереванский аэропорт встретил нас толкотней и изнуряющей духотой. Ба путешествовать категорически не любила, поэтому пребывала в недобром расположении духа.

Сначала она поругалась со всеми в очереди на регистрацию (что вы по мне вдоль и поперек ходите, ищите другие маршруты для променада), потом она поругалась с уборщицей в зале ожидания (в туалете вонь и грязища, а ты тут тряпкой елозишь по полу). Потом мы толпились под палящим июньским солнцем возле трапа самолета, а нас все не пускали внутрь, и Ба поругалась сначала с бортпроводником (на одну ногу наступлю, за другую потяну и разорву пополам, щенок), потом поцапалась со стюардессой (глаза аж до висков подвела, а детей в самолет не пускаешь). Под ее натиском детей впустили в самолет, и мы стояли наверху, махали родителям рукой, а Гаянэ обливалась горючими слезами и говорила: «Щас мы улетим, а мама останется валяпальту».

Потом мы полетели на самолете, и стюардесса с подведенными глазами разносила на подносе мятные леденцы в желтой обертке с голубеньким самолетом на боку. Всем она дала по одной конфетке, а нам, покосившись на Ба,— по три. Ба мигом растаяла лицом и даже позволила себе некое подобие одобрительной улыбки. А мы весь полет забавлялись тем, что ели конфеты, а потом нас рвало в целлофановые пакеты, которые в большом количестве принесла стюардесса.

— Ну зачем вы их едите,— ругалась Ба.

— Нас и так рвет, с конфетами хотя бы вкуснее,— стонали мы.

— Если смыть с тебя всю косметику, глядишь, под ней и обнаружится миловидное личико,— поблагодарила Ба на прощание стюардессу, когда покидала салон самолета.

— Простите? — не поняла стюардесса.

— Прощаю,— отрезала Ба.

Адлер нам очень понравился. Пока мы ехали из аэропорта, и Ба ругалась с водителем такси, что он плохо водит (тормоза-то помнишь где находятся или рукой показать?) и много денег берет за проезд (я смотрю, счетчик тикает очень резво, небось подкрутил там какую гаечку), мы вертели головами и любовались городом.

— Ух ты, как много людей,— вздыхала Манька,— в стотыщ раз больше, чем в Берде.

— В стотыщмильонов раз,— важно говорила Каринка.

— В стотыщмиллиардов,— не уступала я.

— А мы лясипед не взяли,— вспомнила Гаянэ и горько расплакалась.

Дом, в котором мы сняли две комнаты, принадлежал грузинской родне моей преподавательницы по игре на фортепиано Инессы Павловны.

— Гоги — мой двоюродный брат. Очень честный и порядочный человек, а жена его вообще прелесть,— уверяла нас Инесса Павловна,— так что не волнуйтесь, вам у них будет очень комфортно.

Гоги оказался мужчиной гигантского роста и могучего телосложения. На лице у него красовались лихо подкрученные кверху пышные усы, от глаз к вискам разбегались тоненькие лучики морщин.

— Гамар джоба,— пожал он мужчинам руки,— как доехали?

— Лучше бы не ехали, так доехали,— любезно отозвалась Ба и прошла сквозь опешившего хозяина в дом.— Где тут наши комнаты?

— Теща? — скорбным шепотом спросил папу Гоги.

— Нет,— замотал головой папа и кивнул в сторону дяди Миши,— это его мама.

— Пойдем, покажу ваши комнаты.— Гоги отобрал у дяди Миши чемодан, взял его под локоток и повел в дом.

Все две недели он относился к дяде Мише как к тяжело больному человеку — всячески за ним ухаживал, подсовывал самые вкусные куски еды, норовил открыть перед ним дверь и называл за глаза «этот несчастный человек».

Комнат было две, одна большая, другая поменьше. В большой стояли три кровати, раскладной диван и большой шкаф, а в маленькой две кровати, трюмо и кушетка. После недолгого совещания взрослые решили, что Ба с мамой и Сонечкой будут спать в маленькой комнате, а остальные девочки с папами — в большой.

Мы разложили наши вещи в шкафу, а потом жена Гоги Натэла накормила нас запеченной рыбой и напоила домашним лимонадом.

— Ах, вкусно-то как,— причмокивали мы, отпивая из стаканов кисло-сладкий лимонад,— никогда в жизни ничего вкуснее не пили!

Натэла заливисто смеялась, откинув голову, и подливала нам лимонад. Ее рыжие вьющиеся волосы отливали множеством золотых искорок под лучами заходящего солнца.

— Какая вы красивая,— залюбовалась Маня,— и веснушчатая!

— Это я летом такая веснушчатая,— сказала тетя Натэла,— а зимой превращаюсь в бледную моль.

— Небось врете,— не поверила Манька.

— Мария,— одернула ее Ба,— уши откручу! Разве можно так со взрослыми разговаривать?

— Я тебе потом свои зимние фотографии покажу, и ты увидишь, что я не вру,— пообещала Мане тетя Натэла.

Потом Гоги показывал нам баню, которую «уот этúми уот руками сколотил», а мама осталась помогать Натэле убирать со стола.

— Очень хочу научиться делать правильный грузинский лобио,— сказала она.

Натэла тут же достала из шкафчика мешочек с фасолью и отсыпала часть в неглубокую миску.

— Завтра и приготовим.

— Замачивать не будем? — спросила мама.

Натела открыла рот, но так и не успела ответить.

— Баб,— раздался сзади голос Гаянэ,— бсбодри, что я зделала.

Женщины обернулись и потеряли дар речи.

— Вайме,— первой пришла в себя Натэла,— деточка, что это у тебя с лицом?

— Горе мое,— всплеснула руками мама,— ты снова что-то засунула себе в нос?

— Гонфеды,— отрапортовала Гаянэ,— дбе штуги.

— Покажи!

Гаянэ откинула голову, и Натэла чуть не грохнулась в обморок — в каждую свою ноздрю сестра засунула по здоровенной фасолине.

Так как фасолины она затолкала чуть ли не до самых до извилин, то вытаскивали их долго. Сначала мама надавливала на них сверху, чтобы они чуточку сместились вниз, а Гаянэ отбивалась и орала: «Дидада, мне и дак ходошо». Потом мама пыталась подцепить их ногтем и Гаянэ уже не отбивалась, потому что на ее крик примчалась Ба и пригрозила, что если она будет капризничать, то Ба саморучно извлечет фасолины. Гаечка смотрела на Ба громадными золотистыми глазами и тихонечко поскуливала:

—Тодько не Ба!

— Бедный ребенок,— сокрушалась Натэла и спешно убирала в квартире все, что может пролезть в ноздри Гаянэ.

— Дети,— спрашивала она,— а лото убирать?

— Убирать,— говорили мы,— и нарды тоже спрячьте, а то она однажды игральные кости себе в нос запихала, пришлось ехать к врачу.

— И нос вроде у ребенка совсем маленький,— удивлялась Натэла.

— Зато ноздри растягиваются будь здоров. Натренировала,— объясняли мы.

А потом на город надвинулась густая южная ночь, и небо обсыпало большими гроздьями ярких звезд.

— Надо же, в Адлере такие же звезды, как у нас,— удивлялись мы,— вон Большая Медведица, а вон Маленькая.

— Ну конечно, а вы думали, что мы в другой галактике живем? — смеялась Натэла.

Потом нас отправили спать, и мы долго не могли уснуть, возбужденные перелетом и новыми впечатлениями, и слышали сквозь полудрему, как папа с Гоги играют в нарды.

— Сейчас я тебе мастер-класс покажу,— сказал папа.

— Яйцо курицу учит,— хмыкнул Гоги.

— Вы тут посоревнуйтесь, а потом я разгромлю победителя,— подсел к ним дядя Миша.

— А я потом тебя разгромлю,— сказала Ба, и все расхохотались. Кроме Гоги. Гоги не знал, что Ба играет в нарды с детства, и редкому счастливчику удается ее обыграть.

— Натэла,— встрепенулся он,— принеси Мише мой синий жакет, а то вдруг ему холодно.

— Мне не холодно,— успокоил его дядя Миша.

— Ничего, пусть рядом полежит,— не дрогнул Гоги и кинул кости: — Готовься к проигрышу, Юрик. Ду-ек [1].

— Шикарный старт,— захохотал папа.

Мы лежали с закрытыми глазами и прислушивались к звукам, которые лились в распахнутые окна спальни. Где-то совсем близко шумело море, ночь накрыла город темным звездным куполом, мама с Натэлой в два голоса пели «А напоследок я скажу»...

— Скажешь — не скажешь, все равно победа будет моей,— комментировал их пение Гоги.

— Хорошо-то как,— шепнула Манька.

— Угум,— промычали мы в полудреме.

Впереди были две недели замечательного, полного удивительных приключений отдыха.

* * *

Наутро, сразу после завтрака, мы отправились на пляж. Идти было недалеко, минут двадцать неспешным шагом. Огромное, густое, безбрежное Черное море разом обрушило на нас все свое великолепие.

— Ух ты,— задохнулись мы,— красота-то какая.

— Смотрите, народу как много, и все почти голые,— радовалась Каринка.

— Пахалеоод, самалеооот, деревооо, пысооок, многомного водыыы,— степным акыном перечисляла увиденное Гаянэ.

Мы расстелили пляжные полотенца, быстренько скинули наши платьица и остались в купальниках. Каринка в

---

[1] Ду-ек (или ду-як) — 2 : 1 (фарси, все цифровые комбинации на игровых костях называют на языке фарси).

красном, я в голубеньком, а Маня в желтеньком, раздельном. Мы с Каринкой по очереди заглянули ей в лифчик.

— У тебя там ничего нет,— разочарованно протянули мы.

— Это на вырост,— важно сказала Манька и поправила лифчик,— в следующий раз я приеду на море уже с титьками.

— Где ты таких слов набралась,— рассердилась Ба,— надо говорить не титьки, а грудь.

— Ну, значит, с грудя́ми приеду.

— Горе луковое,— вздохнула Ба и стянула через голову платье в мелкий цветочек.

— Хихихи,— захихикали мы.

На Ба был большой закрытый синий купальник в малиновые разводы. Грудь у Ба заканчивалась ровно там, где начинался живот, а живот плавно перетекал в бедра.

— Ба, я и не знала, что ты такая толстенькая,— прыснула я.

— Наринэ! — рассердилась мама.

Но я смеялась и не могла остановиться.

— Ничего смешного,— отрезала Ба и надела на голову соломенную шляпу.

— Ба, ты на Страшилу Мудрого похожа,— не вытерпела Маня.

— Ты с ума сошла, Мария? — разозлилась Ба.

— Ладно, на Гудвина,— не сдавалась моя подруга.

Дядя Миша хотел сделать дочери замечание, но глянул на Ба, прыснул и спрятал лицо в ладони.

— Манюня,— решила вмешаться мама,— нельзя так с бабушкой разговаривать!

— А чего я такого сказала? — обиделась Манька.— Была бы она худая и костлявая, я бы сказала, что она на Железного Дровосека похожа.

— Хыхыхыы,— покатился со смеху дядя Миша.

— Пригрела на груди клубок змей,— сердито пробубнила Ба, вытащила из сумки тюбик крема «Балет» и толстым слоем намазала себе нос.

— Главное, не сгореть, чтобы шнобелем не семафорить,— сказала назидательно.— Нарка, иди, и тебе нос смажу,— подозвала она меня.

— Почему как только шнобель, так все сразу Нарку вспоминают,— обиделась я,— не надо мне вашего крема!

Потом наши папы в два счета надули плавательные круги.

— Надя, я сегодня научу тебя плавать,— обрадовал папа маму.

— Не надо,— испугалась мама,— мне и так хорошо, и вообще, на кого я маленькую Сонечку оставлю?

— Я за ней пригляжу,— сказала Ба,— ты можешь спокойно поплавать. Если что, я тебя позову.

— Тут шумно, я могу не услышать вас,— упиралась мама.

— Надя, если я захочу, то меня и в Варне услышат, так что не волнуйся,— успокоила ее Ба.

— Юра, ты же знаешь, я воды боюсь,— взмолилась мама.

— Будем страх лечить,— потянул ее за руку папа.

— Завтра, ладно? — попросила мама.— Дай мне сегодня просто к морю привыкнуть.

— Ладно,— смилостивился папа.

— Вы пойдите поплавайте, а я вещи постерегу,— выдохнула с облегчением она.

— А я буду красивые камушки собирать,— сказала Гаянэ.

— Смотри у меня,— выпучилась Ба,— если хоть один камушек в нос засунешь, то вытаскивать его буду я. Тебе ясно?

— Ясно,— сказала Гаянэ.

— Умная девочка,— похвалила ее Ба,— ну что, пойдем плавать?

— Пойдеоооом! — заорали мы.

И мы побежали к морю. Маня бежала впереди всех, двумя руками придерживая на талии надувной круг и смешно двигая лопатками.

Дядя Миша подхватил ее под мышки и с разбега кинул в море.

— Иииииииииии,— завизжала Манька.

Потом папа таким же образом отправил в воду меня, а Каринку они с дядей Мишей раскачали за руки и ноги и швырнула дальше всех.

— Ааааааааа! — орала в восторге Каринка.

— Роза? — Обернулся к Ба папа.

— Нет уж, молодые люди, я как-нибудь сама,— сказала Ба и села прямо у кромки воды.

— Плавайте недалеко, чтобы я вас видела,— крикнула она.

Дядя Миша с папой пустились наперегонки и скоро оказались у буйков.

— Как два дельфина,— загордилась Манька.

— А мы как кто?

— А мы как три девицы у окна,— сказала Манька,— смотрите, как я умею делать — и она навалилась на круг, легла пузом на воду и задрала ноги.— Я похожа на русалку?

Мы с Каринкой повторили ее маневр.

— Теперь мы три русалки у окна,— обрадовалась я.

Потом Каринке стало скучно бултыхаться в воде, и она выдернула затычку сначала из моего, потом из Маниного круга.

В отместку мы выдернули затычку из ее круга и навалились на нее всем телом. Пока барахтались в воде, круги унесло волной. Хорошо, что рядом плавало много сердобольных дядечек и тетенек, они нам вернули круги и наказали больше не шалить.

— Куда ваши родители смотрят? — возмутилась тетенька в малиновой панаме.

— Они смотрят в другую сторону, потому что им стыдно, что мы их дети,— не растерялась Манька.

— Вот из-за таких безответственных взрослых и растет в мире количество преступников,— неосторожно сказала тетенька.

— Это кого ты преступниками обзываешь? — надвинулась на нее Ба.— Вроде на вид нормальная женщина, а туда же!

— Куда это туда? — растерялась тетенька.

— Да известно куда. Девочки, отплывайте подальше, мало ли чем можно от нее заразиться!

— П-позвольте,— пролепетала тетенька в малиновой панаме.

— Не позволю! — Ба сдвинула шляпу на затылок и стерла с носа толстый слой крема.

«Бить будут»,— подумала тетенька и быстро-быстро отплыла в сторону.

— Николаи боз! — прогрохотала ей вслед Ба, сделала в воде два приседания и вышла обратно на берег.

— Ба-а,— взяла ее за руку Гаянэ,— водь, я габушгов нащда даздых.

— Деточка, ну ты сама напросилась,— выдохнула Ба и наградила Гаянэ своим фирменным подзатыльником.

— И камушки сами из носа посыпались,— рассказывала потом Гаянэ.

— Хэх, Гагасичка,— хмыкнул дядя Миша,— это еще что! У меня иногда целые звездные системы выскакивали из глаз от подзатыльников Ба. Хотя я никогда в жизни себе в нос ничего не засовывал.

— Бедненький,— пожалела его Гаянэ,— я, когда в следующий раз буду камушки себе в нос засовывать, и вам принесу.

Ба зашла в комнату в ту минуту, когда дядя Миша, заговорщицки подмигнув Гаянэ, говорил:

— И мы тогда вдвоем набьем наши носы и уши камушками до отказа, да?

Через секунду закатное небо озарил победный салют искр, вылетевший из Дядимишиных глаз, а следом все жители и гости славного города Адлера узнали все, что Ба думает о шлимазлах в целом, и о своем сыне в частности.

ГЛАВА 27

Манюня едет в Адлер, часть третья из трех, или Как Ба кокетничала с внуком Гольданской

На второй день отдыха, прямо с раннего утра, мама прикинулась больной.

— Что-то голова у меня ноет,— делала она скорбное выражение лица,— видимо, у моря продуло. Я посижу на пляже, но в воду сегодня не полезу.

— Хе-хе,— засмеялся папа,— жена, я тебя не первый день знаю, ты лучше сразу признавайся, что боишься учиться плавать.

— Ничего я не боюсь,— забегала глазами мама.

— Ну и нечего тогда придумывать. Чуть что — сразу голова болит.

— Вестимо дело,— рассмеялась Ба,— голова болит — самая известная женская отговорка.

— И прямой путь к раннему климаксу,— ввернул папа.

— Ну и ладно,— обрадовалась мама,— будем жить с тобой как брат с сестрой. Ого, рифма на радостях пошла!

— Это я пошутил,— забеспокоился отец,— это я так, к слову сказал.

— Поздно уже,— похлопала его по плечу Ба,— проложил себе необдуманными словам дорогу к раннему простатиту.

— Хахахахаааа,— покатилась со смеху мама.

— Сейчас пойдем учиться плавать, и я посмотрю, кто тут хахаха,— рассердился папа.

Пока родители препирались, мы с Каринкой и Маней засыпали песком дядю Мишу.

— Вы только в лицо песком не кидайтесь, а так делайте со мной что хотите,— попросил он,— а я чуток покемарю. Если бы Каринка храпела хотя бы вполсилы, то мне, может, и удалось бы ночью поспать.

— Ребенок! — отвлекся от переговоров папа.— Пора уже заниматься твоей носоглоткой. И я замучился всю ночь с боку на бок ворочаться.

— Па, ну я же не специально,— развела руками Каринка,— ты же сам говорил про искривленную перепелку и что оперировать меня сейчас нельзя, потому что я маленькая!

— Во-первых, не перепелка, а перегородка, а во-вторых, я думаю, оперировать уже можно. И даже нужно!

— Вы сначала поймайте меня, а потом про операцию говорите,— хмыкнула Каринка и высыпала на Дядьмишины плавки целое ведерко песка.— Сей-час у-трам-буууем!!!

— Не надо! — вскочил дядя Миша.— Не надо мне там ничего утрамбовывать!

— Пап,— рассердилась Манька,— я тебе уже все ноги засыпала песочком, а ты вскочил, и весь песочек посыпался на землю!

— Извини, я нечаянно,— дядя Миша повернулся на живот,— засыпайте меня песком лучше сзади.

— Сза-ди так сза-диии,— прогундосила Каринка и высыпала на Дядимишины плавки новое ведерко песка.

— Деточка,— обернулся к ней дядя Миша,— неужели тебя во мне ничего, кроме плавок, не привлекает?

— Да я первым делом хочу срам прикрыть,— объяснила Каринка,— попу там или писюн...

— Спасите меня,— взмолился дядя Миша,— она мне ни днем ни ночью спать не дает!

— Дети, идите сюда, мы сейчас пойдем маму плавать учить,— позвал нас папа.

— Ура,— запрыгали мы,— пойдем учить маму плавать.

— Не хочу,— упиралась мама,— не умею и не хочу!!!

— Надо,— внушал папа.

— Юрик, ну что ты к ней пристал,— вмешалась Ба,— не хочет учиться плавать — не надо, я вот тоже не умею плавать, и ничего.

— И тебя научим, Роза, не переживай,— не дрогнул отец.

Папа был единственным человеком, который осмеливался возражать Ба. Такая беспрецедентная храбрость объяснялась его профессией. Когда ежедневно через твой кабинет проходит десяток женщин, каждая из которых готова скончаться в стоматологическом кресле, но не открывать своего рта, то это, конечно, сильно тренирует волю.

Например, одна обезумевшая от страха монументальная тетенька, увидев в папиных руках шприц с обезболивающим, вырвалась из кресла, схватила лоток со стерилизованными инструментами и, прикрываясь им, как щитом, выбежала на улицу. А вечером муж этой тетеньки вернул папе лоток, наполненный доверху... пирожками с мясом.

— Жена напекла,— виновато дергал он острым кадыком,— доктор, можно ей завтра прийти, а то зуб как болел, так и продолжает болеть?

— Можно, если она обещает больше не трогать инструменты,— смилостивился папа.

А другая тетенька, когда папа навис над ней со шприцем в руках, вцепилась ему в карман халата и вырвала его с мясом. Чем вогнала отца в ступор. И пока он из этого ступора выходил, тетеньки и след простыл.

— Через два дня пришлось лечить ей зуб вживую. Десна загноилась, и анестезия уже почти не действовала, понятно? — рассказывал нам папа и для пущей убедительности грозно шевелил бровями.

— Понятно,— пискнули мы и побежали чистить зубы. По двенадцать раз с каждой стороны вдоль и поперек.

Вот почему отец, натренированный ежедневным общением с непредсказуемыми тетеньками, не робел перед Ба. Да и Ба признавала в нем если не равного, то хотя бы полноправного собеседника и относилась к нему с большим уважением. Поэтому она не стала ругаться, а просто всплеснула руками:

— Ииии, шлимазл!

— Я тоже тебя люблю, Роза,— засмеялся отец.

— Раз ты меня любишь, купи мороженое.

— Ура, мороженое,— обрадовались мы.

— Уно моменто,— накинул на плечи рубашку папа.

Он вернулся через десять минут с ягодным мороженым в картонных стаканчиках.

— В такую жару лучше кисленькое есть,— объяснил.

Мы с большим удовольствием полакомились мороженым, а картонные стаканчики сложили в длинную стопочку. «На обратном пути выкинем»,— сказала Ба и убрала стаканчики в сумку.

Настало время идти учить маму плавать.

— Надя, ты не волнуйся, за Сонечкой и Гаянэ я пригляжу,— успокоила ее Ба.

— Если что, зовите меня.

— Всенепременно!

— Пошли,— скомандовал папа и поволок маму к берегу. Мама слабо упиралась и причитала: «Да что же это такое».

Далее повествование делится на два акта. Они происходят одновременно в разных концах пляжа.

Акт I. Ба знакомится с внуком Гольданской

Как только мы скрылись из виду, Гаянэ подошла к Ба, сложила ладошки домиком и зашептала ей на ухо:

— Ба, посмотри, что я с дядей Мишей сделала!

Ба глянула на сына и не смогла удержаться от смеха — дядя Миша спал на животе, подвернув под щеку локоть. Вся его спина и ноги были засыпаны песком, а на голове красовалось голубенькое пластмассовое ведерко.

— Это чтобы он не сгорел на солнце,— похвасталась Гаянэ,— Ба, скажи, я умничка?

— Деточка, ты даже умнее, чем я,— погладила Гаянэ по голове Ба,— молодец, теперь можешь поиграть со своей сестрой.

Маленькая Сонечка ползала по красному надувному матрасу и остервенело с ним ругалась:

— Это ты мне вава деяй? Яцем ты мне вава деяй?

Никто не мог взять в толк, почему ребенок выясняет отношения с матрасом. Но, как только мы его надували, Сонечка начинала ползать по нему и бесконечно выясняла отношения с каждым его квадратным сантиметром.

— Пяхой! — отчитывала она его.— Сонуцке вава деяй. Яцем???

Матрас в ответ хранил недоуменное молчание.

Гаянэ порылась в пляжной сумке и достала разноцветные кубики:

— Сонечка, будешь в кубики играть?

— Буду,— пнула на прощание матрас Сонечка и пересела к Гаянэ.

Ба щедро намазала кремом нос, достала из сумки журнал «Здоровье» и, перед тем как приступить к чтению, окинула взглядом вверенное ей хозяйство. Дядя Миша мирно спал с голубеньким пластмассовым ведерком на голове, Сонечка с Гаянэ возились с кубиками.

Ба потянулась убрать ведро с головы сына, но потом передумала.

«От сглазу»,— решила она, нацепила на нос очки и погрузилась в чтение.

— Простите, а можно расположиться рядом с вами? — прервал ее чтение какой-то мужчина.

Ба отложила журнал и недобрым взором уставилась на нарушителя спокойствия. Нарушитель спокойствия выглядел вполне благообразно — это был невысокий, полноватый мужчина в светлой панаме, льняной сорочке навыпуск и сандалиях на босу ногу.

— Да пожалуйста,— неожиданно для себя приветливо отозвалась Ба,— я смотрю, вы человек вполне порядочный и интеллигентный.

— Ой, спасибо,— обрадовался дядечка. Он вытащил из целлофанового пакета с надписью «С Новым годом» пляжное полотенце, постелил его почти впритык к полотенцу Ба и стал поспешно раздеваться. Казалось — он боялся, что Ба передумает и ему придется искать себе новое свободное место.

— Евгений Петрович Колокольников,— оставшись в очках и плавках, учтиво представился он.

— Роза Иосифовна Шац,— буркнула Ба.

— О! — заклокотал Колокольников.— Урожденная Шац?

— Если вы надеетесь, что я урожденная Иванова, а меня совершенно случайно назвали Розой Иосифовной, то я должна вас сильно разочаровать,— нахмурилась Ба.

— Нет-нет, ну что вы,— у Евгения Петровича от волнения запотели очки,— я просто хотел уточнить... то есть попросить... то есть чтобы знать... черт! не будете ли вы так любезны, Роза Иосифовна, посмотреть за моими вещами, пока я поплаваю? Я отлучусь совсем ненадолго.

— Буду любезна,— оттаяла Ба.

Евгений Петрович потоптался на месте, потом наклонился к Ба.

— Я в некотором роде тоже Шац,— сообщил он ей конспиративным шепотом.

— Да ну? — Ба поправила на переносице очки и внимательно оглядела Евгения Петровича с ног до головы.— А по вам не скажешь.

— Ну,— замялся Евгений Петрович,— у меня бабушка по материнской линии была... хмхм... Гольданская.

— Знала я одну Гольданскую, она у моей тети Мирры жениха увела,— хмыкнула Ба,— а потом Мирра столкнулась с ней в мясной лавке и чуть не порешила подвернувшимся под руку ножом для разделки туши. Нож у нее в последнюю минуту отобрал помощник мясника, но тетушка все равно не растерялась и выдрала у разлучницы часть косы да исцарапала ей лицо так, что потом остались шрамы. У вашей бабушки на лице шрамов не было? — полюбопытствовала Ба.

— Нет, ну что вы,— испугался Евгений Петрович,— ни одного шрама.

— Ну и ладно,— смилостивилась Ба.

Евгений Петрович нерешительно сел на полотенце и повернулся к девочкам.

— Это ваши дочки? — кивнул он в сторону Сонечки и Гаянэ. И забегал сконфуженно глазками.

Ба сняла очки и прожгла его насквозь огненным взором.

— Это мои внучки,— отрезала она,— идите уже окунитесь в воду, Евгений Петрович, а то вы меня утомили своей учтивостью. И смотрите не утоните.

— Да-да-да,— затрепетал Евгений Петрович и потрусил к морю.

— Мам,— подал голос дядя Миша, как только Евгений Петрович скрылся в толпе отдыхающих,— да ты та еще вертихвостка, я смотрю.

— Давно проснулся?

— Вот как только этот «в некотором роде Шац» подошел к тебе, так и проснулся.

— А чего ведро с головы не снял? — съязвила Ба.

— Не хотелось мешать тебе глазки строить,— потянулся дядя Миша и сел,— а где остальные?

— Пошли учить Надю плавать. Давно уже их нет, видимо, хорошо у нее получается.

— Пойду, посмотрю как они там,— встал дядя Миша,— и это, пока меня нет, не смей больше ни с кем кокетничать.

— Тебя забыла спросить,— хмыкнула Ба.

— Сонечка, а где красный матрас? — наклонился поцеловать мою сестру дядя Миша.

— Пяхой матлась,— встрепенулась Сонечка,— вава деяй Сонуцке.

— Прааавильно,— засмеялся дядя Миша,— плохой матрас, прощать его ни в коем разе нельзя.

Ба дождалась, пока сын скрылся из виду, полезла в мамину сумку, достала пудреницу и глянула на себя в зеркальце.

— Прелестно,— процедила сквозь зубы,— волос всклокочен, на носу толстый слой крема. И я еще ухитряюсь в таком виде кому-то нравится!

— Ба-а,— погладила ее по плечу Гаянэ,— Ба!

— Чего?

— Я хочу какать.

— То есть как это какать? — ужаснулась Ба.— А на кого я все эти вещи оставлю? Мы сейчас не можем отойти! Потерпи, пока мама с папой вернутся.

— Я потерпеть могу, а вот какашки не могут,— расплакалась Гаянэ.

— Горе мое, что же нам делать? — всполошилась Ба.

Акт II. Папа учит маму плавать, или Как надо правильно топить свою жену

Папа рьяно взялся за дело. Сначала он завел маму по грудь в воду и взял ее на руки.

— Ложись на воду... вот так... не задирай колени... ну что ты, как жираф, вытянула шею? Расслабься. Я сейчас тебя отпущу, а ты попробуй продержаться на поверхности.

— Хорошо,— сказала мама и моментально ушла под воду.

Папа вытащил ее на поверхность.

— Я утону, у меня ничего не получится,— еле отдышалась мама.

— Ну что ты так боишься,— рассердился папа,— я же рядом!

— Не знаю,— у мамы зуб на зуб от страха не попадал,— боюсь, и все.

Папа собственноручно затянул мамины длинные густые волосы в конский хвост, чтобы не мешали. Взял ее снова на руки.

— Юра, у нас четверо детей,— взмолилась мама.

— А то я об этом не помню,— отозвался папа,— мать четверых детей должна уметь плавать как рыба! Держись за руку... ладно, не хочешь за руку, держись за шею... отпускаю... не души меня... говорю — недшмня... кха-кха-кха...

«Плюх!» — и мама снова ушла под воду. Папа пошарил рукой и вытащил ее на поверхность.

— Аааа,— отдышалась мама,— никогда больше не поеду на море!

— Пап,— нам стало жалко маму,— не надо ее плавать учить, а если она утонет?

— Да не утонет она,— вскипел папа,— это нормально — человеку тридцать четыре года, а она плавать не умеет?!

— Но мы ее и без «плавать умеет» любим,— заверили мы его.

— Не хочу я плавать уметь,— жалобно расплакалась мама.

— Боишься?

— Боюсь.

— Ладно, черт с вами,— махнул рукой папа,— пойдем, прогуляемся хоть по пирсу, полюбуемся на тех, кто ныряет в воду.

— Спасибо тебе большое,— чмокнула его в щечку мама,— вот по пирсу прогуляюсь с удовольствием!

И мы пошли гулять по пирсу. На людей посмотреть и себя показать.

— Не забывай о французской осанке,— напомнила мне Маня.

Мы втянули животы и расправили плечи, отклячили попы и пошли, вихляя тощими бедрами.

— Во дают! — присвистнул какой-то мальчик.

— Ща как дам в глаз,— успокоила его Каринка.

Мы шли за родителями и любовались маминой фигурой.

— Мам, ты у нас такая красавица,— выдохнула я,— никто не скажет, что у тебя четыре дочки! Ты худенькая, и попа у тебя совсем не большая.

— Спасибо,— зарделась мама,— у меня просто гены хорошие.

— А у нас какие простогены?

— Не простогены, а гены. У вас тоже хорошие гены.

— Ура! У нас хорошие гены,— захлопали мы в ладоши.

— А у меня лучше всех! — прыгала вокруг нас Манька.

Потом мы принялись болеть за тех, кто ныряет в море. Долго любовались тоненькой девушкой в красном купальнике. Она какое-то время простояла на краешке пирса, потом в профессиональном прыжке прямой стрелой ушла в воду.

— Браво,— захлопали зрители.

Девушка вынырнула и помахала всем рукой.

— Надя, последняя попытка, давай я тебя сейчас с пирса столкну. Инстинкт — великое дело, ты мигом вынырнешь и больше не будешь бояться воды. А я следом прыгну, буду тебя подстраховывать,— сказал папа.

И, не дожидаясь ответа, столкнул маму в воду.

— Ааааааа! — кричала мама, пока летела к воде.

— Ааааааа! — орали мы ей сверху.

«Бултых»,— спрыгнул за мамой в воду папа.

«Бултых-бултых-бултых»,— спрыгнули за папой еще несколько человек.

Какое-то время на поверхности вообще никого не было, потом один из ныряющих вытащили маму.

— Разведусь,— выдохнула мама, как только отдышалась.

— Ааааааа,— орали мы сверху,— а где же папа???

Папа не выныривал. Кто-то вытащил маму на берег, и она тут же начала бегать вдоль кромки воды, рвать на себе волосы и орать: «Спасите моего мужа». Про развод она больше не заикалась.

Через минуту подоспели спасатели. Еще несколько томительных секунд — и они вытащили на поверхность совершенно бледного отца.

— Он живой? — кричали мы сверху и обливались горючими слезами. Громче всех орала Манюня:

— Дядюрочка, ну хоть что-нибудь скажи, хоть голоооой пошевелиииии!!!!

— Он живой? — кричала мама с берега и норовила пуститься вплавь к мужу.

— Живой,— успокоили нас спасатели,— в обмороке, воды наглотался.

Потом оказалось, что, когда папа в спешке прыгнул в воду, он как-то неправильно нырнул и от резкого перепада давления потерял сознание. И пошел ко дну.

Дядя Миша подоспел, когда спасатели втащили папу на катер и делали ему искусственное дыхание.

Сначала папу рвало водой, а далее он пришел в себя и стал тут же отшучиваться, мол, все это специально придумал, чтобы крепкие мужики ему искусственное дыхание сделали.

— Все,— говорил он,— пошел я по кривой дорожке, обратного пути мне нет.

Потом папу торжественно доставили на берег, и они с мамой обнимались, и мама говорила: «Ну какой же ты у меня дурачок»,— а папа говорил: «Жена, ты безнадежна, плаваешь как булыжник». А мы прыгали вокруг и орали: «Ура-ура, все живы-здоровы».

И снова акт I. Как покакать на пляже, когда нет никакой возможности отойти

— Бааааа,— рыдала Гаянэ,— сейчас уже совсем терпеть не могуууу.

— Да что же это за наказание такое,— ругалась Ба,— деточка, давай подумаем о чем-нибудь отвлеченном, давай камушков наберем красивых.

— Неееет,— плакала Гаянэ и норовила стянуть с себя трусики,— я прямо здесь покакаю!!!

Времени на раздумья не оставалось. Ба пошарила в сумке и достала стопочку картонных стаканчиков из-под мороженого. Огляделась. Недалеко возвышались три пальмы, а под ними даже росла какая-то чахлая трава.

— Вот тебе стаканчик,— сказала она,— беги туда в деревья и покакай прямо в него. Смотри не промахнись. А потом закопаешь его в песок.

— А я так дырочку в попе не найду,— пуще прежнего зарыдала Гаянэ.

— Так. Сними трусы. Наклонись. Хо-ро-шооо.

Ба примерилась, приставила стаканчик к попе Гаянэ.

— Придерживай вот тут вот. Побежала!

И Гаянэ рванула с места, семафоря всем своей толстенькой попой. Бежала чуть нагнувшись, придерживая у «выхода» стаканчик руками.

— Лопаточку забыла,— крикнула ей вслед Ба.

— Потом вернусь за ней!

— Фух,— протерла пот со лба Ба,— ну что, Сонечка, тебе покакать не хочется?

— Неть,— Сонечка увлеченно терзала затычку красного матраса,— я уже сдеяла ка-ка.

— Остается еще мне тут покакать, и сегодняшнюю миссию можно считать выполненной! — выдохнула Ба.

— Простите? — наклонился к ней внук Гольданской.

— Фух, как вы вовремя,— обрадовалась Ба,— посмотрите за ребенком, а я сбегаю туда в кусты.

— Здесь недалеко есть общественный туалет. Правда, ужасно загаженный, и очередь к нему большая, но все же это лучше, чем в кусты ходить, вам не кажется? — неосторожно спросил Евгений Петрович.

Ба смерила его таким взглядом, что вся морская влага мигом выпарилась с тела Евгения Петровича.

— Там у меня внучка какает! — прогрохотала она на весь пляж.— А вы себе шуточки идиотские позволяете!

— О, простите меня, Роза Исааковна...

— Иосифовна! И я думаю, что у вашей бабушки таки были шрамы на лице,— выдохнула огнем Ба, подняла с песка лопаточку и пошла к пальмам.

Либидо Евгения Петровича было растоптано на веки вечные!

За время нашего отдыха в Адлере случилось еще много чего интересного. Как-то:

Сонечка умудрилась поймать и съесть пчелу. Пчела ужалила ее в нижнюю губу, и все потом прыгали вокруг Сонечки, чтобы она не плакала и не расчесывала до крови губу. Когда Гоги брал ее на руки, она хваталась ручками за его уши и терлась зудящей губой о пышные усы.

«Уертихуостка»,— смеялся Гоги.

Манюня нашла в саду черепаху и решила забрать ее с собой домой. Рассказать взрослым об этом мы побоялись и просто спрятали черепаху в Манин чемодан. На третий день Ба за чем-то полезла туда, и вопль, который она испустила, услышали на том берегу Черного моря. Далее, сыпля проклятиями, она кинулась нас разыскивать, но Гоги ее опередил, заперся с нами в чулан и шепотом говорил: «Ни разу в жизни не уидел, чтобы черепаха так быстро улепетиуала».

Каринка покалечила соседского мальчика, и его родители пришли разбираться с Гоги и Натэлой.

— Как можно пускать к себе таких неблагонадежных жильцов,— ругались они.

— Сергей Максимович, не о том беспокоишься,— говорила Натэла,— переживать надо за то, что твой двенадцатилетний сын четыре года занимается борьбой, а его восьмилетняя девочка в два приема уложила.

— Уот! — сокрушенно кивал головой Гоги.

А в вечер перед нашим отъездом Гоги затеял прощальный шашлык, и мы допоздна сидели в саду, за длинным деревянным столом, накрытым простенькой клеенчатой скатертью, заедали сочное мясо хрустящим хачапури и салатом из запеченных овощей, и мама под диктовку Натэлы записывала рецепт «правильного» пхали.

На десерт взрослые пили кофе, а дети ели крупную, приторно-сладкую черешню и запивали ее кисленьким компотом.

А на следующее утро папа с Гоги чуть не подрались, потому что Гоги не хотел брать деньги за последние несколько дней проживания и кричал: «Юрик, уи никак хотите меня сильно оскорбить?» Чтобы не доводить дело до смертоубийства, Ба молча забрала у папы деньги и сунула их Гоги за шиворот.

— Спасибо, генацвале,— гаркнула она, чем ввела Гоги в долгий благоговейный ступор.

Я навсегда запомнила тот июнь, и густое ночное небо над Адлером, и шумные его улочки, и дни, когда мы все были вместе и ни одному нормальному человеку не было дела до того, грузин ты, русский, еврей, украинец или армянин, и казалось, что так будет всегда и этой дружбе нет конца и края.

Я навсегда запомнила вкус той приторно-сладкой последней черешни и то, как Натэла смешно складывала губы трубочкой, назидательно приговаривая: «Надя, ты главное запомни — орехи лучше толочь в ступке, а не пропускать через мясорубку»,— а Гоги, боязливо оглядываясь на Ба, объяснял дяде Мише: «Пожестче надо быть с женщинами, даже если эта женщина — туоя мать».

Я ни к чему не призываю.

Я прошу вас остановиться на минуту и вспомнить, как это прекрасно — просто дружить.

Вот так должно быть сейчас. И завтра. И послезавтра. Всегда.

Спасибо.

ОГЛАВЛЕНИЕ

Литературно-художественное издание

6+

Нарипэ Абгарян

МАНЮНЯ

Ведущий редактор *И. Е. Епифанова*
Художественный редактор *Ю. С. Межова*
Технический редактор *В. В. Беляева*
Верстка *Т. Ю. Алиевой*
Корректор *В. Н. Леснова*

ООО «Издательство АСТ»
129085, г. Москва, Звездный бульвар, дом 21, строение 1, комната № 39.
Наш электронный адрес: **www.ast.ru**

«Баспа Аста» деген ООО
129085, г. Мәскеу, жұлдызды гүлзар, д. 21, 1 құрылым, 39 бөлме
Біздің электрондық мекенжайымыз: www.ast.ru

Қазақстан Республикасында дистрибьютор
және өнім бойынша арыз-талаптарды қабылдаушының
өкілі «РДЦ-Алматы» ЖШС, Алматы қ., Домбровский көш., 3«а», литер Б, офис 1.
Тел.: 8(727) 2 51 59 89,90,91,92
Факс: 8 (727) 251 58 12, вн. 107; E-mail: RDC-Almaty@eksmo.kz
Өнімнің жарамдылық мерзімі шектелмеген.

Өндірген мемлекет: Ресей
Сертификация қарастырылмаған

Отпечатано с готовых файлов заказчика
в АО «Первая Образцовая типография»,
филиал «УЛЬЯНОВСКИЙ ДОМ ПЕЧАТИ»
432980, г. Ульяновск, ул. Гончарова, 14

EAC

Дорогие мамы и папы, настала пора вспомнит собственное детство и познакомить ваших детей с книгой, на которой когда-то смеялись и вы сами: с классикой советско детской литературы, «Денискиными рассказами» Виктор Юзефовича Драгунского.

Что будет, если выплеснуть манную кашу в окно? Где лучш всего скрываться, играя в прятки? Как смастерить себе костю для новогодней елки, если мама уехала в командировку? Н что не жалко обменять свежеподаренный самосвал? Обо всё этом, а также о других приключениях фантазера и мечтател Дениса вы узнаете из рассказов, веселых, иногда совсе чуть-чуть грустных, мудрых и лирических, собранных в это книге.